U0475574

独木舟 著

荆棘王冠

十年挚爱版

台海出版社

人生也许就是这么一个过程，
从愤怒、激动、无能为力，
到如今淡漠、轻描淡写地看待这些。

荆棘篇	|	桃李春风一杯酒，望眼生花已十年	001
2010	|	岁月流金	002
2011	|	春风停顿	058
2012	|	清辉无痕	124
2013	|	时光温柔	158
王冠篇	|	世界微尘里，吾宁爱与憎	167
2009	|	我把青春赠与你	168
2010	|	她从远方赶来	182
2011	|	你好，本命年	198
2012	|	风雪夜归人	222
2013	|	一曲微茫度此生	238

目录

年轮篇		只想成为一棵树，为岁月而生长	277
2014		独木舟问葛婉仪	278
2015		我也没有得到我理想的那种生活	288
2016		人生真正的得失， 是很难算得清楚的	299
2017		我是如何对抗我的"中年危机"的	310
2019		即使再平淡的岁月， 也有几道缝隙值得人怀念	327
2020		从泥泞中去向光明与宁静处	339
2021		你仍是夜里抬头看月亮的人	349

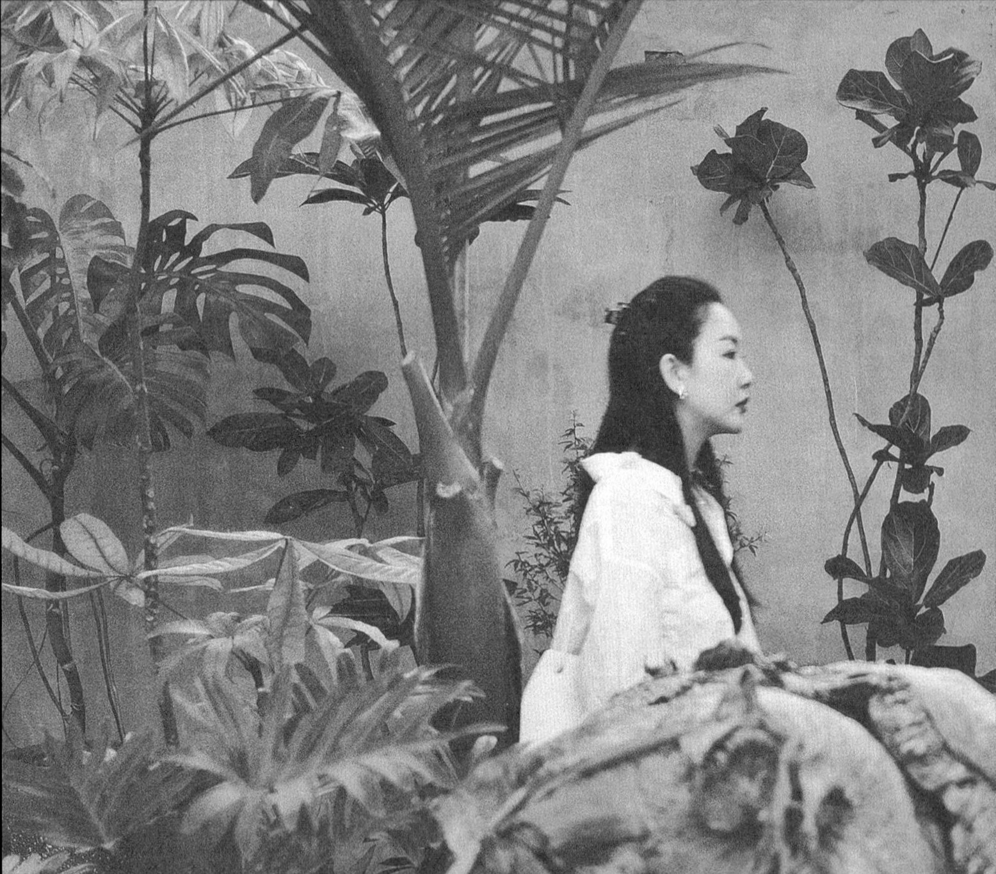

THISTLES

荆棘篇

THORNS

桃李春风一杯酒,望眼生花已十年

2010

岁 月 流 金

2010，岁月流金

跨年的时候手机一直嗡嗡振，半梦半醒之中收到了很多朋友的短信。

我自己也觉得很奇怪，为什么这晚我没有出去，没有在酒吧，没有在KTV，没有在电影院，没有在任何一个充斥着节日热闹气氛的场所。我只是写了一会儿稿子，然后爬到床上去睡了两三个小时。

我想我这段日子真的太累了，脑力劳动有时比体力劳动更辛苦。

不晓得从什么时候开始，我变得不那么爱凑热闹，不那么热衷于打扮得漂漂亮亮跟一群朋友在最繁华的地方嘻嘻哈哈。

从什么时候开始，我觉得坐在热闹的场合看着觥筹交错，看着灯红酒绿，陌生而游离。

一点多的时候我起床打开电脑准备写字，我知道我肯定是睡不着的，所以干脆别浪费时间了。

你知道当你失眠的时候发现全世界还有那么多人陪你一起失眠，那是一种多么欢乐的心情吗？

我说我想去北京。

自去年开始，很多朋友都跟我说，你还等什么呢，来北京啊！

但是我一直觉得我还没有做好准备，我不晓得在地方那么大，人那么多，竞争那么激烈的城市，我可以做什么。

我很怕不能像如今这样，闭门造车也能维持生计。

我很怕我在异乡的夜晚感到孤独，却找不到一个可以一起喝酒、一起聊天的朋友。

有时候我也不是那么勇敢的，我并不是每时每刻都很勇敢的。

但是到了2010年，我就二十三岁了，也会担心，再不行动就连做准备的勇气都没有了。

以前在杂志上看过一个禅宗故事，一对夫妻在一个庭院里生活了好多年，忽然有一天男人厌倦了这样的生活，他抛下妻子独自出行，走过了很多地方，多年后他回到这个小庭院看到他的妻子坐在树下悠闲地绣着花。

他问妻子："你不觉得自己一生虚度了吗？"

妻子问他："那么你在外面的世界看到了什么？"

他说："我在外面的世界感受到了四季轮回，流年变迁，春种秋收，众生万物。"

妻子说："我在这个庭院里，就在这棵树下，一样感到了四季轮回，流年变迁，春种秋收和众生万物。你在外面的世界所看到的，与我在这里所看到的，并没有什么不同。"

不知道为什么，我对这个小故事的记忆很深刻。

我想也许是因为它太符合我目前的状况与心境了。

有天在周刊上看到一句寄语，摘自顾城的诗：人可生如蚁，而美如神。

我那一刻忽然很想落泪，我想为什么人生要有这么多的艰难和选择，为什么我们还要对生命本身感恩，为什么从前和未来都离我们那么遥远，为什么我们手里只能握住不知道如何是好的现在。

　　很晚的时候，好像是两点半还是三点半，我接到了2010年的第一个电话，小A同学打来跟我说新年快乐。

　　我说谢谢，你也新年快乐。

　　那个电话打了很久，我们最近总是在很晚的时候聊很久的电话，关于自己的困惑，有时候他会说起他的从前，而我不会。

　　我想从什么时候开始我已经掐断了我的来处，有天晚上老同学告诉我，有个高中同学病逝了，我有点儿悲哀地发现我的QQ里除了告诉我这个消息的朋友之外，好像已经没有别的老同学了。

　　对，如果说有一天我孤独终老，那一定是我自己造成的，因为我太不懂得如何维系感情。

　　无论如何，2010年已经来了，无论过去的一年我们做了多少事，有多少理想尚未抵达，都已经过去了。

　　我希望来年可以以一种很欢乐的心情来写陈词总结。

　　甘愿忍受眼下的孤独与痛苦，是因为我们知道将来必会因此而获得。

　　我们共勉。

[荆棘篇]

没有过不去的，只有回不去的

今天晚上我的签名是茨维塔耶娃的一首诗：

我要从所有的时代，从所有的黑夜那里，
从所有的金色的旗帜下，
从所有的宝剑下夺回你，
我要从所有其他人那里——从那些女人那里夺回你，
我要决一雌雄把你带走，
你要屏住呼吸。

有人问我是不是说给你的。我怔了一下，然后说，不是的，不是的。没有过不去的，只有回不去的，我和你是再也回不去了。

再过两天就是你的生日，我们刚认识那会儿，我早早就给你准备生日礼物，一年后你跟别人在一起，我也记得给你发短信说声"生日快乐"。

但今年，我想我应该什么都不会做了。

我其实也不是一直都很淡然的，很长时间里我始终想不明白，我们不能在一起是为什么？

我经常路过你家附近，我经常想，为什么我们会变得那么陌生，那种感觉很遥远很遥远。也会想为什么我不再因为你而感觉到失望和难过了，如果这些情绪都没有了，那我是不是什么都没有了。

差不多有两个月了，有一天我把QQ状态设置成"离开"去睡午觉，醒来的时候看到你的头像在跳动。

那一刻我忽然觉得一切都过去了，我觉得时间好像回到了我心里一个人都没有过的时候，一片素白的时候，我的心完好无损，没有谁在上面留下过痕迹。

我忽然很想告诉你，我已经不喜欢你了。

我只是想说，我曾经真的很想很想跟你在一起，再后来，我就没那么想了。

我一直在等一天我可以云淡风轻地说起你，就像什么事情也没有发生过一样，发自肺腑地觉得轻松。

我曾经希望那一天快快到来。

而那一天，现在，真的来了。

有些事情我永远学不会

今天非常累，不晓得这跟我失眠有没有关系。

十几岁的时候被朋友带去上香，老尼姑拉着我看掌纹，开口第一句话就是："你这个姑娘，杂念很多啊。"

有时候希望我的脑袋里能够有一个开关，咔一声，所有的念想都了断。

我想有些事情我可能永远学不会，比如不被负面情绪控制，比如不那么轻易地为一个人动心，比如过一种相对而言健康积极的生活。

我只能做到虚张声势地勇敢，只能如此。

人生是一场盛大的离别宴

提问，每年我最不开心的时间是哪段时间呀？

答案就是，过年。

唉，这么多年了，我还是不喜欢过年。但春节不是某个人，不是不喜欢就可以把他拉黑的。

休息了小半个月，睡眠没有多大的改善，但因为妈妈一直在叫我睡觉，所以每天最多只能熬到两点就一定要躺到床上去。其实躺在床上我也睡不着，不过是在黑暗中瞪着天花板而已。

我觉得我这两年之所以总是一副没有精神的样子，主要也是因为失眠导致的。

小A跟我说他也失眠，但人家天生丽质，无论怎么不睡觉都是一张美少年的脸。

我就不行，我面如菜色，还是那种隔夜的菜。

其实晚上我哭了一会儿，我说不清楚是为什么。

因为经常迷惘，所以经常悲伤，经常一个人躲起来却在别人面前一副"轻舟已过万重山"的样子。

那天有人问，你现在是不是爱着一个人。

从来都知道，只要我还爱着像他那样的人，我就还仰望着高贵而完美的灵魂；只要我还寻找着他的踪迹，我就还听从着自己心的声音。

有时我不知道我到底想要什么样的人生，但我一直知道，我绝对不要怎么样的人生，这对一个即将年满二十三岁的女生来说，或许也够了。

你们是我的朋友，是我的手足，是我生活在这座城市觉得温暖的原因。在我身边那些过客来来往往却一直不肯停泊的时候，把你们的手借给我。

只要一点点灯火，就能温暖我全部的青春。

原谅我是报喜不报忧的女儿

妈妈,回到我即将搬离的旧房子里我一边抽烟一边给你打电话,太累了,真的太累了,聊了十多分钟之后我去洗澡。

不知道你有没有这样的感受,只要滚烫的热水冲在身上,所有的疲乏马上消失殆尽,立即再世为人。

此刻我披着湿漉漉的长发对着电脑,忽然想对你说点儿话。

妈妈,我很辛苦,很累,但在你面前我永远不说这些,我总是告诉你,我在长沙生活得很好,从摸索着去了解这座城市到与这座城市融洽相处,其中的乐趣只有我自己明白。

我不愿意过故步自封的生活,不愿意坚守那句断章取义的古训——"父母在,不远游"。我们都是内敛而含蓄的人,我没有为你做过别的。

我甚至连一句由衷的"我很累"都不曾对你说。

在北京的那几天,我吃不下东西,晚上休息不好。回到长沙第二天就发烧,喉咙嘶哑,又赶上生理期。昨天退烧之后,智齿又发炎,拖着病痛的身体出去找房子,回来打包行李,晚上又要写稿子,明天还要早起,去新公寓办理网络和燃气的事情。

今天晚上跟朋友吃饭，回家的路上我们三个人坐在车上都很安静，经过人民路的时候，绣花问我在想什么呢。

我说，我也有很安静的时候好不好。

其实那时候我在想什么呢，我想要是车不要停就好了。车一直这样开下去，永远不要到目的地，我不要停下来去处理任何生活中的琐碎、工作中的压力，以及对未来的迷惘，那就好了。

绣花下车的时候，我流露出不舍。

其实这些日子我们天天在一起，他们帮了我很多很多，好朋友之间不用说谢谢，但我还是很想说一声能认识你们，是我的幸运。

朋友们都觉得我性格不错，开朗、活泼、幽默、热情。

妈妈，你了解我的性格吗？你眼里的我，是不是只有爱逞强、尖酸、刻薄。

你无数次当着我说别人的女儿很好，从小到大，我被你拿来跟不止一个优秀的女孩比过。

小时候学舞蹈，你说我没有某某某刻苦；后来念书，你说我没有某某聪明；再长大一点儿，你说我没有某某听话；再后来，你说我没有某某某漂亮、温柔，不会讨人喜欢。

我不知道在你心里我是否真的是一个这么差劲的女儿，也许就是因为在过去那些年里，我从来没有得到过你的肯定，没有得到过周围的人的肯定，今时今日我才会养成这样报喜不报忧的性格。

我是如此热爱自由，超过一切。

我上过三个月班，每一天都度日如年。试用期结束后我跟闺蜜坐在甜品店里，不知道多开心。我在那一刻认清了自己，原来我是这么没有耐性，这么抗拒被束缚的人。

是我自私吧，其实我一直知道你希望我有一份稳定的工作，过某种安稳的生活。

但我自私，只注重自我感受——它比所谓的"稳定工作"分量要重得多。

我从小就是个野孩子，我想你大概也知道等我长大之后，骨子里的野会变本加厉，我会跑到更远更远的地方去。

我时常想，如果你直接要求我，回家或者老老实实上班，早点结婚、生小孩……

我想，如果你真的这样做，那多好，那我便可以公然地跟你作对，公然地反抗你的迂腐和封建，我便能理直气壮地追求我一直渴望的那种人生。

但你不是，你年纪大了，对我的掌控欲似乎从我自己能够养活自己的那天开始就消失了。也许一个人真正的独立就是从经济独立的那一刻开始的，现在的你无非只念叨着要我按时吃饭，早点睡觉，把住所打扫干净，看书看久了要注意休息眼睛，以及爱护牙齿。

你不过问我的感情生活，也不想知道。

你说你相信我是很有主见的人，你说你在我这个年纪的时候根本没有我如今这么成熟，你并非对我百分之百放心，但你觉得我既然有我的梦想就不应该把我绑在身边。

越是这样，我反而越是踟蹰，不晓得应当何去何从。

今天我搬东西去新公寓的时候，有个维修工人正好路过，我去找他借起子，目睹了他们的居住环境。

上来之后，我跟帮我搬家的朋友说，看了想哭。

从外面看那是多么光鲜的住宅区，谁会想到里面有那样简陋的毛坯间，更没有想到在那样的环境中，居然还有人居住。

我问那个师傅道："你们怎么住在这里？"

他回答我说："你住的那样的房子是要钱的，我们住不起噻。"

很朴实的人，很朴实的话，朴实得让我想掉眼泪。

你总说我爱管闲事，但我想，也许我性格里就是有这样的东西，喜欢观察，擅长共情，说得好听叫悲天悯人，说得不好听叫瞎操心。

我知道自己这样的性格，会很辛苦，也很容易受到欺骗和伤害，但与生俱来的东西，哪是那么容易说改就改的。

妈妈，我知道我从来不是能令你感到放心和骄傲的女儿，但我一直在努力，跟我的懒惰、不思进取、放任自流做斗争。

至于幸福，原本就是需要一些机缘的。

看运气吧，生命还有这么长，未来的事情，谁知道呢。

你们都是我的独家记忆

我想我们每个人的青春里都有一些很沉重的回忆,也许很快乐,也许很痛苦。面对这些记忆的时候,不哭都难。

今天我从小九手里拿到传递了一年的日记本,心情真的很复杂。

我是个泪点很奇怪的人,有些事情别人都哭,我却哭不出来;有些事情别人觉得很平常,我却可以哭得稀里哗啦的。

我并不是要自诩我是一个多么与众不同的人,如果说我真的有那么一点儿与众不同,那就是我有你们。

我曾感受过人间最美好的友谊,也在很长的时间之内对人性都充满了怀疑。

但无论如何,我长大了。更值得高兴的是,还遇见了你们,你们这么多人。

以前我在写给朋友的信里说,我只是希望我爱的人也爱我而已,这很难吗?

都快不记得那是多大的年纪了,但我现在明白,要你所爱的人以你所期许的方式爱你,真的太难,太难了。

世事不完美,每当沮丧、灰心、失望、自怨自艾的时候,总会想起你们。

只希望依靠自己,获得洁净并且不折堕的一生,只希望做一个善良的、坚强的、让人尊重的人。

你们给我的温暖,足够温暖这个凉薄的青春。

你们陪伴我走过的岁月,足够我铭记一生。

人间有味是清欢

昨天晚上跟朋友在 DQ 坐了很久，我们都说长沙好像没有晴天了。最近总是阴雨绵绵，真的很久不见湛蓝天空和洁白云朵了，唉。

其实很多道理我不是不明白，但有所谓知易行难，所以我总是很不快乐，晚上回来在 QQ 上更新了签名：

暖雨晴风初破冻，柳眼眉腮，已觉春心动。

有很多影响和变化是无形之中的，在每一次恋爱中都会收获很多很多。

通过学习、剖析来加深对自我的认识和重塑，这是每一段爱情留下的最好的习惯。

小富即安，大爱则满

明天早班机，可是这么晚了我还舍不得睡，真的很珍惜来成都的这次机会，短短几天，虽然很疲惫，但也真的很开心。

高中毕业的时候，看到马当他们的志愿都填在成都，而我却一个人孤零零去长沙，心里是很难过的。

记得军训那段日子，每天晚上我坐在走廊的窗台上，给旧时的朋友们打电话，那个时候我是多么渴望身边环绕着朋友们，哪怕是借着别人的热闹，也显得我没那么狼狈。

现在回想起来，其实那个时候的想法好傻、好幼稚。

以前最怕寂寞，现在才明白，不真诚的感情比寂寞更可怕。

一个人虽然会有些孤单，但至少是安全的，不会有人伤害你，没有人有机会伤害你。

他们如世间一切美好事物

有一天我在校内网状态里写了一句话,我说,重要的人越来越少,但留下的人就越来越重要。

幸福是最经不起暴晒的东西。

对我而言最重要的人,他们如世间一切美好的事物。

他们是绸缎,他们是书籍,他们是清泉,他们是蜜糖。

他们是我爱的人。

我想找你，你却总是关着灯

有一段时间，无论在家还是坐车我只循环听这一首歌，Amen。很多人跟我说，你知道吗，戴佩妮在她的演唱会上边弹钢琴边唱这首歌，泪流满面。

我去找出那个视频看了，不记得看了几遍。

我觉得生活就像一只无形的大手，把我推到了离我最初设想的那种人生很远很远的地方。

为什么要给我一个这样的人生，我不明白，但不明白是一回事，接受是另外一回事。

今天在电话里，L姐姐跟我说，舟舟，其实我觉得你很不错，这些年来所有的事情都是自己一个人承担。

我有点儿意外，也有点儿开心。

现在回头去看学生时代被老师针对刁难，孩童时期被同龄人排挤、孤立，那些往事，惊觉当年以为无以复加的痛苦其实如此轻盈。人生也许就是这么一个过程，从愤怒、激动、无能为力，到如今淡漠、轻描淡写地看待这些。

现在的我，努力学习着跟自己和解，遇到不开心的事情就留一段时间给自己独处，自己跟自己沟通。好在我有两个灵魂，豁达一点儿的那个还总是占上风。

慢慢地，我对生命中不被善待的那些部分，多了一份体恤，慢慢地，也不再将很多没有必要的事情放在心上。

其实我很幸运，这些年来，我有很多好朋友，无论我遇到什么事情她们都会给我力所能及的安慰和保护，虽然她们大多都不在我身边，但是我总觉得她们就像我的亲人一样。

她们知道我敏感、脆弱、小心翼翼，活得顾虑重重且如履薄冰。

她们看着我摔跤了，又爬起来，就算很艰难，还是坚持步履蹒跚地走下去。

她们都跟我说，事情没有发生在我自己身上，所以我才能这么劝你。但我觉得，这些年她们对我说的很多话，在某种程度上都给予了我很大的力量。

得意事来，处之以淡，失意事来，处之以忍。

当年叛逆不羁的少女，终于在这个残酷的世界完成了人生中一次重要的蜕变。

说完自己，现在来说说你吧。

我打开 QQ 看了我们最近一次聊天记录是在十天前。

至于电话……我都在想是不是可以把你的号码删掉了，反正，它似乎已经不会在我的手机上亮起来了。

我挺没用的，真的，我以为自己真的可以做到克制情绪，但是想起你，我的眼泪还是滴滴答答地落下来。

有首老歌怎么唱来着，天天天蓝，你的眼睛为什么出汗？

我就当是 7 月的长沙太闷热，我的眼睛也需要散热吧。

你知道吗，其实我是个很狼狈、很不争气的人，跟你恰恰是相反的。

我本来应该有很多机会、很多种美好人生，可是我从来没有把握过，我从来不渴望做一个胜利的人。

我以为很多年以后，我会为自己自豪骄傲，我以为安静的姿态最美好。

可是我太安静了，我想说的话，你就一句都听不到。

为什么我总是要被那些不肯安定下来的人吸引呢？因为我自己也是这样吗？因为我固执地相信只有同类才能理解同类吗？

为什么我要遇到你呢？

为什么为什么？

为什么我想找你，你却永远关着灯？

有段日子，你就像是我的驱魔人，无论生活中发生什么样的事，好的、不好的，只要想到你，想到你跟我说的话，想到你那种什么都不算个事的气度，我就觉得自己依然很有力量。

从小到大我都是个爱问问题的人，但是有个问题我问了好多好多年，一直没有谁可以给我一个确切的回答。

如果真的是这样，那也挺好的，我真的不愿意以爱之名去绑架任何人，如果没有人愿意心甘情愿地停留下来，那我也关上灯。

我也关上灯。

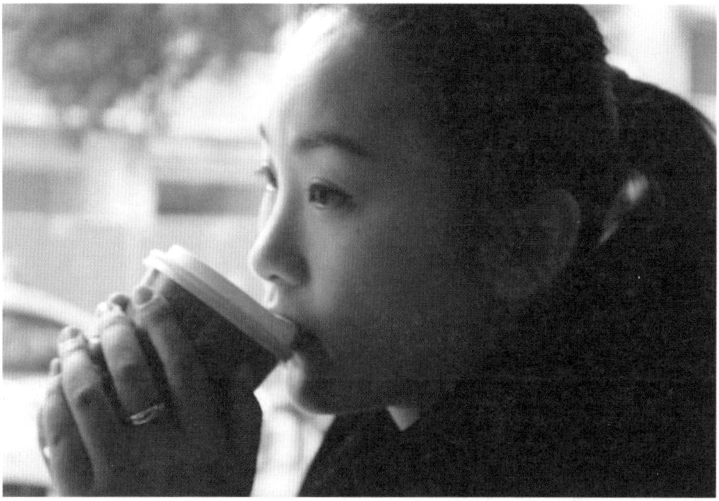

就是这样而已

今日长沙多云，刮南风，生理期第二天，隐约有点儿痛。

旅行的计划有一点点小变动，原本16号要去南宁的航班取消了，21号直接从长沙飞往昆明。

我打算穿白衬衣、牛仔短裤、帆布鞋，拖小红箱，背上相机，轻装上阵。

上次在杂志上看完彭浩翔的采访稿，他是我很喜欢的香港导演，他说，很多人喜欢导演这个身份，其实喜欢的不过是这个身份附属的那些东西。如果哪一天没有红地毯，没有观众给你欢呼，你还会喜欢做导演吗？真心喜欢才做得好，大环境再不景气也能坚持。

这段话于我有振聋发聩之感，这几年，多多少少有些时候我不能完全按照自己的想法说话做事，多多少少我对现实做出了一些妥协和迁就，这也都是没办法的事情。

要出世，就得先入世，这个道理我明白，只是明白是一回事，做起来又是另外一回事。

出　发

　　我的 2010 是一个离别的年份，跟某人，跟好朋友们。但我知道大家都已经不是小孩子，不可以任性地抓着对方的手说我们要一直在一起，因为我知道你们都要去看广阔的世界，做自由的人，追求更符合你们理想的生活……但无论怎么样，至今我仍然相信分别时你眼里的不忍和不舍，都是真的，想到此处，我微微鼻酸。

　　我们暂时别过。

还没跟你饮过冰，
零度天气看风景

初到阳光百合，只觉得这个名字有些俗气，但是有一天，听客栈的阿牛哥跟我们讲了这个客栈名字的来历之后，我心里便有些不一样的感受了。

最初老板和老板娘在丽江一见钟情，然后一起开了这间客栈，取名阳光百合是因为当时的他们觉得，有阳光，就能百年好合。

前半段真是浪漫得要人命，如果我不知道后来的事，也许我会一辈子记得这个美好的故事。

后来发生了什么事？

老板跟一个女人一见钟情，老板娘跟一个男人一见钟情，两人把客栈转了出去，分了钱，一拍两散。

一出黑色幽默。

阿牛哥说，丽江没有爱情。我说，其实哪里都一样。

只要是有人的地方，就有诱惑，有背叛和离弃。

客栈的庭院中间有一个小棚子，下雨的时候我跟朋友坐在这里聊天。

每天睡到自然醒，暂时不用去想我那些纠结的感情、繁重的工作，可以乱穿衣服，就算穿得像个神经病，也没有人会觉得我是异类。

人生是由一段一段记忆组成，有些很沉重，有些很轻盈，我痛苦过，也快乐过，也许只是很短暂的感受，但我明白它们是真切地存在过。

生命总是有一些你无法预计的情节，也许是惊悚，也许是惊喜。

认识了很多新朋友。

在香格里拉认识了小胖，当时我们跟团参加藏民家访，歌舞表演时间很久，我因为太饿了，忍不住伸手去偷他碗里的鸡肉吃。他很大方地对我们说:"都给你们吧。"后来在普达措我们又遇到了,回到丽江之后就成了朋友。

小胖是个财大气粗的家伙,最喜欢做的事就是每天给我打电话问我,舟舟姐,你吃饭了吗?没有吃的话,我请你们吃。

我跟 L 姐姐私下讨论过,或许他就是属于那种喜欢对别人好的人,就是属于那种热爱付出的人。

你知道吗?有时候我们并不是爱上一个人,而是爱上了那个奋不顾身、飞蛾扑火的自己。

我们或许不是爱他,而是爱上了自己英勇无畏的姿态。

丹尼尔是一号离开丽江的,Q 是二号,小胖前几天也走了,一起来的朋友只剩下我跟 L 姐姐两个人了,我们今天下午订了 16 号去成都的机票。

当然,成都不是我们最后的目的地,甚至拉萨都不是。

我遇到了一个人,Sean。

在大理的时候,L 姐姐买了一本《正见》,扉页上说,如果不是遇见你,我至今还不明了我是一个漂泊的人。

除了爱别离，其他的我都不在意

中秋的时候得知从小一起长大的一个姐姐要嫁人了，婚礼定在年尾。坐在饭桌上一起吃饭的时候我看着她，恍惚之间觉得一切怎么可以发生得这么迅猛。

时光不会老，真是如此，它永远安安静静地看着尘世每个人的生长轨迹，直至死去。

我依然记得小时候的周末，我们一起去学舞蹈、学书法，似乎须臾之间，她就已经到了谈婚论嫁的年纪，而我，还似一片漂萍。

隔着半张饭桌我静静地端详她，思绪却跑到很远很远的地方去了。她大我五岁，我在想五年之后我是不是也应该有了一张低眉顺眼的面孔，我的戾气和锋芒是不是也应该收敛至踪迹全无，我对这个世界的好奇和憧憬是不是也在每天的柴米油盐中渐渐无迹可寻……

曾经听年长的姐姐说，女人的幸福说到底，还是家庭幸福，这是她的诚心教诲，但我一直不知道，这个观点是否正确。

这个世界是否真的有那么一个关于幸福的标准是放诸四海皆准的……

我只是知道，我现在想要的生活，是尽我所能去看看外面的世界，它是多么无垠。

旅程结束回到长沙的第三天晚上，我把冲锋衣、牛仔裤扔在沙发上，换上了裙子和帆布鞋去朋友开的店里玩。

前一天晚上眼睛跟我说，明晚过来喝酒，或者喝汤。

我想了一下，我说我想喝板栗鸡汤。

那锅汤从下午六点开始炖，要到晚上十二点才能喝。

中间我走在解放西路的时候才有一种很强烈的感觉，我是回到长沙了，这座熟悉的城市，这条熟悉的街，声色犬马，流光溢彩，几乎让我怀疑我的生命之中是否真的存在旅途中的那两个月。

我忽然一下子理解了小麦跟我说的，舟舟，我回到北京之后用了一个礼拜的时间才觉得自己落地了。

回来那天晚上，羊男送了烧烤和可乐来，我们聊到很晚，那个时候我才明晰为什么我会觉得长沙让我有一种归属感，因为无论什么时候我说回来，都会有一些人在这里。

他们不会说我想你，我挂念你，但当我从远方回来，我知道他们都在这里。

在房子的那天晚上四莫也带了烧烤，还有美味的猪脚。我喝了一些酒，也喝了一些汤。大家嘻嘻哈哈聊着天，后来有了一些比较正经

的对话。

四莫说，很多人活了大半辈子也不清楚自己要什么。我端着酒杯想了一下说，至少这么多年，我很明白，对我来说最重要的是爱。

有人说，重要的应该是快乐。

我顿了顿，说了一句很矫情的话，我说，对我来说，有爱就会快乐。

或者说，有爱，才会快乐。换个说法，也一样成立。

在某些爱情还没有开始的时候，你永远无法想象你可以这样去爱一个人。

在它消逝之前，你也无法想象原来它可以消逝得那么快。

当下一段爱情再度来临之前，你永远无法想象原来你还有勇气、力气和耐力再爱一次。

我这样说显得有些歧义，其实我只是感慨，我只是想说，在我心里有个人，他是故乡。

走新藏线那段时间，有天早上我醒来，突然觉得，就算走再多的路，看再多的风景，其实最终我们都还是要回到让自己内心觉得安宁舒适的地方。

旅程与爱情或许是异曲同工的。

中秋节的晚上接了一个电话，整整五十分钟。

2月靖港，3月武汉、北京，4月成都，7月云南，8月西藏，9月新疆，这一年之中我去了多少地方，在每个地方我都接到过你的电话。

这一年之中我丢失了什么，获得了什么，我认识了多少人，结交了多少朋友，写了多少字，抽了多少烟，喝了多少酒，不计其数。

却清清楚楚地记得每一次你给我打电话的时间。

我走在逃离命运的途中啊，因为你在南方，所以我的长途旅行偏偏要一路往北。

因为你在光怪陆离人声鼎沸的城市，所以我偏偏要往人迹罕至寸草不生的地方去。

我不能与你在一起，那便将自己放逐得越远越好。

如果对你的情义不被珍视，那么我就从此不再提起。

这就是我之前——中秋节那通电话之前——的态度。

其实我真的不是一个聪明的人，所以这些年我一直只会用最笨的方式去爱人，很重，很钝，很用力，这大概就是所谓的真诚。

不是真诚，是笨，是不知如何是好，是因爱故生怖。

那晚与你聊了那么多，我才突然明白，或许你是这个世界上最了解我的人。

因此我才得出一个合理的解释：为什么我遇到任何问题都只想与

你商量、讨论。

如果没有那份信任作为基础，这关系根本不可能维持下来。

我时常不知道爱这个字到底应该怎样诠释，但有一点，在了解了对方全部的缺点之后还觉得对方可贵，那多多少少应该算得上是有爱的成分了吧。

你说刚认识我的时候很不喜欢我，因为我吸烟、精神颓废、讲粗口、口无遮拦，还很刻薄。

我当然知道，你曾经喜欢的都是和我截然不同的女生。

我也喜欢和那样的人做朋友，优雅的、得体的、稳妥的、清淡的。

我的性情比较像榴梿，喜欢的会很喜欢，不喜欢的就深恶痛绝。

我无法成为我喜欢的那种女生，但这不妨碍我也喜欢自己。

但我依然想谢谢你说的那句话，你说尽管我有这么多不好的地方，但你还是觉得我很真，你还是喜欢我。

所以直至现在，我还是得承认，你是我深深、深深，爱着的人。

今天我出门，买了两本地理杂志，一本是关于西藏的，一本是关于古代城市生活的，包括西安、开封、杭州、南京……

我留恋西藏，我怀念在拉萨的日子，怀念宝石蓝的夜幕，怀念雄壮巍峨的布达拉宫，怀念大昭寺门口那些虔诚的信徒。

当然，我也怀念在拉萨那些忐忑的等待和最终流逝于时光中的短暂幸福。

你们知道吗，这个世界上，除了爱别离，我什么都不在意。

爱别离。

就是跟亲爱的人，分离。

命运待我，如此丰厚

命运待我，如此丰厚，如我今晚在饭局上所说，我已经获得比同龄女生要多得多的东西，故此，我似乎不该再对生活有任何怨言。

我不该去强调我所丧失的，我所承受的，我所面对的。

我不知道是否可以用清冷肃杀来形容这些日子长沙的天气，阴雨绵绵，每天晚上躺在床上看书都能听见窗外滴答、滴答、滴答的声音，如斯寂寞，如斯萧条。

这是我一个人的生活，在闭塞的空间里，在仿佛静止的时间里，踽踽而行。

也许不只是我，也许活在这个尘世，每一个人，我们都是孤独的。

理查德·耶茨说，人都是孤独的，没有人逃脱得了，这就是他们的悲剧所在。

中午坐公车去参加公司的新书发布会，我戴着耳机听着歌，看着被烟雾笼罩的湘江，忽然情绪有些失控。

站在我旁边的那个男生一直好奇地看着我，应该还是很年轻、很年轻的男孩子，还不懂得要回避陌生人突如其来的悲伤。

即使知道我的失态被人尽收眼里，我还是忍不住抽泣。

那一刻灵魂好像从躯壳里挣脱出来，飘在空中，带着怜悯俯瞰着这具一颤一颤的身体。

佛家说肉身只是皮囊，有些时候，我真的想丢掉这个皮囊。

丢掉它，灵魂会走得快一点儿，再快一点儿。

发布会现场，有记者提问，除了文学，你们还有什么。

我前面的两位都回答得很得体，轮到我的时候，我的大脑一片空白。

其实我很想说，我时常觉得自己一无所有。

一无所有。

可是张着嘴，我却不得不说，我相信我做什么事儿都能做得很好，即使我不写字，我的人生还有很多种可能性，并且每一种都可以很精彩。

多么励志的一番话，连我自己都被骗了，那一刻连我自己都觉得"嗯，对啊，我做什么都能做得很好的。"

自我蒙蔽只是一时的事情，过了那一刻，我回到现实，我知道其实我还是一个很笨的人。

我就是这么一个人啊，不那么聪明的，不那么好看的，不那么自信的，不那么会说话的，不那么会取悦别人的，不那么懂得为人处世的，青春的路走得有些歪歪扭扭，至今还不明了方向和目标的人啊。

而当所有人都对我说，"其实你很好啊"，当很多很多人说"舟舟，我爱你"的时候，我会觉得很难过。

到这个时候我才能够这么清晰地认识自己，原来我是这样的，不是他们以为的那样。

原来我是这样一个我,一个不那么美好的我。

晚上回来走在雨中,马当留给我的那把宜家的伞扛在肩膀上,就是不想撑开。

一边走,一边哭。

哭的时候我跟自己说,这样就对了,就应该是这样的,那么安静地告别和平地问候,怎么可能是你。

诚然,我知道,我一直在追求的状态就是平和,可当我真正能够面如平湖地处理曾经会令我心惊胆战的事情的时候,我知道,那不是真的我。

真的啊,别人怎么会明白,我把自己撕扯成两半,那个真正的我啊,蜷缩在一个角落里瑟瑟发抖。

我对我爱的人,始终有慈悲,无论他们如何对待我,我总是能够理解并且体谅,我从不指责。

可是为什么,我要对自己下这么狠的心。

为什么我自己的情绪,我的失态,我的失控,全部要掩藏得不留痕迹啊。

我在雨里一边哭,一边问自己,为什么,为什么,为什么啊?

Sean,我是如此的想念你啊。

我始终要回到这样的生活,熬夜,看书看到很晚,写字,睡到上午起床,叫外卖,一份饭吃不完就分成两半,中午吃一半,晚上吃一半。

一个人去超市,一个人打扫卫生,一个人散步,一个人面对日复一日同样的生活,一个人静静地看着时间缓慢而又迅速地淌过。

你有没有过这种情绪,其实我想很多人都不知道我在说什么。

就这样,我自己,成为我生活中唯一的旁观者。

我想这不是这个城市的错，我知道在这里还有很多人关心我，都是我自己的问题。

每当这种时候，脑袋里的某些片段就会特别清晰地浮现出来，比如冬夜里的麦当劳，比如在5000多米的地方看到的星星。

那些我爱过的人，那些我爱着的人，没有一个留在身边啊。

可是我还是会为你们流泪，因为我真的，真的，是那样，深深地爱过你们。

有个渔夫与富翁的故事，我想每个人应该都知道。

我曾经觉得渔夫是对的，没错啊，最后还是要回到这片沙滩晒太阳。

可是而今，我渐渐觉得原来不是这么回事。

离开这片沙滩，去看过广阔天地，去看过众生百态，就不会再安于现状。

即使，最后还是要回来，但生命的质地已经不同了。

就算到最后，爱情还是会消逝，但我们曾经是爱过的，我要自己有资格这样说，我曾经是爱过的。

其实我是多么厌恶嘈杂，但总需要一些喧嚣围绕着，才显得生活是真实的。

否则每个黑夜来临的时候，我都会觉得自己像是一只昆虫，被凝固在黑夜的凝胶中，成了一块琥珀。

即使这样，我知道，我依然得苟延残喘地活下去。

坚韧而孤独地，活下去。

不够洒脱，但这就是人生。不够豁达，但这就是人生。不够励志也不够美好，但这就是人生啊。

外面的世界很无奈

有一天下午我把要洗的衣服丢进洗衣机,进水的时候轰隆隆的声音回响在整个房间里。

电脑里忽然开始播放这首歌。

在很久很久以前,你离开我,去远方翱翔。

那一刻我站在房间里,心里有些什么东西被触动了,我站在那里,忘记自己还没有撒洗衣粉。

南南前几天约我去植物园拍向日葵,我很爽快地答应了,在那个时候我的脑海里迅速浮现起7月从大理去丽江的途中,沿路看到的大片大片的向日葵田。

直到我站在植物园的葵花区,那种失望的感觉,没有办法用言语形容。

我意兴阑珊地在那里度过了一个枯燥的下午。

晚上南南来我家里看我在旅途中的照片,当她看到那些天空的时候说了一句话："以后你心情不好的时候就看看这些照片,看看这么蓝的天空。"

那天下午我们一起去吃寿司,其间谈到读书的事,我问她:"你觉得有必要去做吗?"

她说:"我只是为了给我自己一个交代。"

确实如此,很多时候,其实我只是需要给我自己一个交代。

近日来,我进入了这几年以来情绪的最低潮。

我已经不哭了,也根本哭不出来了,虽然很多次感觉就要到那个点,再多一分力就可以发泄出来。

可是总是欠缺了些许,故此,只好硬生生地憋回去。

其实我说不出来到底是什么原因,不是某一个具体的人和某一件具体的事情让我变成这样。

我甚至短暂地丧失了表达的能力,无论是面对面说话,在电话里聊天,还是对着电脑写字,我的语言都变得断断续续,我时常无法准确地表达自己的意思。

一句话要分成好几句说,写字的时候一个句子要删很多次才能看得顺眼一点儿。

我觉得我正在逐渐丧失我驾驭某些事物的能力。

记性也越来越差,看过的很多书,内容、情节、词语,都已经不记得了。

这个脑袋生锈了。

下午我跟一个摄影师朋友聊了一会儿,他患抑郁症已经很多年,我们刚认识那会儿他告诉我,他最严重的时候是完全不能工作的,只能把自己关在房间里不停地吃东西。

我曾经很害怕自己变成那样,但现在看来,我似乎也不远了。
他说,他现在的状态就是一心等死,所以已经没有了任何期待。
我说,我也一样,只是不方便亲手结束某些事情。
我想你会明白我所指的是我的生命。
但愿这只是我偏激,但愿这只是情绪不稳定时的发泄。
成功的人的精彩是相似的,失败的人却各有各的悲剧。
很多人说我之所以是这样的状态,是因为我还没有从新藏线那段旅程里抽回神来。
我不知道他们说得对不对,也许吧。
如果当时能够死在那里就好了,那里离天好近好近,云朵好白,有好多藏羚羊。
听说人死后要把自己这一生的脚印全部拾起来,我想那样真好,可以再去一次以前去过的地方,把走过的路再走一遍。

今晚我一个人沿着昏黄的路灯走回来,看着街边神色甜蜜的情侣,坦白讲,还是有点儿羡慕的。
虽然,寂寞对于我来说并不是什么问题。
那天在公车上我对南南说,我已经不可能再跟男生手拖手坐公车,当众亲吻以示恩爱。
那些事情我已经做不来。
其实我年纪还只有二十三,可是看那些人时,我是一副过尽千帆的姿态。

下午房东过来给我送钥匙。
对了,看我前言不搭后语的,是我精神恍惚,出门没有带钥匙,只好等着她给我送过来。

那个姐姐人很好,她说:"你1987年出生的,也该好好谈个恋爱,我们那里有很多很靠谱的男生,要不改天一起吃个饭?"

我笑着说:"行啊。"

但我知道事情不是这样,让我变成这样的,不是感情。

无论你有多少亲人,多少爱人,在人生的某些时刻依然只能独善其身。

我希望我心里能够有一个很爱很爱的人,那么我便可以依靠他对我的那些期许积极地活着。

给我力量的不是这个人,而是我对他的这份爱。

回到家打开电脑你冒了出来,叫我"妞"。

已经很久很久没有听你这样叫我了。

如果这个时候再听那首歌,"在很久很久以前,你离开我,去远空翱翔",算不算是首尾呼应呢?

曾经我就是依靠着心里对你的那份爱活着的。

我不是不爱你了,我是连自己都不爱了。

外面的世界,真的很无奈,要是我有一个小小的茧就好了。

我就可以把自己包起来。

我问丛丛:"你说活着是为什么呢?"

她说:"是为了死。"

我说:"那为什么现在不去死呢?"

她说:"因为还只走到一半。"

我真希望剩下的那一半,比过去的那一半要平坦一点儿。

侧 面

有一天晚上阿牛哥突然发短信问我说,你是信宿命论呢,还是信随机论。

我查了一点儿资料之后才回答他说,不知道。

但潜意识里我知道,我其实偏向后者多一些,我相信在宇宙中某些量子在产生不断的质变,有因却未必有果。

有一个我很喜欢的文艺电影里说,只有相爱的人才认为他们的相遇不是偶然的。

但我一直觉得很多契机是转瞬即逝的,大街上每天有这么多人和我们擦肩而过,依然是对面不相识,而另外一些人,即使我们相隔千里,但我们总能遇到。

宿命论说一切有因有果,我不太信,如果真要这么说,也许无疾而终也是一种结果吧。

在物理学上,面积越宽,深度就一定相对越浅,而面积越窄,深度就一定相对越深。

我不是理科生,对物理的了解也就停留在这些表面上,另外还知道一个压力,一个压强。

感情也是一个片面的东西，爱着一个人的时候根本不会计较的细枝末节，在不爱了之后都会像是去除饱满果实之后，那丑陋的核。

信仰只有一种才能虔诚，爱人只有一个才能忠贞。

那些我以为很了解我的人，有时候我觉得其实离我心里那扇门好远好远，于是在一语道破之后才发觉曾经的亲密不过是我一厢情愿的幻觉。

我曾经以为最了解我的某个人，我想我可能让你失望了，不过你大概不知道，在过去的时光里，你也让我失望过好多次。

最失望的那一次，是我说我很孤独，你说哈哈哈。

其实我们每个人，展示给这个世界的不过是自己某一个角度的侧面，而看到这些侧面的人往往误以为这就是我们的正面。

被评价得多了，有时候自己都搞不清楚到底哪个是正面哪个是侧面了。

有时候你看到我颓废，其实那不过是我的一个侧面。

有时候你看到我振作，其实那也不过是我的一个侧面。

只有足够亲近的人，才能看到最多的侧面，最终凑成一个完整的正面。

以为只有让你看到最真实的我，我才能看到最真实的你，所以我把整颗心捧到你面前给你看，结果，我们互相失望了，真是遗憾。

我曾经好想成为能够令你骄傲的人啊，可惜你从来不稀罕。我曾经因为始终无法接近你的内心世界，于是放逐自己更远。

不过没关系，没关系，都过去了。

我知道有些路始终要自己走的，你搀扶过我一段，已是命运的眷顾和提携。

这世上，总会有永不令我失望，也不觉得我令他失望的人。

曾经做的梦太大了

去武汉看了妖精和派派。

妖精现在已经不太用这个名字了,但我认识她的时候就是这样叫,到现在真的改不了口了。

去年这个时候她的肚子还不是太大,晚上吃完饭,我们在她家旁边那个学校的田径场上走了一圈一圈又一圈。

那个时候我处于一个困顿又迷惑的阶段,刚刚离开校园的怅然若失,对未来的极不确定,感情空虚,仿佛一个巨大的包袱找不到安放之所。

那次我回到长沙之后写了一篇日志,我说每个女孩子都应该有一个姐姐,不能跟长辈和伴侣说的话,都可以跟这个姐姐说。

我一直是一个很怕麻烦别人的人,无论去哪座城市,跟谁在一起,我都会察言观色,尽量减少不必要的叨扰。但这些年来,我从不觉得我去妖精家是打扰。

那天晚上妖精看一个电影,看着看着就跟我说,这个电影好像说你哦。

后来我在清迈买到了那个电影的英文原著——*Eat Pray Love*。

茱莉亚罗伯茨主演，一个女人在日复一日的生活里感到了厌倦，踏上了寻找自我的旅途。

我不知道最后她是否找到了真正的自我，但我知道生活不是电影，也许我走再多的地方也还是无法得到内心的平静，但人生其实就是一个修行的过程，这个我明白。

我跟妖精说，现在的我已经比从前沉静很多，已经可以一个人面对冗长而枯燥的生活，不能不说，这也是一种进步。

看着半岁的派派，真的有很多很多的感慨。

当她小小的手抓着我的食指，眯起大大的眼睛咯咯笑的时候，令我都想安定下来，结婚，生个孩子。

派派，要健康成长啊。

女孩子，平安喜乐的一生就足够了，其实不需要太多深刻的感悟和感触，你的快乐，就是最重要的事情。

最后想说说你。确切地说，最后，我想和你说说话。

只要我在长沙，你就绝对不打电话给我。只要我在外地，你就一定会打电话给我，总是很巧。

也许正是因为这一年来你打电话给我的时候我总在外地，所以你也觉得我过得真好，过得真惬意。

在你看不到的时空中，我的寂寞与孤独，都是我一个人的事情。

关于生活里的各种忧愁，我已经选择了静默，不再与你说起。

我一直觉得你是离我灵魂最近的那个人，也一直认为有些事情即使我不说，你也能够懂得。

关于你，我有过我的担忧。

担忧你变得越来越俗气，越来越在乎功名利禄，却从未想过在异乡那些漫长的夜晚你是如何度过。

很难给你我之间的感情命名,后来你去了很多地方,我也去了很多地方,你认识了很多人,我也同样。

我们之间已经越来越远,我们再也不可能像刚刚认识的时候那样拿出五个小时的时间来交谈——你没有时间,我没有耐心。

我觉得我从前对你的感情,似乎都太过于用力了。

爱也爱得太用力,恨也恨得太用力,可能就是因为那样激烈,所以过早地透支了。

今天有一个女孩子跟我说,她睡在床上,她男朋友在旁边拿着计算器算账,她觉得不能忍受。

她说:"舟舟,我就睡在旁边啊,他居然可以视而不见地算账。"

我说:"那又怎么样呢?你也可以做你喜欢的事情呀。"

长到我这个年纪,已经不会做一些不切实际的梦,已经不奢望有一个人捧着我的手感叹着说"跟你在一起我觉得自己很幸福"这么肉麻的话。

但即便如此,我依然是希望得到爱。

可惜在你的世界里,总是只有成本、利益、资源、功名。

我想,你永远不会明白有时候我做一些事情真的没有别的理由,仅仅是因为爱。

到了这个份上,你我之间已经变得很微妙了,你从不问我关于感情的事,不问我某个相册里那个陌生的背影是谁,与我是什么关系,我也不问你身边是否有美丽或者不美丽的异性,我们都知道,这些是不必问的。

若我不再问起这些,只有一个解释,就是我不预备继续爱这个人了。

夜深了,我觉得我真的已经到了一个不能熬夜的年纪了。

无论我还能不能再见到你,祝你早安,午安,晚安。

笑

  2010年看你去了好多地方，遇见一些人，经过好多风景。看你的近照，觉得你越来越漂亮了。你说你向往自由，你也说你需要爱情。你说你喜欢的都是浪子，可是为什么我觉得在你心里，也许也从未停下来过。你的痛苦或许只是因为你无法平衡你的现实与你心中的愿望。安稳也有自由，只要你甘心平淡；流浪也有自由，只要你守得寂寞。

  我从十六岁开始喜欢你，羡慕你并偷偷嫉妒你，所以这么多年一直关注你。现在已经二十出头了，也曾疏远你，有些小看过你，但最终只要你更新日记便会全文点击。因为是隔着空间，所以只能凭文字自我感觉你，想象你，猜测你，希望你并不介意——这些年虽然你的锋芒敛去不少，但性子也许真的没怎么改变——玫瑰依然有刺。

  真心希望你能快乐一点儿。

  这是今天起来在博客上看到的留言。

恍惚之间觉得时间真的过得很快，一转眼，六年了。

六年间换了好多地方写日志，自始至终没有改变的是事无巨细地展露我的生活和心情。

忽然之间觉得，这样真是不好。

如今我不再轻易与人谈及内心的真实感触，因为要得到另一个人的理解，这几乎是不可能的事情。

想来，自己的情绪还是应该自己担负。

虽然真的很感谢很多朋友大半夜地看着我更新，绞尽脑汁地组织语言给予我安慰和鼓励，但还是觉得，被这么多人看着我的脆弱，慢慢地，就真的站不起来了。

我打算一个人出去待一段时间，没有朋友也没有爱人地待着。

我希望自己在这段日子里能够想清楚，到底要如何平衡我的理想和现实，如何不被这世间的残酷所击溃。

无论眼下如何艰难无望，我心底深处始终有一抹光亮，坚信自己能够找到那缕阳光，脚踏实地地走在它的笼罩中。

到那个时候，是谁会来到我身边。

那就拭目以待吧。

医生说：
在我眼里，你还是很漂亮的

这几个月来明显地感觉到身体状况不太好连皮肤都变差了好多，尤其是近半个月来，额头上居然长出很多痘！

我——崩——溃——了。

朋友推荐了一个中医给我，让我周末去看看，并且还帮我预约了。现在的医生，都很大牌啊！

昨天凄风苦雨的，我一个人撑着伞在路边等的士，等了好久啊……差点儿等哭了好吗！

到了医院之后那个好玩的小医生小夏跟我聊了半天，问我，你开车来的吧？我又哭了！我没有车没有钱没有房子没有工作没有男朋友！为什么要这样羞辱我！

然后去看医生，医生七七八八跟我讲了一堆，我很紧张地问，医生，我还有救吗？医生是一个儒雅的台湾男人，他说，还有救，要不然我就会跟你说，有吃快吃，有喝快喝，喜欢玩就多出去玩啦。

离开之前我贼心不死地问："医生，我的皮肤还有救吗？我以前，还是比较，好看的。"

医生看了我半天，说："在我眼里，你还是很漂亮的。"

好医生啊！我决定砸锅卖铁给他送一块牌匾，上书八字：华佗再世，慧眼识猪！

医生说我身体搞成这个鬼样子很重要的一点就是我的睡眠时间太短了，每天睡那么一会儿怎么行呢。

唉，都怪我自己，老骥伏枥，志在千里……都怪我以为自己还是十七八岁……

从今天开始，我要喝中药了，每天三次，我真的很想把我喝完中药之后那个狰狞的面孔拍下来给你们看啊……

我一直是一个迫不及待就想要看到结果的人，做任何事都是这样，我咄咄逼人，不给对方松懈和喘息的余地。我对人对事的要求都很高，绝对不允许别人在力所能及的范畴之内犯低级错误，我缺乏宽容和淡定，不够豁达和坦然。

从前的我，就是那样的一个人，急躁，暴躁，浮躁，一点儿也不美好。今天跟若若聊了很久，从我高中开始她就认识我了，直到现在这么多年过去了，她的女儿都已经一岁多了。

我有改变吗，当然有，她说我真的长大了。

变得宽容了，低调了，真正沉静了。

我时常逞强，不愿意麻烦别人，不想成为任何人的累赘。

我从小就懂得察言观色，装模作样了好些年，忽然有一天觉得没意思了，开始放任内心里那个真实的自己驰骋于这个世界。

昨晚跟毛毛说，活得这么不开心，不如一起去死吧？

她说，我们这样的人死了，对社会是一种损失。

我说，那我们低潮的时候，怎么不见社会来救我们？

说到底，最无情的不是我们啊……哈哈。

没错，我现在很多事情都放在心里，我觉得自己逐渐丧失了表达的勇气。以前说错话、做错事，不怕，因为年纪小，知道自己可以爬起来。现在这个年纪再犯错，自己都不能原谅自己。

于是我选择了缄默，匿藏在我所写的小说当中，借由笔下的人，说出我心里的话。

成长使我获得智慧，不与那些原本就拥有很多的人相比，只与自己的昨天相较，发现今天的自己比昨天的自己稍微聪明了一点儿，坚强了一点儿，这就是我的人生。

即将到来的人生
总不会比曾经历的更差

写这篇日记之前我特意去洗了一个澡,记得在大学的时候,每当我被某些事情弄得心浮气躁,我就会去澡堂洗澡,在氤氲的雾气里好好地沉淀自己的思绪,一转眼,我离开学校已经一年多了。

前不久听学妹说教学楼大厅里还摆着印有我照片的易拉宝,是那张我穿着黑色的裙子,头发上别着一朵蓝色大花的照片,P得我自己都有点儿不认识的脸。

这一年来拍了很多很多的照片,F盘里的文件夹一个一个在增加,有时候我一张一张翻过去,可以那么清晰地看到时间爬过皮肤的痕迹。

虽然有一点儿沮丧,但是不得不承认,我有那么一点儿老了。

我翻到年初的日记,看到自己在新年伊始的时候写下的那个开头:2010,岁月流金。

记得国庆的时候在房子跟眼睛聊天,我说:"我这一年可谓一无所成。"

他笑着说:"不对吧,无论从哪方面来说,你应该都是收获良多啊。"

是我们看待事物的角度不一样才会产生这样的偏差,他指的是我所经历的那些过程,而我惆怅地想起的,无非都是落空的结局。

我屡次被自己催眠,梦想着这次的遇见就是所谓的唯一,但不知道冥冥之中哪一种力量在作祟,始终不能如愿。在我微博的马甲上,我曾伤感地写下一句话:除却我真正想要的,别的我都已经得到。

一个大哥反问我:难道那些得到的不是你真正想要的?

问得我哑口无言。

唯有毫无约束生活过的人,才能够体会到约束的可贵,我想我所欠缺的也正是这个。

有一天晚上我跟丛丛说,怎么办,明年我们就本命年了,真可怕啊!

我想不起在我十二岁那一年发生过一些什么事情，于是无法预知明年我的命运到底是大旺还是大衰，但我想要发生的事情是怎么都躲不过去的，无论是好是坏，只能由它去发生，即使又要受伤，即使又要因此使我的情绪有大悲大喜的波动，那都是我无能为力的事情。

那些勾心斗角尔虞我诈曲意逢迎的东西，我不是不懂，也不是看不明白，只是觉得我没有必要也置身其中。

去年的年度总结细致得让一大帮朋友汗颜，现在回头去看看，去年的总结其实只能算是一个大概的记事，并没有太多内心的感触和感悟，总体来说，去年的就是流水账，某天吃了什么，鸡鸭鱼肉小白菜。某天认识了谁谁谁，牙擦苏猪肉荣胖妞阿花之类的……

今年得到的很多，算起来，比失去的还要多，我们的人生大概就是在这些得到和失去之中，逐渐变得丰盛起来。

今年的我比去年的我更加封闭，很多话到了嘴边还是会咽下去，写日志的时候都已经全部写完了，在最终确定发表的时候又会点"取消"。我曾以为自己的内心会变得越来越强大，对宠辱都能够以平常心去看待，现在才知道，我并不能。

保护自己与生俱来的脆弱和敏感，是我在生活中最重要的任务，我没办法成为一个什么都豁得出的姑娘，所以只能这样小心翼翼地生活着，即使不可避免被现实磨平我的棱角，也依然负隅顽抗。

1月和2月

这两个月其实没发生什么令我印象十分深刻的事情，算起来大概就是认识了一帮朋友，回头去翻看当时写的日记，也都是一些嘻嘻哈哈的流水账。

那个时候的我，大概还没有现在这么多游离的念头和破碎的情绪，还没有这么多郁结在心里不知道可以跟谁讲，但知道跟谁讲都于事无补的想法。

过年前他们一起陪我去商店买了单反，配了一个副厂镜头。过了两天那个镜头不能用了，眼睛又陪我去了一次，换了现在用的这个广角镜头，每次拍东西看到恒定4.0的光圈都……很想死。

还有一件事就是跟星崽一起买了很多的糖，寄给湘西一个贫困小学的孩子们，校长给我打电话的时候听到我的声音误以为我是一个男人，说孩子们很开心，谢谢舟叔叔。

……

舟叔叔表示很想死！

大年初六那天，我跟南南一起去靖港找眼睛玩，那天的天特别蓝，大概是我在长沙的这几年见过的最蓝的天。当时没想到就在今年,我会站在离天空那么近的高原上看着棉花糖一样的白云,晚上写了一篇日志,标题取自李清照的词:暖雨晴风初破冻,已觉春心动。

3月

从武汉回来的第二天就去北京了,糖糖姐和鸭子陪我一起去腾讯做访谈,至今我依然觉得那是我接受访问中最失败的一次。我自己太过于紧张,那个来自中传的美女主持人事先也没做过功课,导致访问过程不断地冷场,冷场。

主持人问我现在的你跟过去的你有什么不一样吗?

我说,曾经我是故事里的人,而现在我是讲故事的人。

在去北京的飞机上认识了鳗鱼同学,到现在依然保持着友好的联系,夏天的时候她来长沙我们还一起吃饭,国庆的时候她来长沙我们又一起吃饭——我们只知道吃饭。

离开北京的前一天去新浪见到了佳怡,本来以为她不太好相处,没想到她对我"一见钟情"……后来鸭子告诉我,佳怡说得最多的一句话就是,独木舟真是太可爱了。

4月

搬家,开始稳定的独居生活。

去成都参加新浪读书频道的访谈,顺便见了哈希和白玉。

坦白讲,那个时候还不觉得她们是两个大傻子,那个时候的她们对我还很客气、很礼貌,"舟舟姐""舟舟姐"叫得很亲热。我记得那天吃完饭开了三张发票,是我分配的,三个人一起刮,结果让我想骂人,她们都中奖了就我没有。

好吧，我只能安慰自己说，我的运气不在这方面。

在成都又见到了佳怡，她毫不掩饰对我那条绿色裙子的喜爱，我一时之间激动得恨不得脱下来送给她。

工作结束后的两天，马当带着我逛了杜甫草堂和宽窄巷子，介绍了亲爱的猜猜给我认识。

不得不提的是，我跟翠花的会面。

我们认识到现在也有六年多了，我都不记得我们最初是怎么认识的了，早几年的时候都算不上太交心，但我知道你一直默默地关注着我，默默地暗恋着我，哈哈哈，我自己都笑了！

六年后我们才见面，坐下来一起吃火锅。沸腾的火锅，最适合这鲜活的友情。

我多么希望你的生活越来越好，读完研究生读博士，读完博士去造原子弹。

离开成都那天早上天还没亮，我拖着箱子从盐市口的酒店去坐民航大巴，寂静的长街上只有偶尔从身边掠过的三轮车和昏黄的路灯。

5月到6月

5月，我老老实实地待在长沙写《月亮说它忘记了》，哪儿也没去。开头起码写了八遍，我和惜非都还是觉得不太满意。

前前后后荒废掉的字加起来差不多有五六万。

这个月我满二十三岁，我都不太记得是怎么过的了，好像自己写了一篇很长很矫情的《写给葛婉仪》吧，真是不太记得了。

失眠开始加重，整夜整夜睡不着，满脑子都是乱七八糟的思绪。

从3月开始零零碎碎地推翻重来，推翻重来，终于在6月中旬定稿了。

定稿那天凌晨我写了一篇很长很长的日志，有种古代秀才终于中了状元的辛酸和扬眉吐气，我好歹也写完了。

第一件事就是给烟色留言说，姐姐，来长沙玩儿吧。

很快，无业游民烟色小姐坐着轰隆隆的火车来了，我们一起待了一个礼拜，白天顶着大太阳出去拍照，晚上就一人一台电脑修照片。

那时候我的 PS 技术仅仅会把人脸上的斑啊、痣啊去掉，但也觉得自己很厉害。

到了月底的时候，一切都弄得差不多了，就开始订机票，去兑现年初时对自己的承诺，给自己一段不定归期的旅程。

是的，这个时候，我还没有意识到，我走在逃离命运的路上，却即将与命运不期而遇。

7 月

到昆明落地的时候一开手机，很多未接来电，马当跟我讲差不多就是我出发的那个时间有辆机场大巴发生了很严重的事故。我惊出一身冷汗，想起自己也算是跟死神擦肩而过了就感到后怕。

我跟 Q 基本上是同时到达昆明的，拿了托运的箱子之后一出去，就看到了 L 姐姐在等我们。

那天晚上我们聊到很晚才睡，话真的是很多啊……

很郁闷的是一到云南我的笔记本就坏了，在这里要强烈谴责某品牌笔记本电脑的质量！

在昆明大理待了两三天，现在想起来，其实我喜欢大理超过丽江，大理没有丽江那么喧闹，而且彩惠居的那顿饭，真的是美味得令我至今难忘。

后来无数次跟 Q 说起，其实那应该是我在旅程中最快乐的一段日子，后来……后来不是不快乐了，只是后来的快乐，太复杂了。

到丽江之后住在阳光百合，最初的日子还是很开心的，我们三个人跟着阿牛哥去买菜,背着背篓挎着相机,笑得见牙不见眼,在香格里拉认识了来自纽约的小胖,回到丽江之后又认识了笨笨,那些都是很开心的。

在 Q 临走前的那天晚上,非吵着要去某个地方,想着给她饯行我可能会哭,就干脆没化妆。

在人堆里看到了某人,他的眼神扫过来盯住我,像是完成了某种无声的接洽。

我与 Sean 就这样相遇了,只是当时的我并没有意识到,这个人,未来对于我有多么重要。

8 月

林白的《过程》中说,8 月,8 月我守口如瓶。

所以最重要的那些片段和细节,我决心守口如瓶。

在最后留给他的话里我说道,在你身边的那些日子大概是近年来我最轻松的时刻,所以无论后来发生了多么令我难堪的事情,我都还是觉得,遇到你总比不遇到要好。

七夕那天晚上我和 L 姐姐飞到了成都,小胖来双流机场接我们去吃宵夜,第二天我恩将仇报地带着哈希和白玉两个吃货去蹭小胖的饭吃。

两天之后的清早,飞抵贡嘎机场,下飞机之后第一件事就是发了条微博:拉萨你好。

从贡嘎机场去平措的途中看到两边光秃秃的山,真的觉得有一种荒凉之美。

我们在拉萨待了足足半个月,去了一趟纳木错,认识了小麦和她当时的男朋友,在大昭寺门口又认识了小聂和林庚,尽管结识了这么多新朋友，但那半个月我始终活在一种忐忑的期盼中。

那个时候，我还是觉得很幸福的，我知道他不会失信于我。

9月

海子在《九月》里说，远在远方的风比远方更远。

3号下午，大部队胜利会师，看见Sean的时候他们一群人刚下车，他拿着吉他站在出租车旁边，我只来得及叫他一声，然后就冲过去抱住他，直到他抱着我的时候我才确定，他是真的来到我身边了。

我一直记得某一天上午，其他人都去布宫了，我们两个躺在一起讲话，后来L姐姐进来了，我从被子里爬起来跳到靠窗的那张床上去翻出烟来抽。

我穿着蓝色的Tee，披着头发，阳光从背后照进房间，他们在谈论什么是文艺青年，他说文青应该是理想主义者，所以你是我不是。

我侧过头去就能看到他靠在墙角看着我笑。

没什么太多想说的了，从拉萨出发去阿里，走完219国道，途中海拔最高的地方好像有将近6000米，寸草不生，只有苔藓。

我不说，不代表我会忘记。

怎么可能会忘记那些，彩虹，银河，火烧云，流星，神山圣湖，还有在古格的时候，伸过来握住的温热的手。

回到长沙之后，足足半个月，我的心还在外面飘着，做得最多的事情大概就是走在街上，突然一下就哭起来。

10月

写完了一个中篇，情绪一直没能调整过来，没想到月中的时候

Sean会来看我。

  这种事先没有一点儿征兆，突然接到一通电话，Sean说："我快到长沙了，来看看你吧。"然后握着手机的手一直发抖，那种震惊、无措、喜悦混杂而成的感受，往后大概也不会再有了。

11月

  下旬的时候我飞去了鼓浪屿，见到了柚子妹妹，她说："我已经喜欢姐姐五年多啦。"

  柚子长得很漂亮，皮肤雪白，没有瑕疵，羡慕！

  还有几个读者妹妹特意去岛上看我。

  住在鹭飞的时候认识了曾畅，每天我都逼着他出去拍照，不是拍风景，是逼着他拍我。

  过了几天，另外几个好朋友分别从别的城市过来跟我们汇合，大家都过得好开心，在厦大的海边踏浪的时候，我真的希望时间能凝固。

12月

  转眼之间就到了12月，大家聚在一起互相又要问，圣诞怎么过啊？元旦怎么过啊？这种老问题。

  我想那些善意和关爱只能使我在孤单的时候感到温暖，而不能替我解决兜头而来的一个又一个实质性的困难。

  今年的年度总结似乎写得比去年更长，今年的我没有去年站在年尾憧憬新生活的热情，但正如年长的姐姐所说，成熟是你自己都没有意识到的事情。

  差不多自己看了一遍，都是凭记忆写的，没有再去一篇一篇日志翻出来做辅助，所以多多少少会有一些纰漏。

跟丛丛说起去年的夏天，她刚辞职，我刚毕业，住在老鼠吱吱叫的老房子里，没有空调没有电视。有一天两个人加起来只有二十块钱了，一人十块地把钱分了去买了两个盒饭。

那样的日子都熬过来了，现在就算再怎么难过，也不必恐惧了。

没有多久就要进入我们的本命年了，但我笃信，即将到来的人生总不会比曾经历过的要差。

现在的我已经很习惯了独自生活，追求自由的同时一定也要接受附赠的孤单和寂寞。

我知道我缺乏逻辑和上进心，对生活，始终是一种得过且过的消极状态。没有必要别人怎么过，我就怎么过，别人追求什么，我就追求什么，虽然那样做会带来一些安全感，但牺牲的也许就是自我的灵魂。

感谢那些老朋友，时间走了你们还在。

感谢那些新朋友，你们带给我的快乐。

还有 Sean，你让我看到生命的另一种可能，让我看到一个新的世界。

最后应该也感谢一下自己，好多次以为撑不下去了，但每天早上睁开眼睛我都知道，我又活下来了。

2011

春 风 停 顿

再见，旧时光，你好，新生活

昨天是 2010 年的最后一天，站在时间的坐标轴上我有些茫然，过去一年的收获与丧失都已经落下帷幕，很庆幸的是无论遭遇如何，都在命运数到九之前重新站了起来。新的一年，有很多计划想要去实行，迫不及待地想要去新的地方，看新的风景。

我又结识了一些朋友，他们在自己的城市等着我偶尔心血来潮的探访，我大概可以预知，我会走很远很远的路，去看望一些人。

关于现在的生活，不能明确地说出满意或者不满意，毕竟在寒冬腊月，朋友们起早挤公车去上班的时候，我能在开着电热毯的床上睡到日上三竿，光这一点，我就不该对生活有太多抱怨。

只是总有那么一些时刻，比如看着超市里琳琅满目的蔬菜瓜果，比如呆坐在电脑前机械化地打字，比如把那一味叫作桂枝的中药丢进已经熬了一个钟头的药罐里，比如在给朋友们寄书的快递单上填写地址……

这些时刻，我总会有一种冲动，想丢掉手里的一切，突然开始跑。

我想跑到一个山野乡村去种花，或者种菜，都挺好的。

我很感谢2010年，在我的生命里，这是至关重要的一年，它令我沉静下来，审视自身和内心，它令我低下头颅，以谦虚的姿态与我曾经对抗的那些和解，它令我深思我想要的究竟是何种人生，它令我成熟，开始关注自身之外的世界，它令我懂得宽容和原宥，令我挖掘与自己独处的意义。

但无论我多么不舍，我必须要跟我的2010年永别了。

渐渐远去的那些时光，我心中充满了感恩和不舍，但依然要坚定不移地朝未来走去，就算2012年真的是世界末日，我也可以在所有的陆地都沉入海底时，心甘情愿地说，我曾经热烈地活着。

昨晚本来是打算在家看看电视的，10∶30的时候阿易叔叔打电话来说："去河西拍烟花吗？"

2011年真的来了，收到很多朋友发来的短信说新年快乐，大家都新年快乐。

请在我心上用力地开一枪

本以为自己已经麻木,已经不会再为了某些曾经的记忆抖动得像一个筛子,以为自己的乖戾和孤僻已经默然,却没想到一不留神又看到过去的自己。

其实不动声色和处变不惊真的不是困难的事情,只要你下得了那个狠心,只要你有必死的决心。

只是你要确定,你丢得下那个自己,舍得即使有重新开始的机会你也不会再那么没心没肺地去相信。

在我的心上用力地开一枪,让一切归零在这声巨响。

我时常陷入一种自戕的情绪,在最崩溃的时候想要毁灭自己。

再度陷入失语的状态,日志写不好的时候,就应该专心去写小说。

写字的人留给这个世界的最终还是作品。阿易叔叔曾跟我讲,登上一座山有两个方法,一是自己摸索着山间小径爬上去,这样会花费很长的时间,也许会走很多冤枉路。

还有一种就是直接坐直升机飞上去,然后站在山顶纵观全局,再飞下山,沿着你心里的那幅地图爬上来。

他说,决定一个木桶容量的也许未必是最短的那块木板,而是这个桶上有多少个洞。我们无法杜绝洞的存在,却可以努力让桶里的水,流得慢一点儿。

绣花也和我说,某些事情应该在适当的时候让它结束,而不是一直拖,拖到不能再拖的时候,不得不结束的时候,才结束。

谢谢你们教我的这些。最重要的是如今的我已经明白,如果我不对自己满意,那么我永远也不会对生活满意。

所谓幸福快乐,其实只是求仁得仁。

曾想与你围炉夜话到天明

我一直很想有一张戴着红围巾，站在雪地里，注视着镜头的照片。

谢谢阿易叔叔，满足了我这个小小心愿，虽然代价是高烧到39度。

我从没想过自己的身体会差成这样，12月初从厦门回到长沙开始，不断地生病，不断地吃药，中药西药，吃的涂的，短短一个月之内发了三次烧。

朋友猜测可能是因为我之前天南地北地跑，换水土换得太频繁，但我更倾向于另一个说法，淤积的情绪太多了，总要有个法子发泄出来。

病了这几场之后，整个人元气大伤，精神很差，可是睡眠并没有因为精神差就变得好起来，晚上还是睡不着，早上早早地起来洗澡，熬白粥，胃口也不好。

总之，这可能是近几年来健康状态最差的一段日子。

我想我应该快要好起来了，如果这一切都是源于内心那些不可言说的苦楚，那么也应该到了完结的时候。

生病的日子读了一些书，获得了很多启示，也算是额外的收获了。

记忆里长沙很少下这么大的雪，换了相机之后，计划出去拍几场雪景，也因为生病作罢了。

这些日子认真审视内心，觉察出自己依然是一个喜欢安静的人，在浮躁的生活中梳理出一小段时间用来阅读、书写、拍摄，便能使我获得足够的乐趣，并且深深地觉得这些乐趣是购物所不能取代的。

有时候我觉得，我并不贪心，我最想要的，是无论际遇如何都不会失去的自由。

包括我可以说我想说的话，写我想写的文字，去我想去的地方，爱我想爱的人，那是一种理想状态的人生。

我只是喜欢写关于爱的故事，爱是我生命中很重要的部分，没有

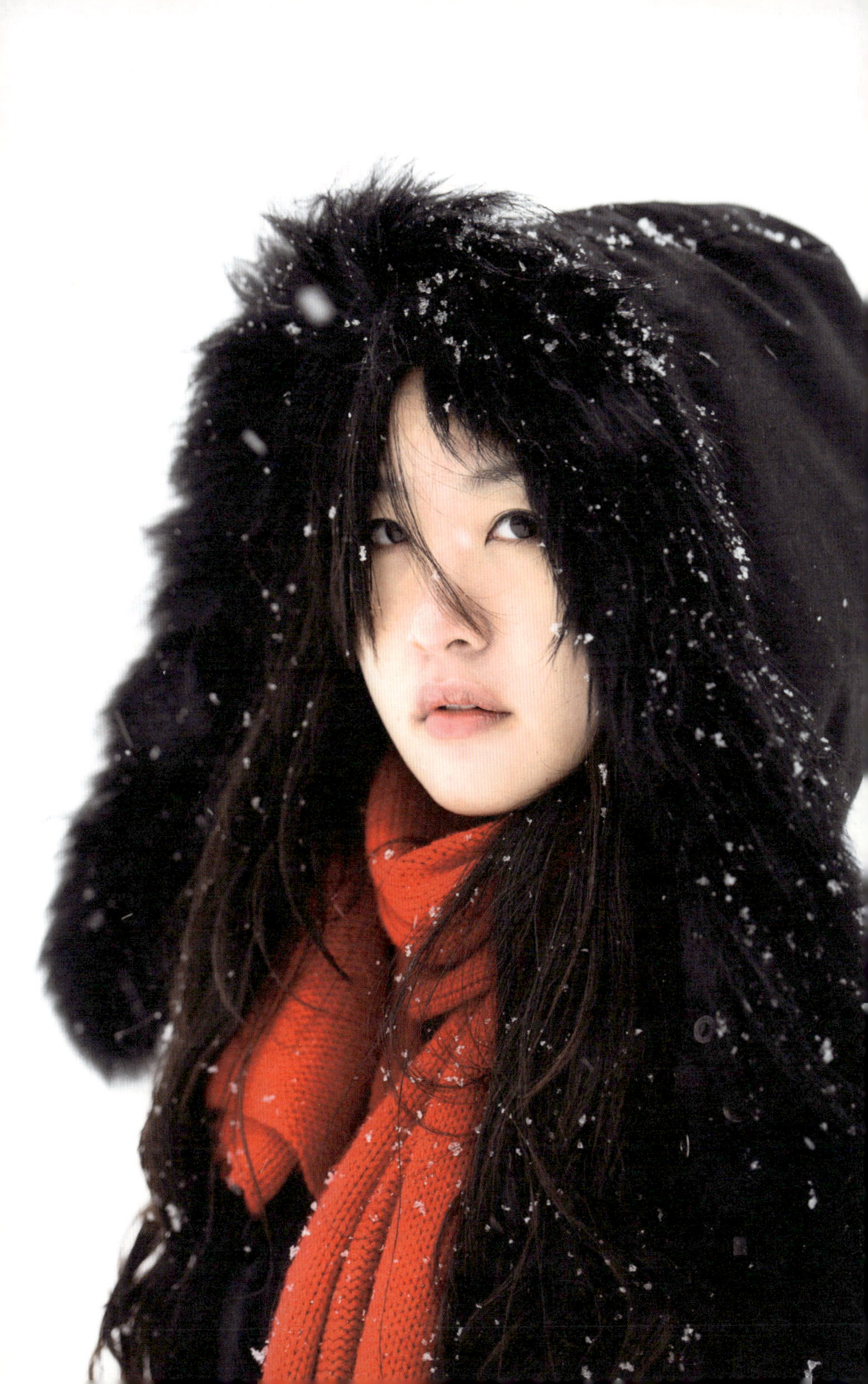

什么比爱更高尚，而每当有人告诉我，她是跟着我写的故事一起长大的时候，那种满足和欣慰，难以言表。

昨天傍晚躺在床上咳嗽不止的时候，房间里一片漆黑，窗外有雪在融化，只听得见墙上的钟嘀嘀嗒嗒，那一刻忽然不能抑制自己的脆弱，给 Sean 发了一条短信。

我没有说我生病了，我只是叫了他的名字，然后他很快回过来，看到那句话的时候我忍不住笑了起来。

意志薄弱的时候我未能悬崖勒马，我们从未说过往来相决绝的话语但我的确有过这样的念头，好在我到底还是控制住自己，让你以为我不过是心血来潮找你闲话家常，我可不能让你知道，在我难过、情绪低落的时候依然企图从你那儿获得力量。

我的企图，自己知道就好。

我一直认为，语言的本身赋予的能力太过于有限，关键时刻能够带来力量的应该是别的，拥抱、眼泪、肌体带来的力量以及其他，唯独不是语言。我依然觉得，凡是自己内心所想，只要不伤害别人，但做无妨。

我一直很喜欢杜尚的态度，他说，我从某个时候起意识到，人的生活不必负担太重，和做太多的事，不必有妻子、孩子、房子、车子。我庆幸的是我意识到这点的时候非常早，这就使我长时间地过着单身生活。

他还说，不要被定型在美学的形式里，不要被定型在某种形式或色彩里。

我每次想到这些话总是会想起我喜欢的那个人，我想或许他也是早早就看明白了某些事情：人生在世，很多东西都不必有。

我一直很遗憾，在你身边的时候光顾着沉溺在情爱之中，未能将你跟我讲过的故事悉数记下，每每回忆都只能拼凑出一个大概的轮廓。

那些日子太短促，但我一直信奉生命只要好，不必长。

是你教会我重要的一切

昨夜在厦门的环岛路上看着漫天烟花,我非常非常想念某一段时光。

关于那里我想的全是你,关于那里我爱的全是你。

我跟很多朋友说,时间走了,你们还在,然而我最想跟你说,无论我走多远,其实我还是最渴望走到你身边。

昨天我读蒋勋的《写给青年艺术家的信》,晚上又读青山七惠的《一个人的好天气》。

其实有很多的话想说,可是真正坐下来又觉得无话可说。

有一天晚上跟一个朋友聊天,她说,舟舟难道你不明白,无论肉身在哪里,人类的精神恒久孤独。

有时候我也觉得,是不是我也来自一个小小的星球,那里只有我一个人,没有同类。

我觉得如果不能够学会在平淡的生活中找到能够令自己快乐的方法,就算不得聪明。小聪明用来过日子可能够了,但若想达到我理想的那种人生,则必须有足够的智慧。

一转眼,我就快要二十四岁了,这二十几年中,我都做过些什么

呢？我作为一个人的价值，得到了几多体现呢？

　　谈过几段恋爱，认识过想在一起最终却只能分道扬镳的人，后来他们是否都长成了懂得责任与担当的男人，我并不知道，也不想知道了。

　　我不再去苛责我所爱的人，不再认为"忠诚"是爱情中不可剔除的元素，事实上我们每个人，都有过为别人心动的时刻，只是有些人付诸行动。

　　我不喜欢轻易说爱，我知道内心真正深沉的爱意用什么样的语言表达都嫌不够，所以我们说尊重就够了，爱太稀少，尊重却恰好。

　　我希望成为一个有信仰的人，它能激发我至今还未爆发的小宇宙，向着我的梦想，披荆斩棘，披星戴月地走过去，在想要放弃、想要转身堕入多数人的生活时，它会适时地鼓励我，甚至鞭笞我，让我咬牙坚持。

　　于是，我绝望地爱着一个人的时候我也会跟自己讲，要更坚强啊，要不怎么好意思再去见他，怎么好意思轻描淡写地说，你看，我变得更好了。

就这样活着，
一半尘世，一半理想

晚上在KTV，第一首是《阴天》。

在毛毛唱这首歌的时候，我握着麦看着大屏幕，那是从初中开始就很熟悉的MV，莫文蔚的脸在忽明忽暗的光线里看起来有些别样的性感，直到唱到那句"女孩，通通让到一边，这歌里的细枝末节就算都体验，若要真明白，真要好几年"。

那一刻我的喉头突然好像落了一把厚重的灰，几乎哽咽。

这首歌，很多年前我们就可以唱得很熟了，但真如这歌词所说，那些情绪的波动起伏，沉淀下来，真正从伤痛中获得领悟，若想真明白，真要好几年。

很长时间里，我总是活在充满对别人的羡慕当中，觉得别人都很美、很优秀，懂得很多很多新鲜有趣的事物，包括我的闺蜜、我的朋友，甚至旅途中萍水相逢的陌生人。

她们都是美好的姑娘。

后来我发现，其实并非别人懂得多，而是我懂的东西太少。

我荒废了一些很好的时光，在我十八九岁的时候，我不相信姐姐们说的，不相信身体机能到了二十四五会发生改变，不相信熬夜过后会精神萎靡，不相信看过的文字转眼就会忘掉。

  曾经那些不相信的，如今我都相信了，因为我逐一地、慢慢地，都在经历，或者说已经经历过了。

  有一天我跟闺蜜聊天，我问她："很多事情的处理方式，父母并没有教你，你是怎么学会的？"
  她想了一下，说了一句让我很惆怅的话。
  她说："就是这样，自己就长大了。"
  有很多心事我无法在网上写出来，内心的困顿迷茫、焦虑忐忑、无助与无奈，只能跟那些我认为可以理解我——即使不能理解，也不会否定我——的人讲。
  昨晚我们又在一起聊天，说起自己与家人那些也许穷尽一生都无法调和的矛盾，那些令我们觉得窒息的、被孤注一掷的亲情。

  夜很深的时候，我说，放首歌给你听。
  很安静的房间，很安静的夜，我的手机声音很大，那首歌唱起来的时候，在黑暗里，我的眼泪流了下来。
  有些歌，就算再听一百遍，还是会想流泪的。

  在从厦门回长沙的飞机上看完了一本书，书中说，我既不悲观，也不乐观，只是每天早上睁开眼睛迎接新的一天，努力活下去。
  但你没法因为生活是这样，就去讨厌生活。

人都是自己长大的

有天晚上看了一个从纪录片里摘出来的故事。

一只小北极熊，春天融冰的时候被困在一个小小的岛上，它的妈妈和兄弟都接连死去。

岛上有一个小房子，里面住着一个科学家和拍摄者，屋里有足够的食物。

小北极熊趴在窗口可怜兮兮地看着屋子里的人，它甚至都闻到了食物的香味，可是科学家说，我不可以给你吃，否则你会失去自己捕食的能力。

冬天到了，虽然科学家很绝情，但是小北极熊走的时候还是去咬了咬他的鞋子，以示告别，然后它奔向第一次见到的广阔冰原。

今天下午我们说了很久的话，好像从认识以来从来还没有哪一天我们说过这么多话。

我们始终是两种不同的人，一个拥有无懈可击的缜密的逻辑的人和一个完全依靠自身直觉存活于这个世界的人，我们永远没有办法真正站在对方的角度体会对方的感受，我们也永远不可能真的互相理解。

我以前一直觉得我们之间还有些什么没有断掉，到今天这番谈话之后，我知道，有些什么东西彻底结束了。

虽然很委屈，但是我接受。

虽然很难过，但是我承担。

虽然泪如雨下，但是我同意。

谢谢你跟我说了那么多，也许会是受用一生的话。

人总归是要自己长大的。

总有一天我不会再是那只小北极熊。

吃着麦旋风我就想尖叫了

《深海里的星星II》的大纲终于确定了,前前后后两年了,程落熏,我们要再见面了。

在经历时光洗涤之后,我要以文字再会你了。

我很怀念写《深海里的星星》的那年,我还没毕业,每天写到凌晨三四点,蹑手蹑脚去走廊或是天台上抽根烟——怕吵醒室友,夜晚的湖面总是很宁静。

临近毕业,同学们每天拿着自己的简历去求职,我不去,但也有我的辛苦,每天最多睡五六个小时,中午总是让跟我一个宿舍的学妹帮忙带一份青椒肉丝拌面回来,价钱是三块五,不知道现在涨价了没有。

那是2009年的春天,我穿着很土气但是很暖和的棉睡衣,站在宿舍走廊看着远处的教学楼,不知道自己的未来在哪里。

有一天晚上我看了一本书,看到了一个伤感的句子:

> 我们曾经说过无论如何我们都要一直在一起,可惜我们没有说到做到。

下午在麦当劳,戴着耳机听着歌,我突然想尖叫,如果说这个世界上还有什么事情会令我难过得想要在人群里放声哭泣,那就是被我在乎的人误会。

曾有人对我说，不要随波逐流

冬天应该是真的过去了。

我穿着大棉衣，蓬头垢面地走在去绣花家里吃饭的路上，已经觉得很热了。想念 2010 年的夏天，尤其是春末夏初的时候，心里充满对长途旅行的期待与憧憬，对未知的一切都怀有热情，那些与伤害和困扰无关的情绪是当时生活的背景。

可是如果此后人生的每一个夏天都能够像那年夏天，却又未必是幸福的事。

但我依然觉得 2010 年的夏天，是我至今为止所经历过的，最美好的夏天。

有些人，你原本以为是生命中永不过期的居民，到头来，不过是陪伴你走一程的旅伴而已。

那就从容地挥挥手，来日再见时，得体地笑一笑，就足够了。

不必再有任何牵扯和纠葛了，但愿那时我不是一个让人反感又不知如何是好的女孩子，但愿那时跟我在一起的人，那时的朋友，不会觉得我是他们的负累。

但愿我一直不是。

因为修地铁的关系，现在长沙到处都在挖掘，本来主干道就只有那么几条，车道又不宽，每次出门都是败兴而归。

太熟悉了就这样，没有期待，没有激情，只有厌倦。

但又没有足够的勇气将自己连根拔起，像投掷一杆标枪一样将自己投掷到未知的地方去。

某些时候，对待一座城市的感情很像是爱情，因为熟悉所以厌倦，但也是因为熟悉，所以依赖，所以不敢轻易离开。

但说起根，也不恰当。

本来就是漂萍一样的人，哪里来的根。

绣花昨晚跟我讲，说我是一个太不懂得保护自己的人，太缺乏防御意识，对所有人都很好，可是换来的未必是相等的友善，这其实是一个缺点。

我想了想，不见得是缺点，但一定是弱点。

我曾跟自己讲，无论际遇如何，绝不可以丢掉的品质是善良，但善良，有时候会是阻碍。

我曾经认为做人一定要真诚，现在看来，其实没必要向所有人展示你内心的柔软，真正爱护你的人，一定在你的屁股上看见光芒。

我想要一片蓝色的海洋

我一直没有去弄一个专门的相册放我拍过的照片，因为我知道我拍的东西不是为了给别人看。其实我也从来没有想过要成为一个多么厉害的摄影师，那些影像刻录下来的日子安静地陈列在 F 盘的文件夹里，在寡淡如水的生活里，在未来的某时某刻，开心或者失意的时候，打开来自己看看，让自己知道，我的确有过一些好时光。

影像和文字，都是热烈地活过的证据。

我站在厦门的海边时，曾有过那么一点点小小的失望，我想要一片蓝色的海洋，就像高原上的天倒过来那么蓝的海洋……

那是澄澈的、沉静的、与世无争的蓝色。

我把头发染成了黑色，乌黑乌黑那种，有朋友问我，难道你之前的头发不是黑色吗？

是黑，但不够黑，我比较喜欢极致，极致的美和惨烈。

昨晚看一本书，主角是摩羯座的人。

今日摘抄：对人类来说最好的安慰剂就是知道你的痛苦并不特殊，有很多很多人，甚至许许多多杰出的人像你一样忍受着同样的痛苦和不幸，忍受着充满虚无的人生。

因为我们每个人过的生活都跟自己的理想有差距，我们都有被这个世界伤透了心的时刻，即使反复对自己强调那些励志的言论，仍然有那么一瞬间，觉得活着真的很辛苦，我究竟为什么要到这个世界上来。

但我们迟早要真正理解这一点，知道自己的孤独和痛苦并不是独一无二的，虽然有着不同原因不同气味和不同质感，但是我们对痛苦的感知却是一样的敏锐。

给翠花小姐的一封信

亲爱的翠花小姐：

不知道为什么突然很想给你写一封信，前两天晚上绣花睡在我家，我们聊天聊到天亮，中间停顿的某些时刻我总是想起你，大概是因为前些日子我突然冒出的那句：你是我的知己。

我有种豁然开朗的感觉。

我深信不疑的是，现阶段的我所产生的每一种情绪，你都可以体会，甚至也正在体会。

这种隔着距离的惺惺相惜，让我觉得牢靠并且安全。

我经常觉得无力，并且不快乐，你也是同样吧？

我以前说，我们都是被边缘化的人，既不属于那个承载了我们童年和少年的被称作家乡的小镇，也不属于如今这个看起来似乎是人生主场的城市。

这种感觉越来越强烈，我想我们都是一样的：始终找不到归属感。

有很长一段日子，我企图在爱情中寻获能够填补我内心缺失的那样东西，于是不遗余力地去爱人，甚至可以说是穷凶极恶地爱人，我屡屡被自己催眠，以为这次就是唯一，却不得不一次次承接破裂的幻象。

我知道你跟我一样，从来不迁怒于对方。

事到如今，我可以很平静地说，我知道他们出现在我生命里的意义并不是为了爱我，而是告诉我，世界上其实有很多人可以去爱。

有一天我跟我的闺蜜说起她交往过的两个男孩子，简单点儿说，一个 A 一个 B 吧。

A 是那种家庭条件还不错的纨绔子弟，喜欢吃喝玩乐，整天不干正事。

而 B，像是少女漫画里的男生，长得好看，家教严格，讲话很斯文，家境也很好，方方面面都胜过 A。

但事实上是，A 才是她真心爱着的人，B 的存在只是让她觉得"他对我是真的很好"。

我想，不得不承认，的的确确是有一种特质，是爱的天赋。

拥有这种特质的人能够轻易影响对方的悲喜，并令人在煎熬里不能自拔——越悲壮的爱，越是令人神往。

我废话了这么多，其实只是做一个铺垫，时至今日，我觉得我可以很坦率地承认，我就欠缺这种天赋。

我找不到对方的燃点。

我如今可以坦然地面对的事情越来越多了，不够美好的自己，才华平平、容貌普通，以及我今天跟你所说的，欠缺的爱的天赋。

我无法描述出那种被击中的感觉，它无影无形，难以寻觅，我不知道它究竟藏匿于哪一个隐蔽的角落里，被怎样撞击才能迸发。

我很好奇那些拥有它的人，面对同样的皮肤温度，同样的亲吻，同样的身体，它是如何一次次被开启？

好像永远也用不完的样子。

但是其实别人怎么否定都不要紧，我觉得我早几个月之所以那么崩溃，并不是被某个人或者某些事打倒了，而是因为我被来自内心的那种羞耻击溃了。

事实上是，人对外界的需求越少，就会活得越坦然自如。

没有人有义务满足我们对他的需求，唯一的办法是我们自己要懂得适可而止，不是嘴上说的那种懂得。

我们要真正建立起一个独立的、强大的精神世界，自己尽力满足自己的心理需求，这样我们才不会越来越脆弱。尤其是我。

关于感情我想说的话有很多，但似乎又没有必要说下去了。

那就说说生活现状吧。

我时常感觉到孤独，但我慢慢意识到我并不惧怕它，在独处中我变得沉静，反而热闹会使我手足无措，仿佛闯入了一个不属于自己的世界。

关于梦想这些，我也不太想谈了，我们都从未跌至比梦境更窘迫的谷底，所以我觉得还是应该用我们的倔强和偏执，继续走下去，慢慢地书写我们的失败与伟大。

其实我原本想写得轻松一点儿，也不知道怎么写着写着，就这么沉重了，并且看起来如此零散，没有一个重点。

这些日子，我时常把某人跟我的聊天记录翻出来看，那一大段一大段的建议，虽然我不知道我能不能身体力行，但我愿意为此努力。

我总是迫不及待地期望解决我遇到的所有不愉快的事情，我总是对这个世界怀有幼稚的幻想，希望它能跟从我的步伐。这么浮躁，当然不会快乐。

就写到这里吧。

祝你快乐。

爱是比仇恨更重要的事

　　行程是上个礼拜突然决定的,可能是最近的长沙让我觉得很闷,也可能是我自己心境有些浮躁的缘故,所以决定离开长沙出来走走。正好甘世佳同学邀约杭州聚,于是我买了张车票就来了。

　　四年了,第一次一个人坐夜车,拖着箱子背着相机就出发了。

　　绣花陪我等公车的时候很不解地说,我实在不知道旅游有什么好玩的,背这么多东西,累又累得要死。

　　我想了一下说,这就是我的兴趣呀,我喜欢去不同的地方。

　　这几年中我一个人生活,坚韧又孤独地适应着生活里的各种起起落落,我早已经不是那个害怕舟车劳顿就索性足不出户的女孩,我懂得了如何打点一切、如何照顾自己,也许并不算周全,但我尽力而为。

　　关于旅行这件事,我从不看攻略,也没有什么路线可提供给那些询问我的人,"最好的""最美的"都是不同个体的主观意识。

　　很少看别人写的指南,自己回去也不写攻略,对我自己来说,注意安全就是攻略,记得带钱就是指南,发生过的事情就是游记。

　　摇摇晃晃的火车,半夜停靠在不知名的小站,外面嘈杂的声音惊醒我,在漆黑狭窄的床铺上,我那么清晰地听见自己身体里对外界的感知,就像是有一种声音在缓缓地流动。

　　我知道,成长不是一夕之间的事情。

　　我知道原本很多令我恐惧的事物它们并没有消失,我也并没有强大到可以摧毁掉它们,我只是明白了整个宇宙中最大的能量来自自己的内心,再多的外界安慰与劝勉,都不如自己灵魂喷薄的一瞬。

　　下午回来跟 L 终于见面了。

　　十六岁的时候我一定没有想到七年后我会见到他,两人面对面地聊天,命运真是一件奇妙的事。

　　晚上在我厚颜无耻的要求下他拿了一盒别人送给他的藏香给我,其实我不爱在房间里点香薰,可是这种香不一样。

当听觉视觉触觉都模糊得像一团雾，唯有嗅觉还是如此敏锐，我以为自己可以假装全忘了，可是闻到那种气味的时候，就像一粒明矾丢进了浑浊的水杯。

你知道那种感觉，仿佛一切都沉淀了下来。我知道，我终究是不能忘记你。

假如真有世界末日

前天晚上在青旅里，我跟一个91年的小姑娘睡在一间房里聊天聊到很晚，三四点的样子吧。她问我一些关于感情上的问题，我说真不好意思，我没有什么意见和建议可以给你，我在这方面是一个百分之百的反面教材。

别人传授给你的任何生活经验都没用，得到它的时候其实它已经失效。

距离我第一次谈恋爱至今，已经过去九年了，如果2002年那次是真的的话，算起来我也间间断断地谈了十年恋爱，用力地爱过也痛过，剧烈地哭过也欢乐过，我没有什么遗憾。

我答应自己的事情都已经尽了力，十几岁的那个我专横而苛刻，粗暴且野蛮，我尽力满足她在情感上的需求，于是最终蜕变为眼下这个平和从容的自己，坦然地接受一切好的坏的，努力修补自己坑坑洼洼的内心。

大部分人小时候都很天真单纯，灵魂这回事是随着阅历慢慢生长的。

将近十年的时间，我对很多事情的兴趣都只维持了三分钟热度，坚持到如今的只有两件：写字和爱。

这可能是人生中最好的十年，谢谢那些跟我共享这十年的人，从开始到现在的珍贵的陪伴。并不算多么美好的我，当有人亲近时依然忐忑不安的我，但这是有光荣也有梦想的我。

关于2012世界末日的消息甚嚣尘上，像一场充满了娱乐性的狂欢，在姐姐的微博上看到一句话：来不及说的话，无论道歉、感谢、示爱，就趁现在。因为我们无法得知明天会发生什么事。

我很想告诉你，我爱你。

我有过的也许不是这个世界上最好的,对我而言却是最珍贵的。

那些最珍贵的日子里,我心里总是充盈着一种温暖的疼痛,那是好多年不曾有的感受,它们随着血液在身体里经久不息地涌动。

我们的一生能有多少可以被称为幸福的片刻,这一生的长度和深度应该以什么为度量单位,可以写多少个字,可以按多少次快门,我全不得知。

那些爱像犹如遥远的村落在黑夜里散发着星星点点的光芒,让我不再孤单,让我知道我轻盈的灵魂居住在一个有重量的躯体之中。

我只是想说,假如明天就是末日,今晚我依然爱你。

那是因为你还没有长大

前些天杭州天气很好的某一天，甘世佳同学早上起来在看书，那天我也起得很早，看他没去爬山就叫他和我一起去看郁金香。

太子湾的郁金香还没有全部开放，但是想象得到当它们全部盛开的时候那番景象会有多么美丽。

在读《悲观主义的花朵》的时候，读到一段话：

你有没有这种感觉？第一次见到一个人，你便觉得你会和他发生某种联系？我总是在第一面时就认定的。我没想到我还能再见到你，我还向人问起过，那个人哪儿去了？是，我也有这种感觉。好吧，看见了，这就是我们之间的联系，我们会相爱，然后分手，我以为我会忘记你。

在青旅和朋友聊天，我说："长大了真是有很多很多的烦恼。"

他说："你烦恼的那些恰恰说明了你还没有长大。"

也许那就是它的命运吧

昨天下午跑去美院玩儿，珊姐跟我讲他们学校那边有很多漂亮的卡纸，叫我一定要去看看。

在路口看到一个似曾相识的身影，好像去年在纳木错认识的李空白同学，就是小麦当时的男朋友，他也看了我一眼，但是我们双方都不确定是对方。

等他走了之后我发了一条短信问，你今天是不是背了个橘色的包？

啊哈，没想到真的是他，于是约着等他下课之后碰头。

他下课之前，珊姐带着我到处乱逛，她跟我讲在某条路上有个摆地摊的男生，不修边幅但是很有范儿，黑黑的很像新疆那边的人。

我也起了兴致就跟着去了，在摊上我看到两张小小的纸片，拿起来问他："这是做什么的？"

他说："过垭口的时候撒的。"

我一听"垭口"两个字真的就以为他是新疆、西藏那边的人了，于是遗憾地说："我去年走新藏线的时候没撒。"

他问我："啊，你走过新藏？"

我说："是啊，去年在西藏待了一段时间，在纳木错的时候认识了一对小情侣，男生也是你们学校的，女生是中传的。"

他说："那男生是不是叫什么什么？"

我说："男生的名字我不知道啊。"

然后我们同时说："女生叫小麦！"

哈哈哈哈，当时我真的有眼前一黑的感觉啊，世界真小！大家居然都是朋友！

过了一会儿李空白同学就下课了，问我在哪儿，我说，在阿全这儿呢。

哈哈哈哈，我们又感叹了一下，世界真小啊！

下午我坐在西湖边看夕阳，脑海里不断地反刍着一首歌。

再也没有留恋的斜阳，再也没有倒映的月亮，再也没有醉人的暖风，转眼消散在云烟。

昨晚跟李空白他们吃饭的时候大家聊起去年在西藏的事情，不可避免地要往事重提，他问我，你们后来呢？
没有后来啊，哪儿有什么后来。
我并不痛苦，也不会刻意地避免提起一些过去的事情。

今天下午我怎么都找不到我的笔了，一支黑色中性笔，长得一点儿特色都没有，是我去年在拉萨住在风马飞扬的时候，在转角的那家小卖部买的，那家店里还有一种叫"傲利奥"的饼干。
我翻遍了行李，翻遍了衣服的口袋，还是不见其踪迹，但我明明记得我中午出去的时候把它插在包包的夹层里。
因此我心情非常差，一个人闷着，谁也不想理。
去年我在一个姐姐的博客上看到她写，舟舟买任何东西都会说随缘吧，她深深地相信人与物件之间有某种缘分。
的确是这样没错，我相信所有的物件都在等待认领它的主人。
但后来我跟自己说，算了，不见了的东西就随它去吧，也许，这就是它的命运。
而失去，就是我的命运，对此我深信不疑。

转身与你谈论艳阳天

我一直梦想着有一间属于自己的大房子，白色的墙壁上挂着我拍的和拍我的照片，大大的红色书架上堆满我喜欢的书籍和画册，天气好的时候打开窗户阳光洒满地，呼吸着新鲜的空气伸懒腰。

或者还有另外一种风格，独居于逼仄的斗室，床头贴一张大大的牛皮纸，牛皮纸上是各种便签条和照片，书籍乱七八糟地堆在床上和地下，暗黄色的灯光，最好屋顶有一扇小小的天窗，这样就可以看见皎洁的月光。

无论是哪种生活方式，我现在都无法达成，好在我还没有放弃，好在梦想尚存一息。

《深海里的星星II》写得还算顺利，毕竟之前已经写过两本长篇了，也找到了适用于自己的方法。

其实做任何事情都需要一个摸索的过程，这个过程也许会有一些漫长，但在达成目的之前的探索恰恰是找到打开自己内心那扇从未被开启的门所必经的一段路程，在这段路程中。你只能一个人摸着黑走，这里走不通就换一个方向走，也许要走到第十个路口才是正确的方向，所以，千万不要在走到第五条的时候就灰心。

千万不要。

我一直想知道，到底可不可以通过内心那种极端浓烈的力量将现有的这个自己打破重塑，脱胎换骨地成为另外一种人。

一件事情我如果不会，就会去学，还要学到青出于蓝而胜于蓝，可是偏偏天赋又不够，就像去跟刘翔比跑步一样，完全没有一点儿超越的可能。

我总希望能够做到令所有人都满意，只要一个人说这样不好我就想推翻重做。

就是这样,我活在那种说不清楚是自尊心还是虚荣心的东西里面,进退维谷,左右为难。

我一直记得在我六岁那年,我妈把我从一个城市接去另一个城市读书,那时那个院子有个长长的坡,当年瘦骨嶙峋的我背着包,撑着一把油纸伞。

那天下着倾盆大雨,油纸伞坏了。

我站在雨里看着那个坡,好像永远也走不到头的样子。

十多年后我还能清清楚楚地看到那场雨下在我的世界里,那个瑟瑟发抖的小姑娘茫然地看着前方。我这才发现,原来那场雨一直没有停过,而我也依然是一个人,虚张声势地撑着伞,面对着未知的命运。

或许我终其一生都走不出那场雨,但仍然想试试看,能不能在每个清醒间,一转身就能与你谈论艳阳天。

我希望很久很久之后,我可以有机会告诉我爱的人,我是在追随着你的过程中,成为现在的我,一个还不算太差劲的我。

所有的爱情都悲哀

有一天中午在午睡中，我流泪了。

具体的时间就是从杭州回到长沙那天，早上 7 点多下了火车，跟小 A 同学一起吃了早饭，整理好东西之后实在太累了，就又爬到床上去睡着了。

我想我大概是梦见了什么人，其实关于梦境我真的记不起来了，只是近几个月来，我经常从梦里痛醒，心痛。

以前从来没有过这样的经历，醒来的时候真真切切地感觉到胸口的沉重，连呼吸都变得急促起来。

那种痛不是尖锐的，不是迅疾的，它有它的频率，缓慢地，一下一下，像是某种生锈了的老器具在运作，咚，咚，咚，钝钝的。但我对它无能为力，只能在每一次醒来之后翻翻书，等待困意再次来袭。

从杭州回来的那天晚上在火车上，我一边吃泡面一边看《爱情的牙齿》，应该是好几年前的电影了。

看到电影还剩半个小时的时候笔记本没电了，后半部分是我回来之后，一边把箱子里的东西放到衣柜里一边开着电脑看完的，不太专心，但当我听到那句"只有痛才能让我记住你"的时候，我足足愣了好几秒。我想我又矫情了，真的。

我从不写影评，关于这部电影我也只有这一句话好说：爱情里最遥远的距离，不是你不知道我爱你，而是他在我的身体里，他却不是你。

这是一个可以无限衍生的句子，只要你愿意代入，任何一种可能性都有。

每一个EX，都是一次成长

写给二十一岁的朵朵。

不知道你退烧了没有，病好了没有，是不是已经睡着了。

昨晚我改稿子改到凌晨四点，其实本不用这么晚的，但是我做事拖拖拉拉，总是要等到最后一刻才愿意着手去做，虽然最终呈现出来的效果不错，但损害的是自己的身体健康。

爬到床上之后我又看了一个小时的书，做了一些摘抄，对了，这也是我想给你的建议。

别让电脑毁了你的阅读习惯，我们真正能够从中获取我们所渴望得到的信息的工具绝对不是网络而是书籍。在现代化快节奏的生活中，网络给了很多人一种搜索引擎无所不能的错觉，但我还是觉得应该保留传统的阅读习惯，当然，这也许是因为我这个人比较老土，就像我始终喜欢头发剪得很短很短，能写一手漂亮的字的男人。

做摘抄笔记是我十五岁开始养成的习惯，上大学之后逐渐丢了，从去年开始我又慢慢地找回来了。

我还是觉得，读书不做笔记等于没读，因为你我以及大多数人都不是过目不忘的天才，而如今我们所接受的碎片信息又过于繁多，时间太少，诱惑太多，我想大概真的很少有能够沉下心来好好地整理一下自己的思绪。

亦舒说得很对，一个人的时间花在哪儿，是看得出来的。

去年从新疆回来之后我就买了一些书，当时只是想把自己弄得忙碌一点儿，减少分别带来的伤感，后来陆陆续续又买了很多书，家里到处都是。

我几乎没有认认真真看完过其中任何一本，这么几个月来，我的读书清单是一片空白。

但是当我真正减少上网的时间，才发现要看完一本书，根本花不了多少时间。

生在如此广阔而热烈的时代，与其终日挂在网上夸夸其谈，不如将自己置身于更为真实的世界去聆听、观察、记录、阅读、书写，你说是不是呢？

这两年来，越来越看清自己的浅薄，因这浅薄而引发无限的羞愧，以及对身处的这个世界更为深切地了解的渴望。

这两三个月来，我觉得我已经完全冷却下来，关于感情我也真的做到了静默不言。后来又认识了这么多的好朋友，如今生活看起来比从前要充实很多。

你打电话给我的时候我还在睡觉，太累了。你说已经分手了的他寄了一份快递给你，是一盒相册簿子，很厚，里面都是连你自己也没见过的照片，都是偷拍的，你说不知道他是什么时候拍的，从哪里弄来的，你说你哭了。

那一刻我突然清醒过来，我有一些震动却不觉得意外。

类似的事情我也做过，在某一段时间里，我手里的相机镜头始终是对准他一个人，拍他的那张侧影至今依然是我拍得最满意的一张照片。朋友看了那张照片都说："你一定是很用心拍的。"

是的，用心，很用心地爱过，才能捕捉到别人看不到的稍纵即逝的细节。

文字或许可以巧言令色，但影像里的情绪是骗不了人的。

今天下午电脑出了问题，聊天记录全没有了。

一瞬间，我呆住了，回过神来第一反应就是求助所有擅长电脑的异性朋友。

当时绣花在我家，我跟她说，其实别的都不要紧，我只是想保存我跟他最后一次聊天时他对我说的那些话。

所以你在微博上说"不见了也好"的时候,我很想告诉你,不好。

他这个人对我不再重要,但他对我产生的影响很重要。

是的,直到如今,那个人在我心中仍然是美好的。

其实我知道,聊天记录就算找回来,我也不会再去看的。一字一句都深深地印在我的脑海中,在我遇到麻烦、遇到棘手的问题时,它们都会提醒我要冷静处理,尽管我仍然时时流于伤感和琐碎,但我相信那些话能够引导我最终走向成熟。

在我年少的时候,曾经喜欢过一个人,就是林逸舟的原型,我们很轻易地失联了,而我也是从确定同他失联开始才相信,两个人要弄丢对方真的不是不可能的事情,如今无论是我想找他,还是他想找我,都无迹可寻。

我们没有一个共同的朋友。

我们没有一个心照不宣的"老地方"。

我们甚至没有存过对方的手机号码。

现在想起来我也觉得我们真的很荒唐,也很可笑,但是,我想,失联也许就是我们注定的命运。

后来我遇到任何问题,第一时间我会自己想办法,是因为曾经有人说,舟舟你不要什么都问我行不行,你自己上网搜一搜,很多问题都有答案的。

再后来我被反复毙稿子,多次崩溃,但想起有个人跟我说过,工作只是工作,不要有太多的个人情绪,便咬着牙坚持下去,渐渐地发现,原本我以为不能做到的事其实都能做到。

再后来,就是,你知道的这个人,你听我们的故事听到流下眼泪的这个人。

我本来是想好好写一些字给你的,没想到后来写的都是我自己的事。

每一个 EX,都是一次成长,没有他们,就没有更好的我们。

每个人的一生都是一次远行

我已经很久没有碰我的相机了。

我并没有意识到这段日子我的情绪有点问题,可是身边的朋友一个两个都跟我讲:"你还是抽空去看看医生吧?"

其实没有什么具体的症状,虽然我每天晚上都失眠,有时候坐着,突然就开始掉眼泪……但是我依然觉得自己没事。

姐姐说得对,如果不是每天醒来都想到有个旅行的愿望,简直不晓得要怎么活下去。

如果你要劝我说过去的事情已经过去了,那我只能告诉你,你还不了解记忆是个多么可怕的东西。

我知道自己不是没有良好的品质,但是这些品质对日常生活来说其实几乎没有帮助,可能还是太理想主义了,太不切实际了。大多数时候,理想这个词语显得太过于高高在上并且光芒万丈了,我、我们大多数人,只不过是努力地做着,或者说是想要去做自己所喜欢的事情,就像候鸟南迁,就像中华鲟洄游那么简单,那是一种天生的本能。

有什么能确定我活着,有什么能确定我依然是我,这不是我爱的男人爱不爱我就可以阐述得清楚的问题,不是我和徒有虚名的爱情在较量,而是一个人的价值观和现实环境的较量。

曾经有人留言给我说,她觉得我有一点和我最喜欢的女作家很像,那就是对主流的一切怀有敬意却始终无法找到归属感。

谢谢你对我的了解,这让我觉得不是那么孤单。

有时候我想为什么做不到呢,无论以何种方式,从生活中攫取一些慰藉,寻欢作乐,轻松愉快地活着,如果大多数人都可以,我为什么不可以呢?

今天凌晨,天快亮的时候,我循环听着一首歌,是尹吾的专辑《每个人的一生都是一次远行》中的《或许》,那句歌词是:

一个人要把肉身放在岁月的砧板上,煅打多少次,他的心才能坚冷如钢。

我更喜欢另外一首,叫《你笑着流出了泪》,其中有一句:

你说走他妈再长的路,还不是通向坟墓。

人生苦难重重

这些天我一直很想沉静下来写一篇日志，关于内心种种琐碎。

我习惯于用第二人称书写这些情绪，很多时刻，并没有一个具体的对象，但言辞之中不免流露出些许端倪，直指臆想中的某一张面孔。

我早已经习惯了一个人面对生活和命运，早已经习惯了独善其身，但在最脆弱的时候，我依然会那么恬不知耻地想起你。

我永远也不会忘记从北京回来的夜车上，硬座，周围那帮去迷笛的家伙个个精神奕奕，神采飞扬，只有我一个人裹着毯子，蜷缩在位置上，一动不动。

我觉得自己的适应能力还是很强的，在高原上没高反，在城市里不挑食，走盘山公路不晕车，晚上睡通铺不择床，再累再辛苦好像都不是问题。

可是有一点是我完全没有办法的，那就是生理痛。

很奇怪，我也不知道是心理作用还是事有凑巧，这几年唯有在你身边的那两个月没有出现这种情况，其余的时间里，我的生活几乎是以痛经作为时间轴标识的，痛一次，一个月过去了，痛个十二三次，一年就过去了。

那天晚上在火车上，我痛得几乎晕厥，揪着身上的枣红色毯子，连说话的力气都没有。

那一刻其实我在想，为什么我要坐15个小时的硬座回长沙呢？

一边这样想，一边给朋友们打电话，翻来覆去地重复着说我肚子好痛，而她们除了干着急之外没有一点儿用。

后来我翻到了你的名字那里，停了停，还是滑过去了。

我最近比较少想起你了，在我曾经以为是最后一次写到你的日志里，我提到了那段北极熊的纪录片，后来我才明白，原来我还没有到可以奔向广阔冰原的时候，脆弱与伤感依然那么轻易地就可以将我击倒。

我觉得我依然是那只眼巴巴地趴在窗口看着屋内的小熊，只是，我是那么清楚，你不会打开门。

但我还是想碰碰你的鞋子，向你表达我的感激。

我只主动发过两次短信给你，一次是在下大雪的时候，我发高烧，一次是在回长沙的夜车上，我痛得当着陌生人的面流下眼泪来。

而这两次，我都不过是云淡风轻地问候你，自始至终你都不知道为什么在沉寂多时之后，我又突然打扰你。

谢谢你存在于我心里，这与爱情有关或者无关其实都不要紧，只要我知道，在人生的某些时刻，这份存在能够给我一些力量，即使不能击溃病痛、孤独、贫穷，但至少我可以短暂地获得熬过去的勇气。

那晚夜凉如水，他们都睡了，收到你回复的短信，我忽然平静下来。

凌晨三点多，列车摩擦着铁轨，我跟咖喱啡站在逼仄的过道中间谈论梦想，我说梦想的可贵之处在于孤独，那一刻，我多么庆幸我的人生中曾经有你。

廖一梅说的，在我们的一生中，遇到爱，遇到性，都不稀罕，稀罕的是遇到了解。

在我回来的第二天，跟你聊了很多，我想这是我们最好的和解方式。

昨天我闺蜜跟我说起三年前，她当时的男朋友开车送我回家，我下车时跟他们说："真不想回去啊。"

她说："这三年多来，我再也没有见过你像那天的样子。"

不得不承认，我越来越坚硬，也越来越顽强，即使是在你离开我的时候，尽管我心如刀绞，但是我什么都没有说，只是缄默。

你我的人生太过于悬殊，我知道再温柔的话语说给你听，也不过是不合时宜的荒诞。

我不再执着，坦然地面对你，也面对我自己，即使从前的我那么偏激，即使从前的我总留那些留不住的，即使从前的我总想对那些要走的人说别走。

要么……要么……

  我从不写长篇大论的书评，只会做个简短的标记。但昨天我忽然觉得，其实应该写一些只给自己看的文字，存在电脑里，在某些孤独寂寞的时刻翻出来看看，也是好的。

  之所以谈到孤独，是因为在那个下着大雨的下午，我读完了一本好书，胸腔里一颗心脏热腾腾地跳着，我急于找到一个人来听我说我的感想，我迫切地需要得到回应，得到共鸣，但我想了很久，不知道能找谁。

  这种孤独不同于失恋时没有陪伴，不同于迷惘时缺乏开解，那些孤独像是敲着一扇没有人会开的门，也像是置身于四面水泥墙铸就的房间，连一扇窗都没有。

  你必须适应这种黑暗，直到你真正了解"无论相爱与否，我们的精神世界恒久孤独"这件事，透彻地、完整地了解。

  《深海里的星星 II》距离完稿应该只有几天的时间了，越写到后面越觉得吃力，不是文字或者技巧上不能驾驭，你知道那些对我来说都不算什么问题，我指的是情感上的。

  那天晚上惜非看完十万字之后写了这样一条微博：我看过那么多的青春文学，我听过很多关于爱情的歌，但如此发自肺腑和感人至深你是头一个。你太真实、太诚恳，你不带一丝幻想与希望地讲述遗忘、逝去这些我们都心照不宣避而不谈的种种无可奈何，你的平静和祥和就像个风尘仆仆的老人一样。你用一年时间，一本小说描写了刻骨铭心，你又用八千里路云和月的风雨兼程和一本小说描写了遗忘和灰烬。

  唯有她知道，在写这本书的过程中我经历着怎样的煎熬，刚刚开头的那段时间，怎么都写不对的时候，其实我知道自己为什么写不好，因为我不诚恳，我总是想逃避，我没法坦然地去回忆自己曾经写下的那些自以为是深情其实很愚蠢的话语，没法面对那些不要脸地、没完没了地秀着自以为是恩爱的过往……

如若不是她那天跟我说,你要么不写,写就豁出去写,我想后来不会进行得这么顺利。

小时候语文课都用"要么……要么……"造过句吧,现在我也可以造一个。

要么就做奋力奔跑的野兽,饮弹生存;要么就做一株恒久忍耐的植物,忽略疼痛。

前阵子结结实实哭了两三天,为着一些早应该过去了的事情。

事到如今我也不得不承认,有时候任何人之间有无法打破的魔障,每当靠近一点儿,就会被一种不知名的力量拉得更远。

但我们终究要坦然地接受这些事情,纯粹地面对过去和彼此,尽管我遇到它们时总表现得这样软弱。

Sean 拍的旅行素材里,我看起来比自己想象中状态好很多,回想起那一路的风风雨雨,没有水洗脸洗澡洗头,每天都蓬头垢面,但每一天都很充实。

未必快乐,但人生从来也都不是由单一的快乐构成的。

再来一次,我还是会跟你走。

黄碧云说,那些曾经叫我们跌倒的事情,如果再遇见,我们还是会跌倒。

对此我一直深信不疑。

昨晚绣花来我家陪我,我们每次一起睡都要聊到凌晨两三点。

漫长的夏天拉开了帷幕,所以,又快要出发了……

神会安排好一切，
你要耐心，你要等

笨笨和聪聪在7月13日那天齐齐离开了西宁，只剩下我一个人。

中午我们先送笨笨去坐汽车，然后在西宁站对面的一家面馆，我和聪聪还有小张一起吃面。至今还记得聪聪要的是蘑菇羊肉，小张要的是孜然羊肉，我要的是榨菜牛肉。

那家面馆的面非常好吃，吃面之前我们去民族服装城买了几件藏族服饰，分别的时候，我和聪聪一边跑一边抱了抱对方，说好香港见。

我想我们一定还有机会一起旅行，背着包包在路边等顺风车载我们一段路，我们说好要花最少的钱去最多的地方，看最多的风景，我们会带着照片打印机，把我们拍下的照片送给路上的人。

跟聪聪是在桑珠青旅认识的，人跟人之间是有种磁场的，我在这里坐了五天，看宾客络绎不绝，就是没有一个让我想主动去说句话的人。

我有点儿悲观地想，像跟周杨、泰逻那样的相遇在接下来的旅程当中应该是不会有了。

聪聪去拉萨的前一天我们一起去了一趟门源。

其实有时候我会想，走遍天涯海角，其实我们看到的不还是同一个太阳、同一个月亮吗？

我们看到的荞麦花是同样的粉红色，油菜花是同样的金黄色，那到底是为什么，为什么要风餐露宿，跑到几千里之外来看与我们生活的地方没有什么不同的事物呢？

对我来说，旅行是生活的一个极其重要的组成部分，没有这个部分我依然能够生活，但会丧失很多乐趣。

人生中有滋味儿的事并不多，流光瞬息的时代，我希望我能过得缓慢一点儿。即使在朋友们看来，坐在青旅上网，还不如坐在家里上网，但只要我自己知道，究竟哪种方式让我更惬意一点儿就够了。

我们没法对着别人解释太多，因为任何人都没法超越自身的认知去理解别人的生活。

到门源的时候我们才明白为什么大家说门源的油菜花跟青海湖边不一样，跟别的地方都不一样。

真是蔚为壮观，满眼皆是金黄，没有一点儿杂色。

我们坐在田埂边，也没管地上脏不脏，聪聪说自从她有一次在新疆饿傻了之后，每天包里都会背两个馕。

坐在田埂边，看着油菜花，啃着馕，身边是我喜欢的姑娘，那一刻突然想到痛仰乐队的一首歌——《生命中最美丽的一天》。

昨天我坐班车去了一趟青海湖，站在湖边的时候我心里没有难过，也没有遗憾，只有平静。

青海湖瑰丽壮观，的确值得一去，但我心里最美丽的湖，还是朝阳中的玛旁雍错。

厌倦了猜疑、周旋、争吵和患得患失，我想越过那些环节直接进入彼此信任，相濡以沫的阶段。

去了张掖之后我打算在敦煌待上一阵子，每天在鸣沙山看落日。

小王子一天看43次落日，我一天看一次，就够了。

跟大哥说，8月之后我去北京陪他拍荷花和夕阳，这个约定拖了快一年了。

人生岂止爱与恨

似乎每次旅行结束之后都会有一段相当长的倦怠期。

去年冬天刚刚来临的时候,心情很低落,为了一些不知道怎么命名的感情纠葛,去鼓浪屿住了半个月。第一天晚上坐在鹭飞门口的白色椅子上,王大哥跟我说,有时候是这样的,出去的时间太久了,身体回去了,心还没回去。

我不太喜欢比较,每趟出行或多或少只要得到一些慰藉或者启迪,都是值得的,哪怕什么都没有获得甚至还有些丧失,也是值得的。丢弃那些吧,我们才能轻装上路,无论那些负累是什么,我始终相信失去的那天就是缘分尽了,舍不得也没办法,能有什么办法?

从西宁开始,我就是一个人面对未知的旅程,我一个人搭最早的班车去青海湖,站在湖边的时候我既没有觉得难过,也没有觉得失望,虽然我很想模仿那句著名的台词发条微博说"站在这里的原本应该是两个人",但是一来,某些情绪没必要展示给数万人看到,二来,我确实没有感到很悲伤。

  一个人坐在路边等回程的班车,来往的卡车开得飞快,风刮得草帽乱飞,我想以后也许再也不会有这样的体验了,所以还是觉得蛮珍贵的。

  离开西宁前的那天晚上,Lulu姐跟我说了很多话,当时我心里还有一些结没解开,一边抽烟一边跟她说,我相信其实外在的世界是根据我们身体里的内核运转的,人都有一个能量场,我们得先把自己的灵魂休整得澄净无瑕,然后才可能遇到最美好的人。

  她凝视我很久,然后说,是这样的,每个人在这个世界上一定是有一个爱人的,但是舟舟,你是个非常特别的女孩子,所以恕我直言,你可能要等比较久一点儿。

  我笑着跟她说,我已经不太在乎这个了。

  我想你大概不会知道你带来的伤害有多持久、多深刻,
但是我想其实这些也不算什么,求仁得仁,我自有我所得。

  从张掖到敦煌又是七八个小时的车程,没买到卧铺,迷迷糊糊地眯一下就醒来,然后一晚上都没睡。

  正因为如此,在火车上看到了一场很美的日出。

  在敦煌的那个礼拜,每天晚上,我们一群人都会在阿呆的带领下逃票进入鸣沙山,爬到很高的沙山上看星星。

  在那个青旅,我和两个姑娘睡在一张可以容纳十人的大炕上说话说到夜深。

  敦煌不是一个留给我美好记忆的地方,但有些地方你不去的话,永远也不知道究竟值得不值得。

  纸上得来终觉浅,绝知此事要躬行,这句话,用在旅行这件事上,

是如此恰当。

明天就是七夕了，年年岁岁花相似。

去年的七夕是 8 月 16 日，我记得很清楚，因为那天晚上我从丽江飞去了成都，两天后我在拉萨贡嘎机场落地，实现了我去西藏的愿望。

时间过得很快，快得好像以一种很迅疾的力量带走了我心里所有对这份感情怀有的留恋与不舍。

王尔德在《自深深处》中说，同你的友谊所导致的恶果暂且不说，我只是在考虑那段友谊的内在质量，对我来说那是心智上的堕落。我同你相遇，要么太迟，要么太早了，我也说不清楚。你不在时我一切都好……我毫无保留地责怪自己的软弱，除了软弱还是软弱。

我想没有人会知道，我在一个人看风景的那些时刻，想些什么。

在那样宽广的天地之间，我忽然领悟了，人生岂止爱与恨。

这个月之内就要收拾好行李去北京了，闺蜜问我去做什么，其实也不做什么。

在一个地方待久了，会以为它就是全世界。

我希望自己能有更多的可能性，我希望未来的我，不要讨厌现在的自己。

我们做一些事情，未必是因为它有什么价值或者意义，我们能取得什么成绩，这些都不要紧。

我相信内心的声音某种意义上是神的意旨，没有明确的目的，反而更能有意外的收获。

昨晚有个朋友跟我说，生活最好的状态就是不强迫，不恐惧，不纠结。

我深以为然。

愿你想要的，
都得到

2011 年 8 月 17 日。

这是我们重逢又分开的第六天。

这是我在长沙的最后一天，明天下午三点，我将乘飞机去北京。

此刻，29 寸的行李箱里已经满满当当地塞着衣服和书籍，只有一些零碎的护肤品还没来得及收拾。绣花在浴室里，今晚她会睡在我家里，我想我们大概又会聊到很晚很晚才睡吧。

朋友们都在问我，去北京打算待多久？

我说，暂时不知道。

去做什么呢？

暂时也不知道。

一直没有一个足够清晰的答案呈现在我心里，只是固执地在做自己喜欢的事情，固执地遵从着自己内心的声音，选择自己所向往的生活方式。

从十八岁开始到现在二十四岁，中间零零碎碎走了一些路，但总体来说大部分时间我还是生活在长沙。这里有别处怎么都找不到的美味食物，有喧嚣的夜生活，有我的朋友，有一起工作的小伙伴，有很多珍贵的记忆。

选择一种不太符合主流价值观的生活方式，是有点儿吃力不讨好的，但这个世界上，有一些人更适合放养，这些日子我总是会想起去年在大理看到的那本书的扉页上写的那句话：

如果不是遇见你，我还没有意识到我一直在漂泊。

有些话，我们以后留着慢慢再说。
北京，你好。
长沙，再见。

13号的上午我和朋友去武汉看话剧《七月与安生》，为了一个十年前打动我们的写字的作家，为了自己已经逝去的、只能追忆不能挽回的青春。

我想有些事情是必须去做的，即使不被人理解，比如在30℃高温的天气，赶赴另一座城市去看一场话剧。

在车上的时候边边给我留言说："你来武汉要是不找我，你就不是人！"

算一算，我们有四年没见了。

虽然这几年我每年都会有那么一两次去武汉的机会，但每次都只停留了一两天就走，匆匆而来，匆匆离开，很多人都渐渐地断了联系。

但我知道她一直是关心我的，你一直以一种观望的姿态在表达对我的挂念。

我知道你在，一直在我的生命里，从2007年我还是一个青涩的、为人处世很不周全的、信口开河的、冒着傻气的女孩子开始，你就透过流言蜚语，透过我不美好的外在，看到我单纯澄澈的灵魂。

然后，在我的生命里，再也没有离开。

看完话剧之后的第三天，离开武汉的那天晚饭餐桌上，边边说，我们喝瓶酒怎么样。

大家不着边际地说了很多祝语，祝我的书畅销什么的。

最后我说，我来说句正经的。

愿你们想要的，都得到。

碰杯，起身拥抱，大家互相说再见。

我没有想到会再见到你，在我办好护照回到长沙的那一天下午，家里络绎不绝的客人全部离开之后，我打算睡半个小时就去跟朋友吃晚饭。

就像上次一样的情景，你措手不及地出现了。

我没有做好足够的准备，但依然坦然相见。

我想念你，非常非常想念你，以至于当我见到你的时候，我觉得这一切是这样的不真实。

其实我很想告诉那些试图叫醒我，试图让我明白我与你不可能还会衍生出任何故事的人，没有任何人比我更清楚这段感情在我生命中的分量，它所存在的价值，它带来的意义。

你说的，只能交给时间了，时间能做到很多人做不到的事。

如你所言，我相信时间的力量。

但我也相信，面对人世间很多事情，时间或许也无能为力。

每个人都有一片属于自己的森林，迷失的人已经迷失了，相逢的人一定会再相逢。

关于我爱你这件事情，我自己也无能为力。

有什么不是一辈子呢

来北京的第二个周末的晚上，我去刺青，在四年前那个同样的位置，加了一条蔓藤。

整个过程不到一个小时，健一是非常专业的文身师，之前我们在网上有过短暂的沟通，末了我说，还是算了，见面你就知道我是什么样子了。

四年前我二十岁，针刺进皮肤的时候我紧紧地握住旁边女孩的手，四年后，我独自来到灯火辉煌的北京，我告诉自己，这是我的选择，不管要面对什么，不管际遇如何，我都要承担。

昨天傍晚的时候，起风了，我打开豆瓣FM，它给我放了一首《好久不见》。

当时我有种很奇妙的感觉。

四年来我有过很多次冲动要去加刺青，可是每一次都没能实施，因为我没有找到能打动我的图案。

我想，好吧，既然我已经等了这么久，那我不在乎多等等了。

惜非跟我说，想清楚再刺，这是一辈子的事。

可是，有什么事不是一辈子呢？

只是刺青以一种最为直观的方式呈现出来罢了。

这段时间拍的所有照片，都被大哥处理成了黑白加大颗粒噪点的风格。

有很多话想说，又不知从何说起。

流水账的书写方式没法让我内心的情绪得到完全释放，没错，我需要的不是记录而是宣泄。

我之所以保持谨慎，更多的是源于对自己的不信任。

张弛有度才不至于进退维谷，与你一样，我也不愿意失去。

这是我写给一个朋友的信中的句子,晚上去拜访他。在昏黄的灯光里听他念了两篇很美的文字,那是吉光片羽,但不会再有第二次。

　　有些情谊,当时懂得节制,就会走得很长很远,既然我们都明白,那就把一切交给时间。

　　S,我很高兴又见到你了。

　　在我有限的青春中,从来没有这样一个人、一段关系,经历了时间与空间的考验,依然如此稳固。

　　这两次见你,我都感觉到非常快乐,是一种轻松的快乐。

　　你留给我的酒在我动身来北京之前已经喝得只剩一点儿了,就像我对你那些原本很饱满的情感,只剩一点儿了。

　　这段感情从来不是被什么打败了,而是我自己释然了。

　　我觉得我没那么偏执了,真好,我不再因为无法和你在一起而感到人生是如此遗憾。

　　又或许,我依然还是很爱你吧,只是以一种很持久、很安静的方式在爱。

　　我没法告诉你我有多害怕,害怕那些曾经像氧气一样的东西,我赖以生存的,在贫穷、孤独、病痛、的时候,支撑我继续活下去的那些东西,已经烟消云散。

　　我无法让你懂得,在飘零的岁月里,那些偶然闪回的往事,曾给我多大的勇气,直到如今。

　　溯洄从之,道阻且长。

　　其实我一直很害怕这天到来,我总是想,如果连你都不爱了,我还能去爱谁呢?

　　Love should give a sense of freedom, not of prison.

遇见同类之前，不要停止奔跑

去年的这个时候，我在拉萨等到了雅舍他们，时隔一年我还能很清晰地想起当时那个不假思索的拥抱、战栗的喜悦。那是非常短暂的，且并不具备趣味性的一段时光，但在后来很多很多孤独困苦的时刻，它们是我的慰藉。

我来北京已经半个多月了，这半个月里我从南边搬到北边，箱子重了很多，零碎的物件只能用宜家的环保袋装，晚上洗澡才看见肩膀上勒出来的血痕。

我就是一个笨蛋，对自己生活轨迹之外的一切都充满了过高的期待。

所以失望是不可避免的，但不能迁怒任何人。

这半个月来我不知道自己在做什么，跟着朋友们吃吃喝喝，浑浑噩噩地过，每次一个人坐地铁的时候我都在听《李志和他的2009》那段现场录音听，很多次我听着，听着，就不禁落泪。

我听到李志说：

我的偶像王小波曾经说过，每一个作者都希望他的读者一字一句地去看他的文章，但大多数读者都是一目十行。所以我也知道，我在很多的歌里面有我的感情，有我的想法，但我并不指望你们能够彻底地了解，可是在你们并不了解的时候尽量少说，因为那样会伤害到我。

那样，会伤害到我。

我现在已经不是好几年前的我了，人长大了也不全然都是坏处，我到现在真的觉得，人还是得多活些岁月才能体会到真滋味的，所以我想说的是，我已经不那么容易就被伤害了，除非我是心甘情愿的。

F在第一次跟我喝酒的时候，几乎是小心翼翼地说：你很随和，但是是有棱角的随和。

事实上,我一直都是这么坚持的,找不到投缘的人我不介意自己一个人待着,不喜欢的人就不来往。

经济独立的好处是在一定程度上确保人格独立,不依附任何人、任何标签,有坚持地活下去。

某个阳光灿烂的下午我给花花打电话，说了一堆自己遇到的破事，其实都不能算是我遇到的，不推卸责任的话，应该说都是我自己惹出来的，我说怎么办呢，我有些犹豫了。

花花跟我说了很多，他说："舟舟，在你身上我看到了过去的自己，对世界有好奇心，有足够的冲劲，你的存在也给了我很多感动和勇气，我想一个女孩子都在坚持着，我有什么理由不坚持。"

他说："探寻这个世界的同时一定会遇到一些伤害和失望，难道因为这些我们就放弃探寻了吗？你有你的武器，不要怕，不要还没开始就绝望了，至少把你想做的事情都做了。"

听着他说的这些话，我盘腿坐在客厅的沙发上，无声地哭了很久。

没有一个姑娘可以逃避浮世中一切的洗礼，我们能做的就是坚强地迎上去，我们原本就没有自己以为的那么与众不同。

我觉得最好的爱就是你能看到我的不凡，也能包容我的平凡。

别再相信任何人传授你的生活经验，我们每个人的特质都是不一样的，而这些特质恰巧就决定了我们如何生存下去的方向，每个人都是不一样的，每个人都是不完美的。

有些话我依然只想说给你听，你在我生命中带来的正效应远远超过了负面的那些东西。因为你曾跟我说，除却面对天灾，其他任何时候，我们都不应该让自然反应带着走，而是应当理性思维。

我愿意向这个方向努力。

折堕的时间已经够了，感情什么的我暂时也不愿意去想。

"如果你是一只鹿，在遇到另一只鹿之前，不要为了兔子野鸡、豺狼虎豹停止奔跑。"这好像是我十九岁的时候写过的一句话，如今我还是这么坚持。

遇见同类之前，不要停止奔跑。

我知道有些人渴望得到交流，但任何人都没有资格因喜爱而将自己的期盼强加于他人。

我不是没有成长，我只是没有按照你想要的那个样子成长而已。

与君书

忽然很想给你写一封信,但我想你应该很忙很忙,没有时间理会我这些游离的心情和破碎的情绪。

就写在这里吧,如果你还有闲暇的时间,还有些清淡的情怀,我想你会来看的。

我想只要你认真看了前几句,你就会知道,这只可能是写给你的。

我来到北京已经将近一个月,心情一直很低落。这里的朋友都对我很好,所以我不认为是别人的问题,症结应该还是在自己身上。

我总是在反省,为什么我这么不快乐,很多别人想都没想过的我都得到了,为什么还是这么不快乐。

后来有一次我看了一篇文章,是曾经很出名的一个歌手说他前妻的,他说离婚的时候她很难过地说:"你跟我在一起不快乐了,我愿意离开你。"他说:"你想清楚再说,我不快乐跟你没关系,我是那种天生就不会快乐的人。"在那个瞬间,我觉得自己被一种东西击中了。

2011年,这是我们分开的第二年,偶尔我还是会跟别人说起你。知道我们之间的事情的那些人,我会直接说你的名字,而新认识的那些朋友,我总是含糊不清。

2009年，算是我生命当中一个分水岭，那一年似乎发生了好多事情，出了书，拿了稿费，终于摆脱了那种朝不保夕的极度贫困的状态；毕业，实习，在长沙最热的天气每天早上7点多起床，去挤公交车；分手，住在年久失修的老房子里，半夜有老鼠爬到头上来，吓哭，给好朋友打电话聊天聊到天亮。

从夏天到秋天，辞职，喝酒，整日游荡，去江边看风筝，去参加豆瓣上的同城活动。开始喜欢拍照，算着钱想买一台单反相机。新书上市，做宣传，对着那些不认识的人结结巴巴地说一些稚嫩的话语，被更多人认识，被人喜欢，被人认可，也被人讨厌。

就这样一直到了冬天，穿着紫色的毛衣，去参加某个活动，拿着《孤独六讲》在台上用一口蹩脚的"塑料"普通话念了其中一段，然后下台，看见你穿着格子衬衣坐在后边，目光专注。

现在想来，一切都是早就写好了的情节。

那个时候的我，远远没有现在的沉静，也没有现在的疲倦，那个时候我的感情还非常饱满，所以我用了我能够想到的所有办法去找仅仅见过一面的你。

现在我不会这样做了，我现在对任何人都没有兴趣，对任何情感的发展都没有兴趣，连考虑和探讨的兴趣都没有，甚至可以说是抗拒。

我是决意一个人这样过下去了，自己赚钱自己花，到陌生的地方去，喝酒、写字、拍东西，没有任何留恋地离开，也不想建立太深的情感连接。

我觉得这样没有问题。

我知道我并没有改变，但心里那扇门紧紧地关起来了，短时间之内我想不会对任何人敞开了。

有时候，我会忽然质疑自己，觉得我其实没有真正爱过任何人，文字只是一种谎言。我经常说，我对人生没有眷恋，尽管在别人看来我拥有这么多，但事实上我随时可以死去。而如果我下一刻就会死去，在这一秒，我都想不出我渴望见到谁，跟他道个别。

这样想的时候，就觉得很荒诞呢，毕竟曾经写过那么多文字，那么多深情的誓言和深刻的回忆，到头来，却说自己似乎谁也没爱过。

你当我是浮夸吧。

你在我的生命中占据了极其重要的分量,是你最先看穿我性格中那些恶劣的东西,狭隘、浮躁、急切,但在当时我是不愿承认的,我急于想要让你知道我爱你,我想要和你在一起,无论用什么方式。

有些事情不等到一定的年纪,有了一定的阅历,是想不明白的。

我现在回过头去看那时的自己,真是太用力了,爱也爱得用力,恨也恨得用力。

当时有多用力,后来,就有多决绝,真是这样,没错。

现在我已经想明白了,两个人之间默契到一定的程度,很多话就不必说透。爱到了一定的程度,就可以做到既不要在一起,也不要不在一起,哪怕你身边是别人,对我来说也没关系。

我承认,有件事我耿耿于怀:我始终不能原谅你一句话都没有,就突然不见了。

前一天还好好地在一起,吃饭、聊天、散步,第二天突然失联了。

换作现在的我,大概会很平静地接受,可是当时的我,是一个凡事都要较真的姑娘。

我哭了好多次,没跟你说过吧,你都不知道那段日子我是如何度过的,每天魂不守舍,跟朋友们聚会,大家提起你我就笑笑,转身就哭。

太执着了,往后我再也不会那么执着了。

后来的事,很多朋友都知道,我写完稿子,你还是没有出现,我便出去旅行了。

应该就是从那个时候开始吧,我对你的心彻底冷了。

在云南,下着雨的夜里,你打电话给我,我怕吵着同屋的朋友,穿着短袖站在院子里跟你聊天,冷得瑟瑟发抖,后来姐姐看不下去了就给我送了一条披肩出来。

我再也不能那么卑微，再也不能了。

再后来你再打电话给我，我只告诉你我要去西藏，但我没提起 S。

我只是和你说，有些事情现在不做，以后可能就做不成了。

再后来我到了新疆，在和田时，你又给我打过一次电话，那会儿我的心情非常复杂，听到你的声音，我心里充满了莫名其妙的负罪感。

其实你在乎过吗，我想应该没有。

再再后来，我就一个人天南地北到处去，很多以前只在地图上看到的地方，我都踏踏实实地站在了那些土地上，我知道以后我还会去更多的地方，但我也知道无论我去哪里，都不会去你在的城市。

我一直在跟你赌气，有一次我听说你要回来，就连夜去了杭州，确定你走了之后我才回来。

不知道为什么，我那么想念你，可是我一点儿也不想见你，到现在我也没后悔。当我在太子湾看郁金香的时候，共同的朋友给我打电话时重复了好几遍："葛婉仪，你可真做得出来。"

我就一直握着手机，不说话。

有时候朋友问我："你到底有没有想过跟某个人长久地、安定地生活下去？"

我总是懒得回答，但你我都知道，在我很年轻的时候，我不止一次说过，希望能和你结婚。

现在想起来，真是一句蠢话。

去年中秋我们通过电话，我当时非要逼你说出来，你对我到底是什么感情？

往后也不会再问了，其实我不是非要钻牛角尖的个性，不是非要得到回馈的人，所以你喜不喜欢我，也就不再重要了。

我爱不起你了，就是这么简单，跟后来遇到了谁没关系。

我得承认，我后来的许多举动、许多决定，出发点都是为了和你赌气，我太想在情感上跟你平等，因此造成了如今这个可笑的局面。

但我知道我永远做不到了，从最开始，就是我爱你远胜过你爱我，这一切都已经无法逆转。

前天晚上，我一个人坐在小区的木长椅上，风很大，我披头散发的看起来就像个神经病，那一刻我想起你曾经跟我说你在北京的那一年，煤气中毒差点死掉，你说抬起头看到这座城市灯火辉煌，觉得自己命如草芥。

命如草芥，我如今也真正体会到了这是什么意思。

你还在争名逐利吧，我依然身似漂萍。

我给你发了一条短信，我说我想我会变成这样都是你害的。

从我们分开以后，我总在幻想将来如果我们还会再见面，我会是什么反应呢，想来想去，无非就只有一种。

我肯定会哭，号啕大哭。

我不太喜欢现在的生活，它都跟我想象中不一样。

也谈不上失望，可能只是我期待得太多，也太贪婪。

不是每个人都要在更广袤的天地里游刃有余地生活，对某些人而言，三尺之内已经足够盛放梦想、爱情和信仰。

我依然想告诉你，我不需要太多钱，我只希望我想见一个人的时候，可以买张机票马上去他身边。

不过我现在也没什么特别想见的人了。

中秋节那天我去朝阳公园看音乐节，最后出场的崔健，他唱了第一首之后就喘得不成样子，我当时觉得有点难过。

人都要老的，你说是不是。

我不能保证这是写给你的最后一封信，因为我发现，岁月在流逝，可你还在我心里，那么清晰。

人这一生，需要的真的不是太多

一个礼拜之前买好了回长沙的机票，不确定还会不会再来北京。也不想待在长沙，干脆出国转转。是我认识北京的方式有问题，我现在感觉糟糕透了。

北京肯定没问题，问题出在我自己，大概是水土不服——心理上的水土不服。我只是有些遗憾，还不曾真正了解这里，说起来我都还没看过它的全貌呢。

不过人生中有些路是必须走的，想要到达的那个地方，那个见第一眼就觉得"无论际遇顺遂还是坎坷，我都想要在这里生活"的地方，是必须经历中间一些不那么愉悦的路程的。

如果那个地方是我们生命中的第一百座城，那前面九十九座都是没法绕开的铺垫。无论有多么饥饿，都不可能直接去吃第二碗饭。

于我而言，这只是一段经历，虽然不那么完美。

但我试过了，就算对自己有了个交代，因为不试这一次，我不会甘心的。终结一条道路唯一的方式就是走完它，从此之后断了这个念想，也好。

我住在北四环一个小区某栋房子的19层。

这段日子我每天都会站在阳台上看日落，等着室友下班回来打电话给我，然后一起去吃饭。

这是钢铁森林里唯一的温柔时刻，但我想那些行色匆匆、穿行于地铁站的人，大概很少会有闲情逸致抬头看看夕阳。

这个时代，这个城市，节奏太快，逼得人都没什么闲情逸致了。

收到Jeff发给我的PPT，是他今年夏天支教时的一些文本和照片。

他跟我说，那时候你要是跟我们一起去就好了。

我的确也觉得有些遗憾，但错过了就是错过了。

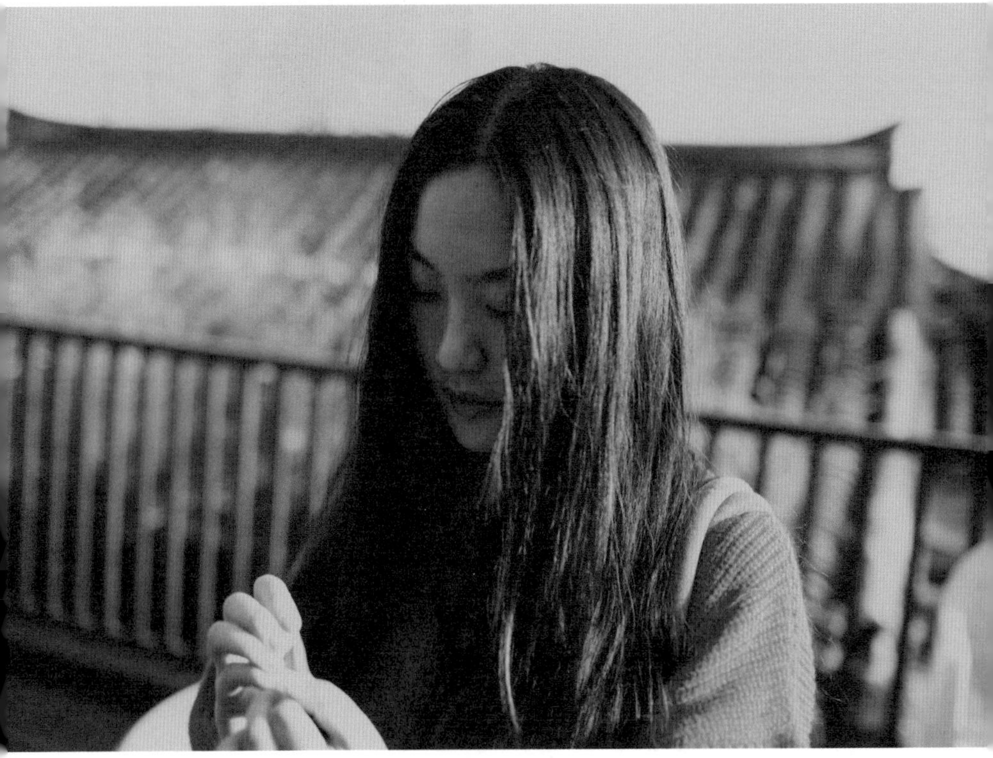

愿赤裸相对时，
能够不伤你

　　从前我总以为只有愉快的时光是短暂的，现在才知道，原来虚度的光阴也是如此迅疾。

　　我来北京的这一个半月算是虚度吗？

　　我见了我最想要见的人，做了我最想要做的事情，听了一场演唱会，在秋夜里落过几场泪。

　　这么说来，这些时光还是有价值的吧，这么说来，这场试验并非虚耗吧。

　　我又开始收拾东西了，与以前每次一样，衣服、护肤品、书籍、相机，再大的箱子装的也就是这么一些东西。

　　随身的包包里总是会带着一本书、笔盒、本子，等车或者等人的时候随时可以翻开来看，心里有情绪的时候可以随时拿笔写下来，它比微博更牢靠，也更持久，当然最重要的是更隐秘。

　　我慢慢就成了自己十七岁时写过的那种女生，有一点点钱，有一点点自由，独居，旅行，单身，有过一些爱人然后最终一个都没有留下，并不为此感觉遗憾。

　　就像时间没有消逝，它只是转化为记忆而已。你要回到你原本的生活轨迹之中，我也要面对我永远无可抵消的孤寂和沉默。

  这些日子一直在尝试写一个故事，想要跟内心的自己探讨一些事情，我的困顿和疑虑，我的坚定和摇摆。

  最终它们都会以文字的方式呈现出来，我不怀疑到最后我拿出来的一定是最好的，虽然在这之前我已经写了近万字的废稿。

  它们很安静地在我电脑的某个文件夹里。

  生命中也有一些这样安静的角落，陈放着不想再提起的回忆，但它们一定不是无用的。

  也许是因为说起来太麻烦，或者说起来会难过，所以就只好缄默。

  对刻意尘封的一再提及，大概就是亵渎吧。

  9月29日晚上去看陈奕迅的演唱会，上半年的时候就约了好几个朋友，大家都说没空。

  我知道不是每个人都愿意为了一场演唱会跑到另外一座城市里，就算有这个意愿，也未必有这个时间和精力。

  人长大了之后最吝啬的往往不是钱财，而是时间，所以遇到那些愿意拿出自己的时间陪你去做你想做的事情的人，应当有感激。

  8月到北京的时候就拿到了票，一个半月之后终于在工体跟笨笨会合。

  自西宁分开之后我们没有再见过，当时她觉得接下来的路途太过于辛苦，我便在西宁汽车站送别了她，然后一个人拖着行囊继续往甘肃走。

  算起来，也不过是一个多月的时间，为什么我觉得好像又经历了很多事情，非常疲倦。

  过安检的时候工作人员说，陈奕迅的人气真是旺啊。

  我笑一笑，四周的姑娘们头上都戴着发光的蝴蝶结，笨笨也给我买了一个，与我那天穿的蓝色针织相映生辉。

我们是内场票，坐下来之后我问笨笨，现在有喜欢的人吗？

她说，没有啊，你呢？

我说，早就没有了。

这么说的时候，心里真的有一点儿痛。

去演唱会之前有个朋友一直问我："你晚上会哭吗？会哭吗？"

我说："当然不会啦。"

当时我一直在心里盘算着，我的泪点是哪几首啊？《好久不见》？《葡萄成熟时》？《十面埋伏》？

这几首我都不确定一定能听到，但不断地提醒自己，别哭，很丢人的，晚上回去被她们看见要笑我的。

然后在听《好久不见》的时候我就真的……完全无感，可能听这首歌要流的眼泪在西安的时候已经流光了吧。

有天晚上我坐在19楼的窗台上跟绣花打电话，我说怎么办，我好像不会爱人了。

就像一管牙膏用完了，怎么挤都挤不出来了，拿擀面杖压都压不出一星半点了，我废了。

说这句话的时候我其实特别难过。

我知道我真正想要的人是什么样子，就像一根针刺到我身体的哪个位置我心里清楚得很，因为这样的明确和真挚，所以我才这么坚定并且决绝。

但愿如绣花所说，爱是可以再生的。

但愿遇到你时，我仍能够天真地、不计得失地去爱你。

那天演唱会的最高潮是王菲的出现，就在一瞬间，全场沸腾了。

后来陈奕迅说，有些东西，也许只有一次，所以今晚的你们，很幸福。

那一刻眼泪就猝不及防地流了下来，并不是为了王菲，也不是为了 Eason。并不为了任何人任何事，就是突然很想流泪。

走之前跟一个朋友见了个面。

其实我微博里很多很多很美的句子都是写给他的，但从来没说过，也知道他微博里有一些话是写给我的，虽然用的是引用的方式。

我们在某些方面是很相像的，讨厌纠缠不休的人和黏糊的感情，讨厌被人打乱原本的生活节奏，讨厌所谓的惊喜。

在来北京之前我们神交已久，他是我 QQ 上难得的后半夜还经常在线的人，我们经常在深夜里聊天，我在这边抽烟，他在那边吃水果。

他跟我讲，我感觉你来北京已经很久了。

我说，可其实在这一个半月当中，我们不过见了四五次。

他说，可是觉得非常熟悉。

我说，我也是。

这是我迄今为止遇到过的最好的一段感情，浅尝辄止，见好就收。

而之前那些人，我在他们面前没有任何存在感，他们都比我阅历丰富，在他们面前，我只能聆听。

然而我有我的情绪要表达，我需要一个段位相当、情感对等的对手，这需要一点儿运气。

我第一次去他家找他玩，那时北京还没降温，我穿着蓝色碎花裙子，他念《小春秋》给我听。

后来想起那个晚上，就觉得是吉光片羽了，那是一种很亲近却没有邪念的感情。

也是这次在北京屈指可数的极端温馨回忆之一。

前天吃饭的时候，我们说起一些事情，我说了很多很多，说到后来就卡壳了。我举着筷子很傻地看着对面的他，心里想怎么办，我说不下去了。

可是他说，阿花，不用再说了，你是对的，还要继续说什么呢。

我犹疑着问，我是对的？

他点点头，又说了一次，你是对的。

当时我心里很感动，有种"这个人是我的知己"的感觉。

告别的时候在一个十字路口，他伸出手来跟我握手，我披着披肩在夕阳里看着他笑，转眼他的背影就消失在滚滚车流中。

我跟他说得最多的一句话就是，来日方长。

这句话我没有跟别人说过，尽管我爱别人爱得更多。

因为我们大多数人，是只有眼下，没有未来的。

回长沙等签证，之后出去旅行，这段日子要把手里该完成的工作完成，我知道我向往的远方总有一天会抵达。

我也知道，你是我等了好久却没有等到的人。

我很多朋友都曾用"若你喜欢怪人，其实我很美"做过签名，但我更喜欢这首歌当中的另外一句。

"愿赤裸相对时，能够不伤你。"

北京，再见。

我好像一直在说再见。

我亦飘零久

很长时间没有更新博客了,这期间从北京回到长沙,日日聚会,夜夜长谈,几乎没有闲暇的时间静下来一个人想想事情。虽然身边时刻都有贴心的朋友,但内心深处,仍然感到非常孤独。

某天跟 Sean 聊起,我说:"从前我觉得这个问题很矫情,所以一直没问,今天我想问你,你有没有感到孤独过?"

那段日子我很疲惫,生活中层出不穷的意外,手机坏掉之后跑去买了新的,电脑又不断地出问题,只好又换新笔记本。

签证下来之后,去斯里兰卡的计划有了变动,于是改变行程直接飞清迈,舱位告急,又找朋友替我搞定机票。

放在北京大哥那里的广角镜头直到出发前两天才想起跟他说,快寄给我,怕时间来不及,再找在昆明的朋友帮我签收快递,趁在昆明经停的那五个小时去找他拿。

每天都绷得跟一根琴弦似的,似乎只要再使一分力道,整个人便会分崩离析。

房东打电话来和我协商房子的事,回国后因为没有再在长沙生活的打算,便退了租,手忙脚乱地收拾东西。有好几次,坐在一堆狼藉里,头痛得差一点儿哭出来。

　　太累了,实在太累了,我的头好痛,每天我都在跟绣花说这句话。她总是说,好,不想了,从现在开始你什么都不要想了。

　　我们一起吃饭,一起睡觉,喝酒,消夜,聊那些已经不在身边的人。

　　那种深深,深深的疲倦,达到近年来的巅峰,最严重的时候,我甚至不能完整地说出一句话。

　　我始终无法对自己满意,这便导致我一直无法对生活满意。

　　来到清迈之后一直跟阿星待在一起,我们也会聊起梦想和爱情之类的话题,以及对未来的担忧。

　　有一天下雨,我们去一间庙里躲雨,我抬头看到屋檐下灯笼在风雨里飘摇,那一刻像是被某种不知名的力量触及灵魂,眼眶里突然聚满泪水。

　　总有那么一些时刻,被震慑,被打动,尽管你自己也说不清楚是为什么。

　　我觉得你带来的最大伤害,不是你不爱我,而是摧毁我的信心。

　　过去的我,也不是一个笃定的人,但在那之后,我日日夜夜活在自我否定当中。

　　曾经是人群里热闹欢腾的明艳少女,现在穿着深色衣服沉默地穿越由人类构成的沙漠和海洋。

　　我走了很远很远的路,看了很多很多的风景,我的相机和眼睛都记录了很多面孔。

　　可是我不知道我还可以相信什么。

　　出来之前有一天晚上F跟我说,我们今晚聚餐,说起你,大家都夸你。

我说是吗，都夸我什么。

他说，××夸你善良，特别笃定地说舟舟是个很善良的姑娘。

他说，当然我也夸你了，我说你懂事儿，价值观也正，谁谁谁还问我，为什么不娶你。

你们每一个人都说我很好，但最终没有一个留在我身边，我也没有为任何一个放弃自己的坚守。

我想或许只能用俗气理由说是缘分不够，这个理由大家都用，所以我也可以这么说。

今晚大家在旅馆院子里聊天，一个男生在夜色里问我，你是佛教徒吗？

我说我一直在找一个信仰，但未必是一个宗教信仰。

他又问，那你找到了吗？

我说，曾经以为找到了，现在想来，既然不能在生命里长存，那就不能算找到了吧。

美和罪恶总是绑在一起的，你不可能只接受生命里甜蜜的那个部分，时至今日，我相信人生当中甜蜜和痛楚都在我们能够接受的范畴之内，没有那么多超出预想的浪漫和沉痛，我们要活得真实些、踏实些。

很多从前我觉得离我很遥远的事物，一夕之间都已经来到眼前。

很多我想都没想过的东西，如今可以很轻易地得到。

阿星问我什么时刻会比较开心，我说我经常为一些很细节的事物感到开心，只是这种快乐不持久。

但或许我想要得到的那样，岁月不肯给我吧。

不肯给，也没事，已经长大了，得不到的，就挥挥手吧。

2012

清辉无痕

怕

将照片发在微博上后的一分钟之内,我又删掉了。

突然间就好沮丧。

说这个也没什么用意,只是想说,交流真是一件让人绝望的事,那些跟你处于同一个频率的人总是不按时出现,等久了,等得连希望都丧失掉了。

这个春天雨水真是充沛,每天打开窗户看到的都是灰蒙蒙的天,湿漉漉的地面,穿着臃肿的人们,而这些人大多数都有一张模糊的脸,你很难说哪张脸是好看还是不好看,但总缺乏一种让人印象深刻的东西。

阴冷潮湿的春天,让我的心情非常低落,每天除了看美剧之外,对任何事情都提不起兴趣来。

今年夏天我就要满二十五岁了,还有那么多想做却还没做的事情,可我还在浪费人生,真是可耻。

过完春节我就病了,似乎每次长途旅行结束之后都要这么来一下,已成惯例,不病反而不正常了。

在床上瘫了几天,跟半身不遂似的,说话的力气都没有,也看不进书,像根废柴。

花痴来长沙,约了一顿火锅。

一年没见面了,我连妆都没化,额头上还冒出两个痘痘,总之那天呈现出来的是一张面如土色的脸。

谭王府真是热闹,怎么这么多人爱吃火锅呢。在清迈时,一听到有朋友做火锅吃,在场的中国人都疯了,就我一个人意兴阑珊地坐在一边玩Touch。

花痴坐在我对面,煮沸的锅底冒起热气,朦朦胧胧的我看不清楚他的脸,突然间,我脑袋里闪过一个念头。

我说:"喂,你的房子空着吧,借给我写东西怎么样?"

他呆了一下,然后小心翼翼地说:"可以是可以,但是房子没装修,你能住吗?"

两个小时后我们到了门口,打开门之后,哇,真是,家徒四壁啊。

可是我喜欢那些还没有刷漆的水泥墙壁,我想在上面写诗,没有网络,没有人打扰,我可以安安静静地读书,写字,看电影。

我想找回那个内心从容沉静的自己。

在印度旅行的后半程,我跟Jeeny之间发生了一些龃龉,两个女生二十四小时在一起,持续了两个月,性格再好也会有摩擦。

正是因为那短短几天的疏离,我有幸完全沉入了一种久违的安宁。

大雪封山时,断水断电,没有网络,手机就像死了一样,一本日记已经写到了接近尾声。我塞着耳机看《项塔兰》。吃完早餐一个人去山里散步,厚厚的积雪在脚下发出嘎吱嘎吱的声音,没有人认识这个蓬头垢面的中国姑娘,但他们会很热情地跟我打招呼。

到了下午,夕阳的余晖里,那些坐落在山间的彩色小房子让人想起遥远的童话故事。

我买了一盒火柴,点了一根烟,手指冷得几乎夹不稳。

那真是最好的时光,我想以后大概都不会再有了。

"再美的过去,回忆的次数多了,味道也就淡了。"

我想那是因为你不知道什么叫作历久弥新吧。

在马当即将去新疆的那几天,我不停地哭,其实也不是有多舍不得他,毕竟这几年我们各自都在辗转、折腾,,也不是第一次分开,但想到他这几年所受的苦,以及他每次说起这些苦时,轻淡的语气,我就忍不住落泪。

有时候我真的恨自己还不够强大,不能保护所有我想要保护的人。

我来这个世界的任务,不是做公主,而是做战士。

曾经觉得有个了解自己的人多好啊,委屈难受的时候,有个人站在你身后,告诉你该怎么对抗,告诉你不要怕,一切有我。

我的人生似乎从没有过这种时刻。

需要的时候,该存在的人却不存在,该怎么对抗,该怎么战斗,都是你自己的事,只有自己站在这里,哪怕对面是成群结队的敌人。

久而久之,就真的活成一个这么坚硬的样子,就真的觉得脆弱等同于羞耻。

上周末回家看妈妈。

2011年我像脱缰的野马,因为内心那些激烈的冲突始终没有得到一个清晰明确的答案,而将自己受难般放逐。

时隔大半年,见到我之后,我妈说:"你啊,从小就管不住,比男生还野。"

这二十多年来,我一直是个没有归属感的小孩,每个地方的朋友都问我什么时候回来，可是回这个字在我的生命里，就像一种讽刺。

悲观一点来看，终我一生，是没有一个地方可以被称作家的，即使是住了上十年的老房子，对我来说，也不过是寄居罢了。

我手里过过无数把钥匙，可是没有一把是真正属于我的。

少年时期，我从一个地方到另一个地方，每次都得接受人们异样的眼光，好不容易交到了朋友，又要因为这样那样的原因离开，刚刚熟悉了这个班级，熟悉了这个环境，又得离开。

我像个永远的插班生，永远的"新来的"。

我可以很快地跟陌生人混熟，成为朋友，可是更快地，"朋友"又被时间和空间变为陌生人。

因为我不断地在离开。

或许也正是因为这样吧，我对一切情感关系都充满了悲观，也因为如此，更珍惜那些大浪淘沙之后，在我生命里留下来的人。

一起长大的女孩们，大多已经结婚生子，早已失去联系，关于她们的消息，我也都是听人转告。

诚实地说，我其实是个凉薄的人。

常年待在某一个地方，你未必感觉得到它的变化。

但我说过，因为我一直在离开。

我曾经住过的、路过的、爱过的那些地方，恐怕全都面目全非了。

抽空回老家，那天晚上跟两个老同学一起散步，一个没完没了地在念叨他的感情问题，我和另一个女生说："我们回三中去看看吧？"

走到那个熟悉的路口时，我心里激荡着一种接近于悲怆的情绪，我觉得再用一点点力，我就要哭出来了。

时光是什么，就是你穿上的衣服再也脱不下来了。

正好赶上下晚自习,那些朝气蓬勃得在夜晚都发亮的面孔鱼贯而出,他们或许还很青涩,甚至土气,但当你看到他们时,真想拿自己十年的生命和阅历去做交换。

我站在昔日的教学楼门口,眼眶发热,浑身冒起一颗一颗的鸡皮疙瘩,我真想哭。

九年前,我曾经在那个教室里坐着,某天下午,因为抬头看到外面碧蓝的天空,突然一下就笑了。

那时候,对人世的疾苦,对情感的变幻不定,对别离的伤感和生命的唏嘘,我全然不懂,我只知道,天好蓝啊,为了这么一个原因,我就笑了。

渐渐地,快乐的原因越来越奢侈,起初希望喜欢的人也喜欢我,然后要有钱买新款的衣服、高配的手机,然后要买全画幅的相机和镜头,要去旅行,然后……看到高原天好蓝啊,就笑了……

生命的旅程,原来是这样一个圆。

我问老同学,如果沿着这条路一直走下去,我能不能看见那时的自己?

那时的我,每天梳着一把马尾,最爱穿一件淡绿色的毛衣,讲话声音很大,数学成绩很差,经常被老师叫到办公室去谈话。

那时的我,也有喜欢的人,可是喜欢得完全不得章法。

回去的路上,我很久没有说话,女生跟我讲:"那时候你晚上写好小说,第二天早上就拿给我看,有一次我们吵架,你晚上回去就没写,第二天别人叫我来问,你还要不要接着写。"

我想起那些我妈替我小心翼翼地收着的手稿,想起当年那些用得比别人快的圆珠笔芯,我竟然真的一步一步走到了今天。

她说:"那时候,你跟我说,你有两个梦想:第一是要出本书;第二是要去非洲旅行。"

我默然良久，嗓子像被什么东西堵住，发不出声音。

其实那时候，我的地理并不好，不知道非洲具体在哪里，乞力马扎罗这几个字到底怎么排列的我也总弄不清楚，给我一张地图我也不见得能戳到非洲。

但或许那是一种隐喻，人生是不断追问答案的过程。

在我的内心深处，有个不甘平庸的小女孩，她敏感尖刻，骄傲又自卑，她不够漂亮，也不温柔，没有人在意她，所以当她决定保护自己的时候，她不在意会不会刺伤别人。

而我的使命，是尽一切努力，完成她的梦想。

回长沙的前一天，妈妈陪我一起去看了七七。

十年前我们认识那天，我坐下来，想找一个喝水的杯子，没找着，她把她的递给了我。

这一递，竟是十年的友情。

后来我走得太远了，视野越来越开阔，再回不去从前那份清明澄澈的少女情怀，我有我的绝不妥协和理想主义。

而她，谈简简单单的恋爱，过简简单单的家庭生活，二十四岁的时候，完成了她自十几岁起一直不变的心愿，生下孩子，成为母亲。

她看起来还像十年前那个单纯的、把她的杯子递给我的少女。

而我，坐在她面前，已经沧桑了太多，太多。

我想起身走了,也许会有安宁

原本以为,折堕的时间已经够了,等到阴冷潮湿的天气过去,阳光普照大地的时候,我就能够像过去无数次那样,从低落抑郁的情绪中走出来。

微博上那个叫走饭的姑娘自杀了,无数网友在她去世之后,疯狂转发她的微博,为她哭,为她惋惜,为她痛心,一个礼拜之后,"舒淇离开微博"成为热点话题。

我们身处的世界,就是这样健忘和无情。

你所有的痛苦与困顿,都是自己一个人的事情,你的生死,不关任何人的事,你的伤口在流血,别人却在为晚上吃什么发愁。这世上没有感同身受,所有的开导都是纸上谈兵,所有的安慰都是隔靴搔痒,所有的陪伴都是徒劳无功。

我已万念俱灰,生无可恋。

朋友们来看我,他们问我,住在这么空这么大的房子里,晚上你一个人怕不怕。可是我连死都不怕,还会怕什么。

"死"这个字,对大多数人来说,不过是生命形态的万象归宗,而对我,却是无法言说的苦痛唯一之救赎。

每天晚上,所有的窗口都黑了,我还醒着,我整夜整夜地醒着,孤独像羊水包裹着我。

早年间,这种痛苦每次发作,我都会很惶恐地打电话给朋友们,轮流来,一个一个打,声嘶力竭地哭。我知道他们也无法理解这到底是一种什么样的病,但那时候我还愿意表达。

而如今,我在悬崖上,即便有人给我绳索,我也不愿伸手去抓了。在负隅顽抗了这么多年之后,我彻底放弃了。

所有的交流都是为了印证生命的孤独,这是我的悲观主义。

他们都跟我说,你不要想太多。

我放在键盘上的手僵硬得无法再多打一个字。

我要怎么说呢,我根本没想太多,我其实什么也没想,但它就是缠着我。

周末的时候出太阳了,我坐在客厅的沙发上画画,画着画着眼泪就开始狂掉。我没有触景生情,我脑子里什么也没想,只是拿着画笔在蘸颜料,我还没弄清楚这是怎么回事,它就发生了。

八年前,我从课堂上跑出去,在田径场边坐着,哭着问当时陪在我身边的姑娘,我问她,为什么偏偏是我?

而现在,我仍然会哭着问,为什么偏偏是我。

但其实我已经接受了,很平静,不挣扎地接受了。

有很多人,经历过更大更深更"值得"痛苦的事,他们的生活更不如意,或许更加贫穷且不自由,但他们坚韧地活着,并且相信终有一朝,否极泰来。

像我们这样的人是残缺的,只是残缺的部分肉眼无法辨识。

没有得抑郁症的人,可能永远也无法理解这是怎样一种病,它不会让人痛得呻吟、虚弱得喘息,它来的时候,你不用动手术,不用躺在病床上插着呼吸器,你不用坐轮椅,你看起来跟大街上的人没有区别,但只有你自己知道,你的心里有什么东西在不断地腐烂。

最重要的是,我已经不对任何人展露这一面,所以,甚至有很亲密的朋友用戏谑的口气说,你有抑郁症啊?哈哈好搞笑啊。

我也觉得好搞笑。

有个朋友跟我说,我很担心你做出某个决定,就像一个人要远行,临走的时候,另外一个人根本不知道她是来道别一样。

我说你知道我的,我不擅长道别,如果我某一天彻底被它打败了,我会安安静静地走。

我写了这么多年的字,在这个世界上留下的痕迹已经太多太多,凭我一己之力,无法清除干净。

我活着的时候,得到的爱和理解实在不多,如若某天真的决心离去,也没有一个字想多说。

昨晚绣花给我发了一条很长很长的短信,她说,我希望你将来有一个对你很好的爱人,生一个很可爱的孩子,养一条很蠢很丑的狗和一只很胖很聪明的猫,住在有大大的落地窗的房子里,天气好的时候,我去你家找你玩,一起磨咖啡豆,带着我漂亮的小女儿。

她还说,比起很多听之任之的人,你已经很努力了,你从来不是任何人的累赘。

我看着手机,哭得一塌糊涂,哭了很久很久。

笨笨跟我说,这世上也只有你能理解我了,你别死。

我说好,我尽量。

我跟自己说,即使是为了这些朋友,我也应该从这片沼泽里走出来,即使走不出来,也应该苟延残喘地活下去。我告诉自己,这个世界上仍然有一些人需要我,他们接受不了我某天心血来潮不告而别。

人生的坎坷与平坦，生命的精彩与暗淡，就在窗子的一开一合之间。

生命有生命的尊严，死亡有死亡的尊严，千变万化的是人心，纹丝不动的才是命运。

我接受我的命运。

这些年来，我也听了很多关于抑郁症其实只是无病呻吟这样的话，有时甚至是我以为是朋友的人背着我说的。

还有些人说抑郁症是富贵病，是吃多了撑着的人才会得的病，甚至说这个病根本就没什么，只是听起来很严重的样子。

这些话，我听得够多了，对健康的人来说，这些话并不算什么，但对很多抑郁症患者来说，哪怕是一个字，也会引起他们很强烈的反应。

因为这样的原因，我很少愿意跟别人交流这个事情。

那些关心我的人，谢谢你们，真的。

快马加鞭,不要回头

原来人沉默久了,真的就不想再说话了呀。

你烟抽得太多,咖啡喝得太多,睡眠时间太少,你清醒的时候太多。

你哭泣得太多,寻求安慰太多,你废话说得太多,不必要的人际交往太多。

你自我否定太多,反复得太多。

你将爱字用得太多。

这是沉默的这段日子,写给自己的一段话。

沉默的这段日子,写了几万字的稿子,买了一个咖啡机研究怎么做咖啡,刚打了一次奶泡蒸汽管就不出汽了。

蹲在地上看着仿佛死掉了的咖啡机,感觉自己好像个土鳖啊……

跟几个朋友一起去看《春娇与志明》,影院里的人都笑得好开心。

黑暗中我凑到绣花耳边说,这不就是偷情男女的故事嘛。

两年前的《志明与春娇》,我是在大理看的,那时候笔记本坏了,提心吊胆地看完了,一抬头,发现房间的顶上有一扇小小的天窗,月亮又大又白。

后来很久,还记得影片那些看似不经意,却又温柔缱绻的逆光镜头,杨千嬅的紫色短发让人记忆犹新。

其实我想说什么啊,我还是更喜欢第一部吧。

看完电影的那天晚上,绣花她妈妈食物中毒进了医院。

凌晨一点多,我没来得及换衣服,随便扯了一件外套罩在身上就去了,匆忙中甚至没来得及穿条厚裤子。

那天晚上我们坐在医院清冷的走廊里聊了一夜,抽完了一包烟,我腿上盖着病房里抱来的棉被,晚上的医院可真安静啊。

她跟我讲,你想没想过去治疗抑郁症。

我说,想过的,也查了一些资料,后来慢慢觉得没什么必要。药物也许能够抑制大脑里分泌的东西，缓解情绪，但并不能从根本上解决痛苦。

有天在网上看到一句话，笑了好久。

人生就是悲剧，而真正终结悲剧的方法，就是断子绝孙。

今早我做了个梦。

那是一条看不到尽头的公路，你面朝着我，背对远方。

但我知道在真实的世界里，你不可能这样信任我。

我醒了之后，待了一会儿，我在等待内心真实的情绪涌出来，我也很好奇，会不会觉得有一点儿难过或者伤感呢？

有天晚上我看了一部很老的文艺片，有十多年了吧，看的时候我一直胆战心惊的，我觉得爱上一个那样的人，或者被一个那样的人爱上，都是很可怕的事情。

他如同自私的孩子，将爱用之如泥沙，你以为他最爱的是自己，可他在你离开之后租下你曾经住过的房子，关起门来哭得一塌糊涂。

你有没有过那种好像一辈子都无法摆脱某段往事的感觉？

可是相爱的时候真美啊，多年后你依然会记得，是谁抱着你，吻你，抚摸你潮湿的肌肤，醉倒在黄昏的天台。

我们都太专注于自己的伤口，因此，往往也就忽略了别人伸来求援的手。

我蛮庆幸的，这阵抑郁情绪好像慢慢地又过去了，虽然不知道它什么时候又会卷土重来，但这次我又赢了。

有时候会拿朋友写给我的邮件安慰自己说，宇宙都会分裂，何况是人呢。

如你所知，这世上真正能够跟沉重的痛苦抗衡的，唯有缄默。

倾城之雨已过去

"晚上打完针回来,在小区的树荫下走着,看到很多老人坐在外边儿乘凉,手里摇着蒲扇,小孩子追逐嬉闹,我知道今年最难熬的时间,已经过去了。"——前天晚上,我在 Q 上跟某人这样说。

我已经有许久不来这里,偶尔想起时,会把密码给一个小妹,叫她帮我清理一下评论和留言,留下那些我愿意看的,删掉那些莫名其妙的指责和打扰,这个过程就像是花匠修剪植物。

如果这里曾经是枝繁叶茂的花园,那么在这样一段沉默冗长的时间里,它已经长满了野草。

在写这篇博客时,我的耳朵里依然有着轻微却十分清晰的耳鸣,思维有些迟缓,不知道是否与近半年来不断地吃药有关。

我不想吃药了,所以有一天妈妈打电话给我,兴高采烈地说"我给你买了调理胃病的药"时,我才会突然一下哭出来。

我讨厌这样的自己,我讨厌每天要往这具残骸里不断地填补各种颜色各种形状各种功效的药片、药丸。

我想做健康的人，过明亮的生活，我不想再哭了。

春天的时候，我忽然意识到很久没有星的消息了，那段时间，我曾经反复地揣测，他的消失到底是因为他过得太快乐了，还是太痛苦了。

在这个喧闹的时代，一个人长久地在网络上不见踪迹，只有以上两种可能。

我们见面的时候，如同以前一样，大多数时间是我在说我的生活，他在听。我问他："为什么不说说你？"他说："我的生活和际遇哪有你那么丰富，听你说就够了。"

他走的时候，我把《半生为人》拿给他，这是我在今年上半年读过的为数不多的书中最喜欢的一本。徐晓在书中说，也许上帝对一切人都是公平的，他绝不把你承担不了的东西强加给你。

我希望他明白我的用意，虽然那时候我自己也脆弱得像一根绷得用力过猛的琴弦，但我有些自私地希望好友能够从灰暗中振作起来。

我告诉他，整个春天我一直失眠，通宵看着对面那栋楼墙上的浮雕，在夜晚清晰地听见小区池塘里的蛙鸣和街上汽车碾压过路面的声音。

他一直不太说话，后来又东拉西扯聊了些别的之后，他突然跟我讲："舟舟，你别死，我想了很久，如果你死了，我还能去哪里再找一个像你这样能说得上话的朋友。"

我说很容易找啊。

他的声音很轻却很坚定，很难。

我没再多说什么，因为在这个世界上，或许，到目前为止，在某种意义上，我对他的痛苦和孤独的理解，比其他人多那么一点儿。

那次仓促的见面，我印象最深的事情是他走时跟我讲，舟舟，无论你将来做错什么事情，无论你做了什么事情，别人怎么看都不要紧，我一定不会怪你，无论你做错什么事情，我都原谅你。

其实那个时刻，我并不知道要怎样去理解这句话。

或许我也应该原谅自己，原谅自己的软弱、尖锐，我的易怒和对自我感受的过分注重。

原谅自己不美好，原谅生命的真相不美好。

这几个月当中，最辛苦的人或许并不是我自己，而是围绕在我身边的这一圈朋友。

最疯狂的时候，我在微博上同时开了五个马甲，写我那些羞于启齿，也无法排遣的负情绪，写我怀念的永不回来的过去，写无数次哭着醒来的夜，无论打开哪个，都是一个磁力强劲的负能量黑洞。

在这样不堪的时间里，他们没有放弃我。

至今我仍然记得那天上午，那是个难得的晴天，丽日晴空，我坐在小区的石凳上发呆。

忽然眼泪又掉下来了，为什么呢。

因为，我觉得，宇宙，真的很慷慨啊。

连我这样的人，都能享受到阳光。

今年好像特别难熬的样子，当我的情绪稍微恢复到平稳状态之后，朋友从武汉过来看我，待了三天。

两年前的夏天我独居在一套单身公寓里，那段时间我也不太好，不过相比起今年来说，简直不足挂齿。

那个礼拜我们很安静地待在一起，拍拍照，她看电视的时候我写稿，叫一份外卖回来一人分一半，晚上一起下楼去买水果，那时距离我去云南旅行还有半个多月。

现在回想起来，那真是不可多得的好时光了。

今年长沙下了足足半年的雨，有天早上醒来，她说，又下雨了。

我睁开眼睛看着天花板，第一句话就是，狗屁人生！

我好像无数次说起，我们相识于微时，我读高中，她念大学，成天在 BBS 里混，后来也有过间隙，疏离过又走到一起。

八年前，我们纸上谈兵，说女子之间的情谊更绵长。

八年后，她说，无论我现在、以后再认识多少朋友，生命里有多少女生来来往往，永远也不会有人能够跟你相比。

而我说，无论我在哪座城市，只要我活着，这座城市里就有你半张床。

她回武汉之后依然过得郁郁寡欢，却惦记着给我买龙猫伞，只因为那天躺在床上，我看着窗外说，整整三个多月，这样的雨，下了三个多月，正常人都会抑郁了，何况是我。

我收到那把伞后，长沙正式进入炎热的夏季，满城雾霾，加之地铁工程把路面挖得千疮百孔，尘土飞扬，极少下雨，我反而怀念起滂沱的春天。

后来，有一天，我打完针去找绣花，走到半路时，下起了雨，我几乎是兴高采烈地跑回家拿伞，走在街上时觉得自己特别神气。

八年的情谊，岂是旁人能够明白得了。

如果你了解我过往的渴望

　　我希望有一个人真正了解我,知道我喜欢什么、害怕什么,知道我用什么牌子的洗发水和牙膏,在我沉默的时候久久地握着我的手,在我哭泣的时候拥抱我,我觉得这些就是最美好的事。
　　我希望这个人明白,没有人是完美的,但每个人都很珍贵。

　　如果你了解我过往的渴望。
　　如果你了解,我是从怎样的痛苦和孤独当中,一步,一步,走到了你面前。

来到这个世界是为了回去的

一年前的10月4日,我从北京飞回长沙,很清楚地记得当时飞机穿过了一道彩虹,旁边的大叔在打鼾,我开心地转过头去对一个大概七八岁的小女孩说:"你看窗外,有彩虹。"

今年的10月2日,我跟面面一起从北京回长沙,这次的飞机很高端的样子,座位呈2-4-2排列,每个位置上都配有一个触屏设备可以选电影和音乐,我和面面就很夸张地说哎呀哎呀好洋气,以前都没坐过这么洋气的飞机咧。

前一天收拾行李的时候我心情很差,没有缘由地哭了起来。事实上,没有人会懂,连我自己也是花了一些时间才搞清楚那些眼泪的含义。

我觉得自己再一次失败了,面对我曾经最向往的这座城市,我再一次努力,然后,再一次失败。

我说我不知道为什么自己总是把生活弄得这么仓促而又莫名其妙,我的生活节奏像是一个醉酒的人胡乱敲出的鼓点,既杂乱,又毫无美感。

在北京的时候,我的抑郁反反复复地发作,在平稳的那些时间段里,我觉得应该没事了,起码今年的份额已经消耗完了,结果它就像吃了激素类药物之后的月经,毫无规律可以遵循地想来就来,想走就走。

整个人都活在一种自戕的情绪里。

有时候一个人躺在床上，想起一些过去的事情，童年时期、少年时期，校园生活和那些贫穷却充满了斗志的时光。曾经信心百倍，觉得自己的未来一定不会差到哪里去，觉得即使将来自己过得落魄，也一定是充满诗意的落魄。

我回想过去，翻看着旧照片，时间在我的眼睛里留下清晰的痕迹，过去的我，在人堆中面目模糊，眼神怯弱，对世间的一切都那样无知。

只是那时的我，还没有现在这么多游离的心思和破碎的情绪，我觉得有一部分自己已经彻底丢失在呼啸而过的岁月里了。

我一无是处，又一无所有，冗长而无聊的人生默默地吞噬着我。

有本书叫《我的抑郁症》，作者用非常幽默的方式将抑郁症患者的一些典型表现用涂鸦的方式呈现出来，其中有一点，我觉得说得特别对——

在发病的时候，走在街上，觉得谁都比自己有用。

在最后，她说，这个东西，能走出来一次，就能再走出来。

我也知道是这样，我只是不知道一次一次地周而复始，意义何在，如果你说是为了让生命成长得更强壮，我只能说，或许吧。

我们有那么多细碎的温暖，该记得的，应该是一些美好的事。

相信爱，相信时间的力量，相信在甲处所丧失的，神终会在乙处有所补偿。

一曲微茫度此生

十分冷淡存知己，一曲微茫度此生。

有天晚上躺在床上看杂志，无意中看到这句诗，十分喜欢，便记了下来。

世纪才女张充和，在她七十岁高龄的时候写下此句，隐隐也透露出了她对人生的感悟。

大音希声，只有真正经历过惊心动魄、悲欢离合的人，才会明白生活的本质在于清淡。

平淡是乏味，清淡是寡欲，弄清其中的区别，这很重要。

回到长沙已经将近半个月，丛丛从西藏回来的那天晚上跟我聊起她的旅行，说起千错万错纳木错，说她去的时候到处都是人，很难拍到一张没有人头的照片。

想起两年前的 8 月，我在纳木错看的那场日落和日出，湖边只有七八个人，站在一块小小的礁石上，眺望着远处那一点儿零星的瑰丽，虽然不似后来在冈仁波齐下看的那场火烧云来得壮阔，却是回忆中最为宁静美好的片刻。

已经有两年的时间了，很多次心情低落，感到人生毫无眷恋的时候，我总是会想起那段旅途。

我总是在想，是不是应该回一次那里，再呼吸一下那里稀薄的空气，或许我就不会活得这么窒息。

两年前我曾在一段视频里说，希望以后的我不再像现在这么笨这么无知。当时我说了很多话，颇为煽情，但现在我只记得这一句了。两年来我不断地问自己，与那时相比，我有没有进步，有没有如当初的自己所希望的那样变得聪明且丰富起来。

曾经想要变得足够好，是想要有资格站在一个人身边，后来想起来，那时候喜欢和爱慕的成分也许并没有多重。

最根本的原因，不外乎那个人身上承载了一个平凡的女青年的梦想。

我想成为他那样的人,我想有更好的生活。

昨晚跟马桶和阿易叔叔一起吃饭,阿易叔叔有大半年时间没见到我了,问起上半年我的情况,说那时候给我打电话我总不接。

我很惭愧地说,那段时间心情不太好,谁的电话都不接。

今年已经过了一大半,想想今年的年度总结一定乏善可陈,那么长的抑郁期,除了把《我亦飘零久》写完了之外,一件正经事也没干,甚至都没出去旅行。

有天晚上睡不着,我心血来潮地去贴吧转了一下,看了一些姑娘发的帖子,然后我就更睡不着了。

躺在黑暗中,往事像雪花一样纷至沓来,2009 年的冬天,惜非跟我说:"你写东西也写了四五年了,我们来做一本合集吧。"

那时候《深海里的星星》上市也才大半年的时间,市场反响还不错,她想趁热打铁将我更全面地介绍给读者认识。

我记得那段时间我们总是发生冲突,她觉得我交上去的稿子完全是乱写的,可我却觉得我已经竭尽全力了,我还能怎么样?

但我也不说,我就是闷在家里哭,还发短信给一个朋友说,你能不能讲个笑话来听听?

我已经不记得那个朋友讲了个什么笑话,一定不好笑,否则我应该能记得。

那本合集就是后来大家看到的《你是我的独家记忆》，完稿之后，惜非问我，你能不能提供一些旅行中的照片，我想做一些彩页。

我羞愧难当，真是不好意思说出口，那时候我最远也不过去过湖南周边的几个地方，拍了一些又土、画质又差的照片，那时我便暗自发誓，将来一定要去很多地方，拍很多照片。

事实上，后来我拿了稿费，做的第一件事就是买相机，又过了一年，我换了更好的相机，但我的摄影技术一点儿进步也没有。

这次做新书，我带着笔记本去给惜非选照片，选了三个多小时都没选完。惜非在挑拣的时候，我就在一边发呆，真没想到，两年的时间，我居然真的走了这么多路，我答应自己的事情，竟然真的一件、一件，都做到了，我想要得到的那些东西，竟然真的一点儿、一点儿，都实现了。

所以我知道，尽管某些时刻我非常脆弱，但我其实是有力量的。

昨天是那个讲笑话的朋友的生日，我发了那条微博之后收到他的短信，他说："谢谢你的'生日快乐'。"

时间真的太久了，当初因为价值观的巨大分歧而引发的那些不快，经过时间的洗涤，已经变得极轻极浅。

我时常后悔，当初自己太过于年轻，对所有问题，都只会从自身的角度出发去看待和理解，那时我太欠缺阅历，也不够柔和。

而今我已经长大了，有分寸，知进退，对很多事情，我学会了原宥和谅解，这些都是我年轻时所不具备的品质。

我一直很想跟这个朋友说，过去的我，的确不够体谅他人，我只关注自己的情绪，却忽略了在异乡的你是怎样度过每一个孤单的夜晚，还有你的抱负、你的志向、你的梦想。

希望你原谅我。

回到长沙的这半个月，生活很平稳，每天起来练两三个小时的毛笔字，终于有那么一点点进步了。

很多东西，当时你真的不知道以后是用得着的，所以你就不当回事，不认真，不努力，掉以轻心，然后慢慢地，就真的成为一个什么都做不好的 Loser。

我长久地深陷在生活无助无望中，事实上我幻想过，我希望有人能拯救我，能拉我一把，到后来我发现，其实谁伸出手都不如我揪着自己的头发把自己从泥潭里拔出来。

有人说过，不自救，人难救。

我想说的是，人的自信真的是自己培养出来的，准确地找到自我，找到自己感兴趣和喜欢做的事情，每天做好一件事，明天再比今天做得好一点儿，渐渐地，曾经被摧毁的东西都会慢慢回来的。

当我与你一同生活过，一起做最朴实的事情，一起吃饭、散步、买水果，我才明白这每一件小事的可贵之处，也才真正明白自己所需要的、所向往的是什么。

当我逐渐老去，曾经的虚荣都被磨平；当我不再与内心深处那些负面的情绪互相拉扯；当我不再苦苦地痴缠着那些与我真实的人生毫不相干的事物；当我懂得脚踏实地地过好每一天；当我懂得只需要与你相爱，彼此照顾，却不需要从你那里攫取安全感与不切实际的承诺；当我明白我完全可以依靠自己的能力获得财富、尊严、社会地位；当我真正有勇气去信任你、信任情感的持久性；当我懂得真正美好的爱情当中应该有责任、有体谅、有承担、有感恩，当你所做的一切都令我觉得你做了比你本分更多的时候……

或许会有那么一天吧，或许也还会有那么一个人吧，到了那个时候……我才能够真正理解，什么叫作时间的力量。

没有变得更坏就是最好

每次收拾行李去往机场的路上,都会陷入沉思和追忆。

很清楚地记得,去年冬至的那天,在乌代浦尔的一个蔬菜摊上,Jenny挑选着用来煮面的食材,卷心菜、小番茄、秋葵和青椒,我用相机给她拍了一张照片,我当时想,明年冬至的时候我应该会在长沙跟几个好朋友一起约着吃顿饭、唱唱歌吧。

当时我已经在旅途中晃荡了大半年,身心俱疲,只想早点儿结束旅程回到熟悉的城市。

半个月后,疲惫不堪的我们从新德里回国,在机场快线上,Jenny突然开始大哭,周围的人都吓了一跳,大家都不知道这个中国姑娘发生了什么事。而我,没有劝解没有安慰,只是在她哭完了之后递上一张纸巾。

在航站楼巨大的落地玻璃前面,我失语了很久,那些人不明白Jenny为什么哭,但我明白。

我们要回去了,我们要回到从前的生活轨迹之中去了,那些我们曾经企图逃避和摆脱的枷锁即将重重地扣在我们的手足之上,我们要开始工作、存钱、社交,应对各种曾经出现过或从没出现的问题。

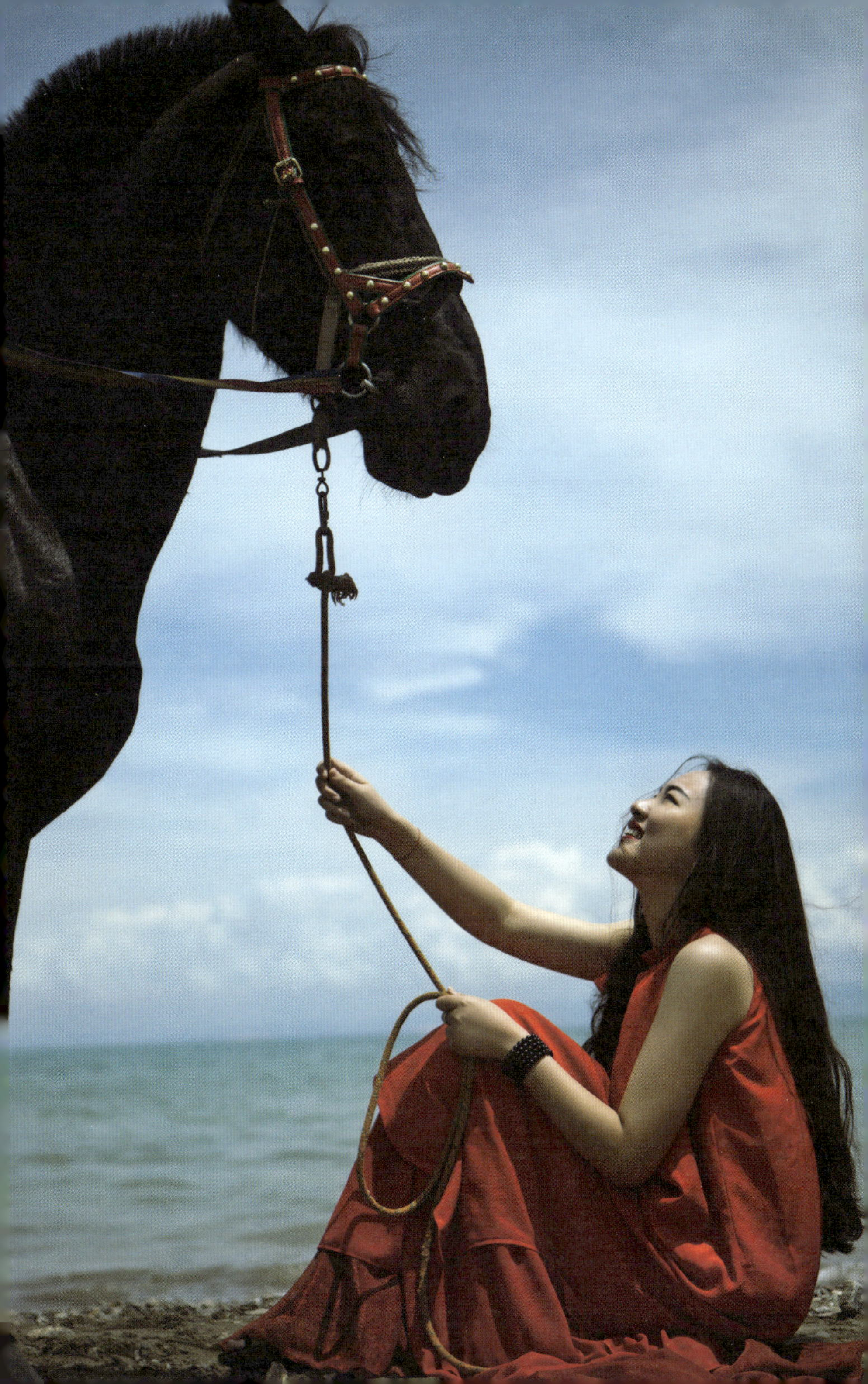

一年过去了,我还能清清楚楚地记得登机前那一刻我的心情,记得在清迈落地时,一出闸就看见蓝姐姐坐在凳子上冲我挥手;记得水灯节时,我们一大群人捧着自己做的花灯,在屏河边,Jenny 跟我说,一起去印度吧;记得第一天在加尔各答的街边,乌鸦在我头上拉屎……

　　回来之后我休整了半个月,再后来的事,很多人都晓得,旧疾复发了。

　　在那段艰难的时间里,我写完了飘零中旅行日志的那个部分,然后搬家。

　　望月湖社区的居民大部分是老年人,天气好的时候会有一些婆婆姥姥坐在小草坪上带孙子,晒太阳。从我住的那栋楼出来,走个三五分钟,就是一条热闹的街,有菜市场,有卖各种食物的小摊子,还有家常菜馆。

　　满二十五岁那天,我在青海湖边为新书的别册拍照,穿着红裙子,牵一匹黑马,风很大,温度很低。

　　阿乔跟我说:"你敢不敢站到水里去,我知道很冷,忍耐一下行吗?"

　　我说好,这些都不要紧。说完我就跳下去了,水真的很冷,刺骨地疼,拍的时候不断地有游客过来看,那天拍得很辛苦,但后来证明一切都很值得。

　　那些照片被做成了一个小册子,随新书附赠。

　　关于二十五岁,我之前没有太多的预想。

　　绣花以前跟我讲,她觉得女生二十五到三十岁中间的这几年,是毫无用处的几年,她很想直接越过这段时间进入一个稳定的生活状态中,有丈夫有孩子的那种生活状态。

　　她毕竟是想过这些事情的,而我没有。

我的人生，好像总是走一步算一步的样子，上次去电台录节目，主持人问我是不是不怕老，我很老实地回答她说其实我很怕。

所以我早晚洗完脸都会抹上三四层护肤品，冬天脸都冻僵了还是坚持做面膜。

但另一方面，我又不肯戒烟。

任何人都会讲，二十五岁，还算不得是一个多老的年纪。我有时候也会这样开解自己，还算年轻，还有力气走远路，那些不好的东西都不可怕，都会过去的，过不去的，我终究也会战胜它。

某人总是跟我讲，时间过得越久，你会越有智慧越有味道，他总是给我举例，你看谁谁谁，还有谁谁谁，你觉得她们老了之后怎么样，没气质吗，不美丽吗？看到她们你还会怕老吗？

我说，是的，我还是怕。

我想可能不是害怕或者恐惧吧，或者说不是单纯的害怕，这害怕中也许还有些可惜。

有些事情原本可以很好，可以更好，但是没有，所以我觉得可惜。

我难得见到一张轻松、从容的面孔，无论是我身边的人还是陌生人。

每个人都是病人，都有些不能示人的暗疾，每个人都很仓皇、焦虑、不安。

一年过去了，在年初时我们许诺自己要去做的事情也许都没有完成，我们总能找到借口总能找到理由，但其实，无论末日是不是真的，我们所剩余的时间，是真的真的不多了。

上个礼拜我去上海看《牡丹亭》，顺便见了笨笨，还见了雅舍。

下午喝茶的时候，雅舍跟我聊起两年前那次旅行，我说你们太坏了，把我晾在拉萨等了那么久，而且我还在一年后才知道真相。

他说,那时候我又不认识你,我是在到达拉萨前两三天才知道有个姑娘在那里已经等了半个月了,我还觉得你傻呢。

我说,我那时候才二十二岁多一点儿,年轻嘛,难免做些蠢事。

但我晓得,那样的机会不会再有了。

在年轻的岁月里,所有我能够做的事情,我都做了,所以我没有遗憾,也没有后悔。

最后这个月,新书终于要面世了,这不是我第一次出书,但心情跟第一次出书时一样忐忑。

那时候一文不名,担心没有人买,没有人看,而今要面对更多的目光,也就意味着面对更多的审视。

我用诚意交出了这份试卷,是时候接受检阅了。

有时候也会思考,为什么要写作,慢慢地我觉得,它是我的一次机会,通过它,我能够跟外部世界交融,而外面的人,也能够借由它找到我,或许我们能够彼此安慰。

16号会在长沙定王台附近的新华书店签售,这是我的第一场签售会,但也没觉得多紧张。

我与这本书最紧密的时刻,是在花痴家的空房子里构建它的那些时刻,彻夜不眠,越写越尽兴。

而后进入出版流程,封面设计、出版社审核、出片、印刷、装订、上市,这些都与我没有多大关系了。

文字成为作品之后,便有了自己的命运,我对它,无所谓期待,也无所谓期望。

谁也不知道命运的走向会如何,所以,你我皆要珍重。

一个人只要活得像一个人就够了

今天早上醒来，发现已经到了平安夜，距离传说中的世界末日过去三天了，飞船还没修好，母星还没派人来，世界依然按照原有的秩序运转，楼下的雪还没有完全消融，一切都跟以前没有区别。

1999年的时候，也有过一次末日传说，那时候我刚上初一，对生命充满眷恋，对死亡充满恐惧。

小时候我问我妈妈，如果人不生病、不出车祸、不自杀，是不是就可以一直活下去。我妈妈说，人会老死的啊。

那是我第一次尝试着去了解人生，第一次知道原来无论人如何避免被疾病和灾祸所擒住，仍然躲不过最终的结局，而衰老和死亡，它们也是构成生命的元素。

那时候我想不到这个层面，只觉得失望，晚上缩在被子里，想到最后自己也是要死的，会怕得哭起来。

再后来的一些年月里，每次想到它，我就会去找一些事情来转移自己的注意力，只要不去想，那个事也就没有多可怕。

写这篇博客的时候，《我亦飘零久》已经在全国各城市陆续上架了，我之前说过，文字集结成为作品之后，与我就没有什么关系了，它脱离了我，有了自己的命运。

但对这本书，我仍然有一些话想说。

有天晚上羊男给我打电话，问我："这是你的第几本书？"

我说："你认识我的时候，我刚出《深海里的星星》，我们认识三年了，这是我的第五本书。"

他说："我曾经在一本书上看过一个说法，一个作家写到第四本书之后会有一个大的进步，你前几本我都没看，这本我去买来看看吧。"

就我个人来说，这一本，因为倾注了太多内心积淀的往事、太多主观的看法、太多私人化的经历和情感，使得它之于我，有着格外不同的意义和价值。

在书写中，我尽量做到诚实，不刻意美化，不粉饰，不欺瞒，不虚构，有些人或许会觉得太过于私密的事情不应当写出来，但我认为，这是对自己最公正的审视，了解自己可以作为了解时间的起点。

能够书写出来的，就已经不是伤害，毁坏也是一条通道，走过它，生命会重新变得洁净起来。

16号签售，天气很冷，我和绣花、丛丛中午从家里出发，打了个车去定王台，惜非和蔡琳把我从侧门带上去，听她们说下面已经排了很长的队，有些小孩连早饭都没吃就赶来了。

我在会议室里换衣服，跟工作人员商量流程，然后接受媒体的采访，有一个记者问我，你觉得他们为什么喜欢你。

我想了想说，也许是因为在他们的成长过程中，有我的文字陪伴、参与，也许是因为我的存在提供了一种可能性，你不屈从于什么，不迎合什么，保持自己的价值观和人生观不被大环境同化，仍然可以过自己理想的生活。

这几年来我越来越反感那些教女生如何谈恋爱、如何有效地让自己嫁个好人家、过少奶奶的生活的文章，这样的书我不会买，帖子我也不会点开看，与持这种价值观的人，也会保持一定的距离。

这世上的事，其实分不出个什么对错，但应当有自己的立场。

我始终觉得，人还是应该自己长大比较好。

自己摔跟头，自己爬起来，头破血流也没什么，擦干净，以后长个记性，再遇到同样的事情，知道变个法子去应对，知道怎么将伤害减小到最低程度，知道即使不能避免争执，但仍可以采取最温和的方式去处理，即使做得比较笨拙，也好过被那些文章教成一副精怪模样。

我从不教女生把男人当敌人对待，恋爱不是战争，也不是博弈，不应当有那么多算计和防卫。

在我的认知里，恋爱始终是金风玉露一相逢，一个人真挚地去爱另一个人，即使时间过去了，恋情结束了，但我们仍可以说，我们并没有失败。

这个世界最不缺的就是算计，但如果连感情都沦于其中，人生未免太过于不堪了。

签售完之后大家一起吃晚饭，我最好的朋友都在场。虽然很累，我心里却非常高兴。

年初送走马当的时候，我还忍不住哭了，想起他一个人去新疆工作，日子一定很不好过。这一年中我们一群人总是聚会，虽然每次也都很开心，但我总觉得少了些什么。

再见到他时，我很惊讶，他一点儿被摧残的痕迹都没有，依然是青葱少年的模样。

晚上大家一起唱歌，来了一群读者妹妹，回去之后发的微博里，各个都有一句"我好喜欢马当"。

第三天我才知道，他们都是特意为了我回来的，然后我又忍不住好想哭。

《老友记》里菲比有句话深深地打动过我，她说，生命里恋人们来来去去，但朋友永远是朋友。

如果说，那天站在那么多读者面前，在他们的欢呼和笑声中，我仍然觉得有些许遗憾的话，那就是——在我人生中极具意义的时刻，我最爱的人，没有在我身边。

今年我所做的事情，的确不多，年底写总结的工程量一定比去年要轻松得多。

早两年看刘瑜的书，她说一个人要活得像一支队伍，那时候我觉得很受感染，就像打了励志的鸡血一样。

这两年自己慢慢沉静下来，再想起这句话，又有了不同的看法。

我现在觉得，人真的不必逼自己去做不像自己的那种人，强大固然是好，但脆弱和柔软也没有什么过错。一个人不用活得像一支队伍，一个人只要活得像一个人就行了，有尊严，有追求，有梦想，也有软弱和颓废的时候。

活得真实，比活得漂亮更要紧。

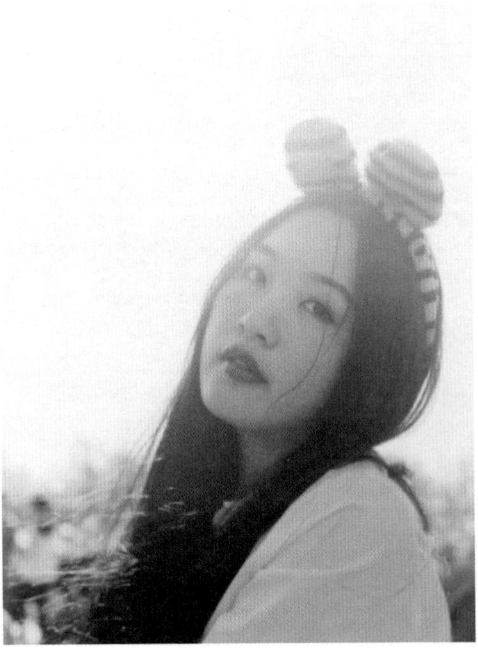

2013

时 光 温 柔

在那些年月里

在装相片的硬盘里流连了许久也没能找到一张我们大家的合影,我指的是我和曾经在校园里的那群朋友。

有天下午我躺在躺椅上抱着笔记本看一个老港片,边看边在QQ上跟罗罗聊天。我有一搭没一搭地问她,谁谁谁现在怎么样,她跟我讲谁谁谁现在在哪里,谁谁谁要做妈妈了。

末了,我又问起一个姑娘,我说:"她呢?"

罗罗说:"她不太好,生病了,不过病之前她一直蛮关注你的消息,也经常上网看你的博客和微博。"

"什么病?要紧吗?"

"癌。"

我一下子蒙了。

那个片子我以前就看过,在片子接近末尾的时候女主角有一段很长的、掏心掏肺的独白,她涕泪俱下,屏幕之外的我也泪眼婆娑。

等说完之后,镜头一摇过去,男主角不知道什么时候已经睡着了。不要说女主角,连我的心都跟着凉了。

我第一次看那个片子的时候是大二的国庆节,同学们大多数都回家了,我闷在隔壁宿舍蹭网,哪里都不想去,在食堂里解决三餐,下午看电影,晚上写稿子。

学生时代的我,有种古怪的清高,总觉得同学都很幼稚,而自己跟他们是不一样的。现在回头去看,那时候的我的确有点儿装。

隔壁宿舍里有一个姑娘也没回家,在那之前我们除了知道对方的名字之外,基本上没说过话,相处了几天之后,她每次去超市或者食堂都会主动问我要带点儿什么吃的。

隔壁宿舍另外几个女孩子后来跟我的关系也非常好,因为我很少去上课,但期末的时候,她们在地上铺几张凉席,会叫我过去一起背重点、做小抄,从不嫌我麻烦,也不嫌我笨。

大二之后我便不再爱往校外跑,回归校园过朴素简单的日子,冬天的晚上有时候同寝室三个蠢人一起充热水袋还烧"热得快",跳闸了,我就抱着枕头去隔壁跟罗罗她们挤着睡。

拍摄毕业作品,所有人都累坏了。本子和分镜头脚本是我写的,前期的一些组织和统筹工作也是我做的,到了后期制作我就完全傻掉了——什么软件都不会用,只能眼巴巴地看着她们一帧一帧地调试。

有天罗罗熬夜帮我们剪片子,我就睡在她们宿舍,第二天早上她跟我说:"你昨天说梦话了。"

我说我说什么了,她哈哈一笑说:"你半夜迷迷糊糊地对我说'罗罗对不起啊,给你添麻烦了'。"

生病的那个姑娘当时跟我不太熟,有时候会很怯弱地问我能不能借我的电脑用一下。

我直到大二才有自己的电脑,而在那之前,我所有的稿子都是写在稿纸上,再去网吧通宵打成电子版,有时候一死机,全白打了,简直魂飞魄散。

真的好想有属于自己的电脑啊——这就是十八岁的我唯一的心愿。

因为过去真的太艰难,我太知道其中的不容易了,所以同学找我借电脑我从来不拒绝——拿去用!没密码!

我觉得这是举手之劳的事情,但后来罗罗私下里跟我讲,那谁谁谁说我人很好,不像看起来那么冷漠。

毕业那阵子,生病的那个姑娘逢招聘会就去参加,回来的时候总是没什么好消息,但她脸上也看不到沮丧和灰心,她跟我讲:"竞争太激烈了啊,卖保险的工作都好多人抢。"

又问我:"你怎么天天在宿舍里不出去啊。"

我说:"我在写长篇,暂时不去找工作。"

她说:"那你要好好写啊。"

记忆中那就是我们在学校里最后一次聊天的内容。

那时我在写的长篇就是《深海里的星星》，我原以为，写完它之后，我就得像同学们一样出去求职了。

我没想到后来命运的轨迹与自己当初的预想会相差那么多。

我跟罗罗说："真的很想为她做点儿什么，有什么我能做的吗？"

罗罗反过来安慰我，说："别太担心，她现在心态很好，而且不愿意被人知道这件事，我看是你才说的，别人我都没说。"

就是这样，除了祝愿和祈祷，我真的什么也做不了。

前几天 Jenny 收到我寄给她的书，很激动地在 QQ 上问我："为什么那么多小事你都记得，买电热杯是为了省钱这种事我完全忘记了，你为什么记得这么清楚啊！"

到了晚上，她又在 QQ 上叫我，说："我在看《泰囧》，好想你们，你还记得小鸟那条路上那个取款机吗？"

我说："记得，那个上面有中文。"

她又说："还有 Tutu 车你记得吗？"

在那些简单的一问一答里，在那些只言片语的"你记得吗""我记得"当中，我分明嗅到了浓烈的感伤。

最后她说："我去过的地方都值得。"

我觉得不对劲，就问她："你是不是哭了？"

她回了我一句说："文艺青年才哭呢。"然后就没再搭理我。

在清迈时，Jenny 有句口头禅——文艺青年都是屎。

但我真的觉得她哭了。

阿星收到书的那天在微博上@我，说："舟舟，其实那段日子也是我的低谷，不仅是我陪伴了你，你也给了我很多力量。"

她说她看到我写她的那一段，很惊讶，当初随口说的一句话，没想到我居然一直记得。

为什么我都记得，无论是隔壁宿舍的姑娘，还是这些旅途中结交的朋友，为什么在时间过去这么久以后，我依然能够清楚地想起她们的样子、她们的口头禅、她们的小怪癖和那些有口无心的话语。

　　我记得阳光晴朗的天气，她们几个会先去教室占座，给我留一个能晒到太阳的位置，下课之后在食堂里坐一排吃粉，吃糯米鸡，说班上同学的是非八卦。

　　也记得在洪水退过之后闷热的曼谷，阿星和我拖着大箱子从机场赶去火车站跟Mantt告别，当时只有二十来分钟的时间了，我有些绝望地说算了吧，阿星说，再试试。

　　后来我们真的见到了Matt，告别之后我抱着阿星说："我要哭了，我要哭了。"眼泪就真的流了下来。

　　第二天我和Jenny出发去印度，阿星一大早起来送我们，车门关上之后我回头看过去，那是清早的考山路，宿醉的鬼佬们不见踪影，整条街都在我的视野里虚化，唯一清晰的就是阿星嶙峋的身影。

　　后来她说："舟舟，你跟我讲过，每一次都是你送别人走，每次你都很难过，因为你是被留下来的那个。那么这一次，我送你走，我来做留下的那一个。"

　　我问我自己，为什么这些细碎和点滴，我都记得清清楚楚。

　　我想答案也只有一个，因为在那些过往的年月里，这些人、这些情谊，是真真正正地留在了我心里。

两篇合并成一篇

上个礼拜去三元桥那边的老国展看书展,一大早起来洗头,胡乱做点儿吃的,然后坐公交,再换乘地铁。

到国展门口时已经十二点多,惜非拿着工作证在门口等我,碰头一问才晓得,已经过了需要检票的时间。

有个朋友在微信上叫我吃饭,他从上海来北京,只待四天,偏偏赶上我生理期,病恹恹的不愿意出门。

晚上我抱怨说,在长沙,如果有人约我明天吃晚饭,我到明天下午才会有点儿着急。在北京,明天有人约吃饭,我前天就开始焦虑了。

记得大学毕业那一年,我在卷烟厂那边跟人合租一间老房子,下午打开阳台门,铺天盖地的烟草气味。

那年丛丛从广州回到长沙,放弃了原本薪资不错的工作。

问她为什么,她说还是回来舒服。

后来我自己去过一些地方,越是发达越是繁华我就越紧张,在上海时我连地铁票都不肯自己买,非得把钱塞到笨笨手里让她代买。可当初一起旅行,在一些相对荒蛮的小城镇,全是我罩她。

想来想去,便觉得还是在长沙生活最舒服。

夏天穿双人字拖就能在湘江边散步,礼拜六全城出动看烟花。小区里走个三五分钟就有家菜馆、烧烤摊子、水果店。想看电影,打个车十几块钱就到电影院。逛街逛累了,遍地是足浴按摩的招牌。冬天里一群人窝在家里聊聊天,看看电视,饿了还有全天候的粉店可以投奔。

去书展那天，在路上接到小白的电话，他说："难得你肯出来，晚上一起吃饭吧。"

闭馆的时候他在门口等我，小半年不见，上次见面是在长沙的夏天，我们坐在江边的躺椅上一人一杯茶，聊了一晚上，他给我讲这些年他在拍摄纪录片的过程中遇到的人和故事。

2008年汶川地震之后，他过去拍灾后重建，在一间学生宿舍采访一个在地震中失去一条腿的女孩。关掉机器之后，他问那个女孩，是不是觉得自己很不幸？结果宿舍里其他的女孩子听到这话，纷纷撩起裤管，两条腿都齐刷刷地没了。

小白跟我讲这个事情的时候我一直没说话，末了他反过来安慰我说，她们都很乐观，也很阳光。

那时我的状态已经比春天情绪最差的时候好很多了，分别的时候，我跟他讲，那就北京见啦。

以上是一个礼拜之前写了一半的博客，后来临时有什么事就存在草稿箱里给忘了。

上面这句话是两篇日志的分割。

昨天下午丛丛给我发短信，她父亲脑出血。

晚上我给我妈打电话，头一次用了比较平和的语气。

不知道怎么讲，我这个人，不太懂得，也不太愿意表达自己的感情，或许这是我们这一代人的通病。

小妹妹说，什么都在进步，为什么父母不进步。

我便跟她讲，我从前也是这样对我母亲有着诸多抱怨，虽然我表述时，会采用较为温和委婉的语气，但内心深处，我会觉得别人的母亲多么通达，多么丰富有趣，多么了解新鲜事物，与时俱进，而你为什么是这个样子?

  直到有一次我回去,在我母亲的床头柜上看到一个陈旧的本子,黑色封皮,有些年月了,纸张发黄,褪了色的字迹是一些文学作品的摘抄。

  我沉默地翻看着那个本子,终于知道了生长在市井之中的自己,骨子里那点儿文艺情结来自何处。

  多年来,疏离感一直隔阂在我与亲人之间,等我意识到的时候,已经来不及做任何补救,这情感的脉络只能沿着别扭的形态持续下去,而这一切,也就成为后来我多数文字的主题。

  成长过程中的孤独与疏离感,是我创作的源泉。

  现在我已经想明白,如果我一味地要求对方按照我的期望过活,那我比他们又进步在哪里,我的要求何尝又不是一种专制、一种自私?

  对任何事物的解读都有千万种,要懂得体谅和接纳,真正宽厚善良的人,他懂得如何去原宥。

  留言板我已经隐藏,之前一直没有这样做,是希望能够得到一些有价值的交流。

  我等了很长很长时间,没有人来跟我对等地说话。

  忽然想起那个在瓶子里待了三千年的魔鬼,它也等待过,只是等得太久,连那一点儿希望都腐烂掉了。

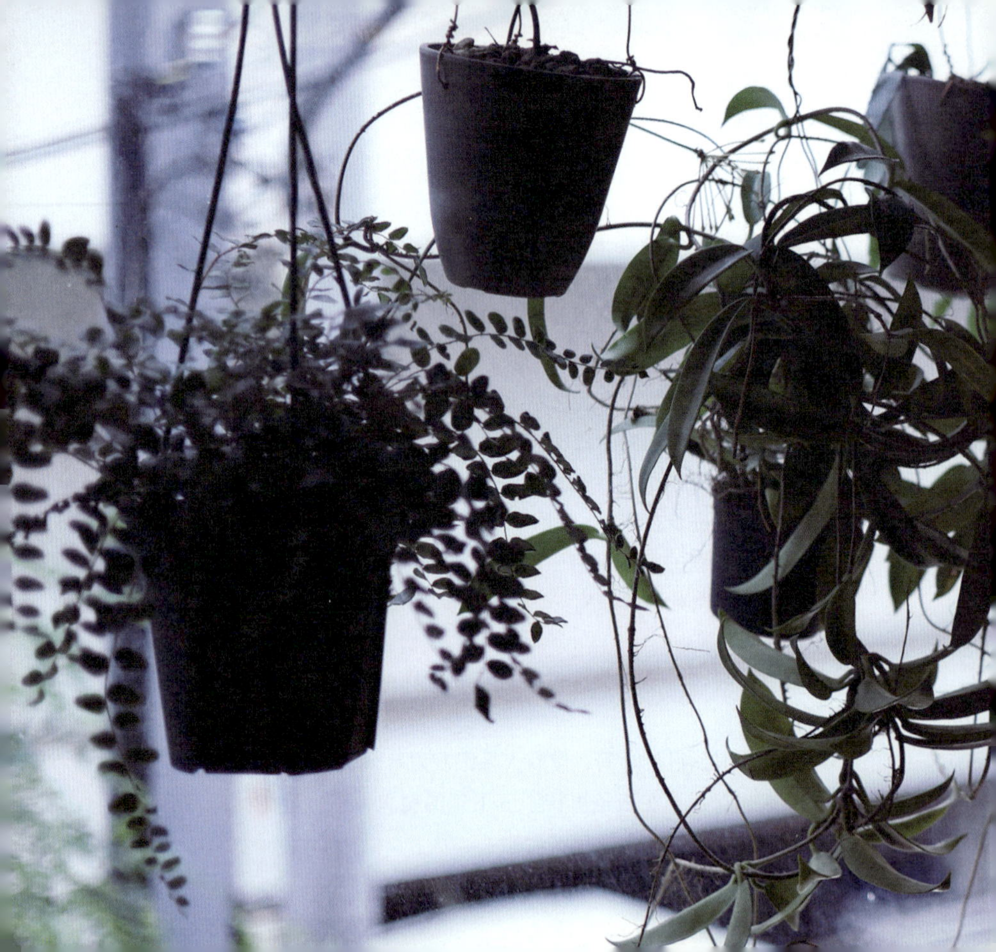

THISTLES

王冠篇

THORNS

世界微尘里，吾宁爱与憎

2009

我 把 青 春 赠 与 你

你被老师批评过吗

在我遥远的青春年代，曾经因为各种各样的原因被老师批评，罗列一下，看看你是否也有同样的遭遇。

为什么不写作业，为什么要抄别人的

因为不交作业挨骂，是班级里那些成绩不太好的同学被老师批评得最多的原因。

我至今记得高三的第一个学期，每天都有无数张试卷发下来，每科的课代表都是一脸凝重，站在每个小组前面仔细地数着人数，然后一张卷子一张卷子发下去。

那段时间，每天的天空都是灰色的。

每个晚上，我趴在书桌上奋笔疾书，台灯的光是温暖的黄，可是我心里像是冰封一般清冷孤寂。我常常觉得我会死在那些试卷上，在我生命结束的时候，这些洁白的试卷可以把我整个人都盖住。

真是洁白的试卷，永远也做不完的试卷。

不知道从什么时候起，我们这些学渣形成了一个默契，每天早上7：40分开始早自习，我们会在7点整就抵达教室，每个人脸上都是一副了然于心的微笑。

我们每天早上都是来做相同的事情，我抄你的历史问答，你抄他的英语完形填空，他抄她的政治简答，我们再一起等一个来得比较早的成绩比较好的人，去抄那个人的数学。

每一个抄试卷的早晨，教室里都是安宁祥和的气氛，大家互相帮助，没有阶级之分。

这种安宁是被某天早晨突然出现的班主任打破的，她站在教室后门看到这群手忙脚乱的差生，过了几分钟，我们听见她说："全部给我到办公室去。"

从那以后，7点钟的教室里又恢复了曾经的空无一人，可是抄试卷的行动并没有结束，而是随着我们这群差生，转移到了6楼的天台。

每次抄完之后男生们会一起去天台抽烟，早自习铃声响起的时候，那些烟头会被我们迅速地碾灭，只在地上留下一个黑色的印记。

雨水一冲，就什么都看不见了。

上课看小说

在2004年的时候，有一本小说风靡全校，几乎人手一本，连平时只看武侠和魔幻的男生都好奇地跟女生抢来看。

每天一到晚自习，我跟小F就在教科书下面躲着看小说，小F看得比我慢，所以我看到后面感动得稀里哗啦，泪流满面的时候，她还大惑不解："这么好笑的书，你居然看哭了？"

等到她终于追上我的进度时，我们两个趴在课桌上哭得一塌糊涂。

晚上值班的老师看出我们不对劲，走到我们面前问："怎么了？"

我抬起哭肿了的脸说："老师，我肚子痛。"

善良的值班老师连忙说："那你要不要去医务室看看？哎呀，哭成这个样子，很难受吧。"

就在我站起来的时候，原本放在膝盖上的书"哗啦"一声掉在了地上，顷刻间，我跟小F都倒抽了一口冷气。

那天晚自习后面的时间，我们两个是在讲台上度过的。

跟我们一样在讲台上的还有我们班的学习委员，她在帮老师改试卷，而空闲的老师就全力批评我们："上课看小说，将来能当作家吗！告诉你们，不好好读书，什么都当不了。"

这里是香港，还是上海？

我在校园时代很少迟到。

在同学们各种乱七八糟的迟到理由里，我印象最深的有两个，其中一个由于少儿不宜，就不说了。

另外一个，来自我高中时期一个极品男同学。

那是高三的夏天，老师每天中午都守在教室里放英语磁带给我们做听力。天气炎热的午后，人总是提不起精神来，昏昏欲睡。

那个极品男同学每天都是踩点赶到教室，终于有一天，他迟到了。

老师在讲台上冷冷地看着这个高三了还天天坚持午睡的学生，要他交代迟到的原因。

他摸摸后脑勺，说出了一个让全班哄堂大笑的理由：路上堵车。

老师彻底怒了："堵车！你编也编个好点儿的理由啊，你以为这是香港，还是上海？"

那天中午他被罚站在教室后面，我回头看他的时候才发现，他脸上的凉席印子都还没消。

高中毕业之后，这个男孩子去了日本东京。我最近一次看到他是他空间里的一张照片，在人潮拥挤的街头，笑得还是没心没肺。

也许当年他编造的那个迟到的理由，现在在异国他乡是可以成立的吧。

我们远去的青春，像一地的碎玻璃

每个男孩子在小时候都打过架吗？我想应该是的。

血气方刚的时候，因为话不投机就对对方挥拳相对，那个时候，年轻的他们，是不是以为用暴力就能够解决这个世界上的一切不公？

初中时，班上有个男孩子，沉默寡言，每天上课就是睡觉，老师们都不管他。

不是老师对他不负责任，是他自己放弃了自己。

没有人喜欢他，没有人愿意跟他做朋友，他是班上唯一一个没有同桌的人，有时女同学经过他身边，会不自觉地屏住呼吸，因为他身上常年散发着一股臭味。

他总是形单影只，我简直怀疑如果他某天死在自己的位置上了我们都不会发现。

就是这个沉默寡言的男孩子，他用凳子把我们班一个成绩很好的男生的头砸出了一个小窟窿，血像喷泉似的冒出来，我们几乎都吓晕了。

那个男孩子被送去医院之后，老师当着全班同学厉声逼问他："为什么要打人，有什么事情，同学之间不能好好说，要把别人的头砸破！"

教室里很安静，很安静，我们所有人的目光都锁定在这个平日最不起眼的同学身上。

他一直没有说话，低着头。

老师忍无可忍地又提高了声音："说！为什么打人！"

可能是声音的分贝太高了，他不自觉地抖了一下，抬起头看着老师，我们惊讶地发现，他在流泪。

然后，他说："他说我没有妈妈。"

教室里陷入了死寂。

我永远记得当时他的表情，那么倔强，那么强硬。不知为何，过了很多年每当我想起当日的景象，心脏都会有一些细微的疼痛。

我们远去的青春，像一地的碎玻璃。

即使每一种青春最后都要苍老

在某些时光里,有些事情可以变得面目全非,有些事情却纹丝不动。
我喜欢的黄碧云说过一句话:

成长不过是长久的痛楚,愈合之后的顿悟。

相当长的一段时间里,我的好朋友星崽和丛丛都陷入对未来的惶恐,一个为学业,一个为工作,加上没有出息的我为了感情,所以在这段冗长又沉寂的时间当中,不是我向她们抱怨,就是她们向我倾诉。

2009年的春天就在这样低沉抑郁的情绪当中结尾,夏日的阳光像一记重重的惊叹号投掷在我们眼前。

时光从来不等人,就如人生从来不倒带。

我会在每个紫外线最强烈的中午,不涂防晒霜,不打遮阳伞,穿着终年不变的帆布鞋,披着头发穿过两条街去星崽学校的食堂跟她一起吃饭。

我们经常在吃饱之后坐在篮球场边上聊天,石凳旁边有我搞不清楚名字的大树,也许是香樟吧,风吹过之后会有细小的花籽落我们一身。

我非常享受她在我身边给我带来的那些细小的欢愉,就像最初遇上爱情的时候,眼泪和伤害都还没有登台,一个眼神一句话都可以让我开怀大笑。她的博客上说自己最大的愿望就是外星人快点儿来把那些又漂亮又瘦的女孩子抓走,后面还补充了一句"不要抓我的朋友"。

这句话后来被我写到了《深海里的星星》当中,程落薰在极其嫉妒的状态下说出了这句话。

每天晚上9:20,我的QQ都会设置成离开状态,因为此时的我要坐公车去接下班的丛丛。

丛丛其实早在2004年就在某杂志的论坛上认识了我,那时我是离经叛道的不良少女,以热衷跟人掐架而闻名,直到多年后我当时的偶像跟别人说起我都是一种意味深长的口吻:"独木舟当年真是叱咤风云啊。"

丛丛认识的就是这样一个我。

大一我在博客上贴了一张军训的照片,她匿名留言跟我说,你的学校跟我的学校好像。几次回复之后我们终于确定,我们两个读的是同一所学校。我清楚地记得我们第一次见面,她带我去学校后面的蒸菜馆,我吃了两碗饭,然后两人坐在公园的长椅上聊到天黑。

那个时候我绝对没有想到,我们会成为好友。

她毕业的时候我还在读大一,那时我无知得尚不懂得人生其实是需要规划和谋略的,是她跟我说:"我绝对不会回老家提前进入二十年后的生活。"

她那句话像黑暗之中的萤火指明了我懵懂青春前行的方向,她一个人去找工作,背着行李去广州,又辞职从广州跑回来,短暂地歇息之后再参加招聘和培训,最终留在了对员工极为严苛的大集团。

我们的价值体系的形成,除了从小受到的教育之外,也跟自己的际遇有关。我们遇到一些什么样的人,受到一些什么样的影响,保留一些什么样的回忆,所有的一切综合起来,就构成了我们的人生。

这些际遇,就是某些意义上的财富。

即使每一种青春最后都要苍老,即使每一个精彩的开头最后都有一个庸俗的结局,我们依然要在自己有力气的时候,去看一看远大的世界,无垠的生命。

某天晚上我和星崽在人潮涌动的长沙街头行走的时候,我的脑袋里突然蹦出一句话来,是我很喜欢的黄碧云的一句话。

如果有一天我们湮没在人潮之中,庸碌一生,那是因为我们没有努力要活得丰盛。

帕买，我用眼泪送你一程

2009年6月28日，长沙动物园里那头陪伴了长沙市民七年、名叫帕买的大象突然死亡，而之前，它刚刚度过自己的十八岁生日。

帕买的死，很突然，早上8:30发现不对劲，晚上8:30就去世了，兽医当场解剖，切片完成后，头、皮、骨头留下来做标本，肉切片之后装好当晚就拖出去埋了。

据说，当时地上流了很多很多血。

看到这条新闻的时候，我又很矫情地哭起来了。

可怜的帕买，它一生所看到的长沙，不会超过大象馆外的15米。

帕买，我们都很喜欢你，你是去天堂了吗？希望天堂只有家园，没有动物园。

把青春送给你们

今年我最喜欢的一首歌是陈奕迅新专辑里那首《还有什么可以送给你》。最初看到这个标题的时候,说不清楚原因,我的心就那么轻易地被打动了。

梧桐将秋色,无私地给了多壮阔的地,然而想不起,剩下什么给你;蔷薇将春光,如一地给了最细致的味,从此想起,遗憾不应给你……

亲爱的读者们,让我想一想,我有什么可以送给你们。
我十七岁开始写字,今年,我二十二了。
这五年,只有我知道我得到了什么,丢失了什么。
7月的时候,若若梨休产假,这个带了我好几年的编辑对我来说就像是姐姐一样,在她的女儿呱呱坠地的时候,我的长篇《深海里的星星》出了一点儿小小的问题。
接替若若梨负责我的图书部编辑惜非给我总结出了很多文中的不足和纰漏,总编烟罗姐在百忙之中抽出时间看完了全稿并给出了她的修改意见。我记得她一共列出了五条修改意见,第五条只有两个字。

加油。

写字的人都知道,改稿比重写更让人头痛,面对着那么多要推翻重来的文字,我的脑袋里是一片空白,我完全没想到会需要做一个这么大的改动。
写作者多多少少对自己的文字都有些自恋吧,总觉得自己写的就是好的,哪里还需要那么多繁复的修饰和修改。
然而这也是没有办法的事,所有的人都希望最终呈现在你们面前的是一本好看的、感人的、能够让读者记得的故事。

修改《深海里的星星》的这半个月来,我没有一个晚上睡得安稳过。

从3月写这个故事以来,我时常会陷入一些恍惚之中,因为那些曾经发生的事情,让我觉得似曾相识,有时候我也弄不清楚,到底这段青春是程落薰的,还是我自己的。

最初连载的时候很多人跟我说她们喜欢那个粗鲁却很讲义气的康婕,喜欢那个妙语连珠的李珊珊,甚至有读者会喜欢那个完全是反面角色的孔颜。

我当然有我的私心,我最喜欢的,是程落薰。那个说"我没有倾城美貌,也没有万贯家财,我所有的不过一腔孤勇"的程落薰。

在修改《深海里的星星》的时候,我曾经跟惜非商量,我们能不能让林逸舟不死了呢?这个全书中我个人最偏爱的角色,我花了最多的心思写的角色,他让程落薰爱得无可奈何,也让程落薰恨得咬牙切齿。

我真舍不得,可是最终,我还是决定不做这么大的改动。

我相信,死去的人是完美的,他以这样霸道的方式留在程落薰的青春里。而我的青春呢?留在我青春里的那个人,他还好吗?我不知道。

二十二岁的我站在青春的末梢,看离别摇曳生姿,看过往,渐行渐远。

我很感谢你们,亲爱的读者。

就像我的专栏名字——荆棘王冠,虽然疼痛,但依然荣耀。

我很小的时候,就有一个梦想,我希望在所有书店的书架上,都能有一本我写的书,书脊上有我的名字。那个时候,我还只是葛婉仪。五年后,这个梦想终于要实现了,这个时候,我叫独木舟。

那么,你们的梦想呢?它们也在闪闪发光吗?

我把我的青春写成一个故事,送给你们,漫漫永夜里,希望它能带给你们感动或者安慰。

还记得上一次哭是什么时候吗

某天心血来潮整理我的博客日志的时候,突然看到了自己在2008年写下的一段话,当时是为了安慰一个失恋的朋友,一年多之后再读到那段话,忽然觉得也适合送给自己。

小时候你哭,因为得不到别人都有的洋娃娃。
再稍微大一点儿你哭,因为同桌的男生揪你的辫子。
懂事了你哭,因为成绩总是不够好。
到了不能随便哭的时候,你只好微笑着把眼泪咽回去在心里汪洋一片。
你慢慢长大,变得坚强冷漠又淡然。
十六岁以后,你就跟自己说不许再哭,可是还是会因为某个人的一句话就很大声地哭出来。于是你默默发誓,二十岁以后天塌下来也不许哭,可是忧伤的情绪越来越多,在你一个人的时候,眼泪便不自觉就掉下来。
再过几个月,二十二岁生日迎面扑来,你站在时间的坐标轴上茫然失措,是二十一岁又十二个月,还是十六岁又七十二个月?
面对逝去,你有一种哭都哭不出来的彷徨。
你是什么时候第一次听到告白?你是什么时候收到第一束玫瑰?你是什么时候第一次约会?你是什么时候第一次因为获得而落泪?你是什么时候第一次因为失去而哭喊?
摊开手,你却是什么都记不起来。
终于你落泪了,却是因为看电影,你都快忘记感动是什么,你时时需要一些声音来证明自己的存在。
可是谁都不知道,你在心里不断提醒自己,就算你的心千疮百孔硬得如同金钟罩,也要在那一个地方,保持得很柔软很柔软,用鲜活的心去爱与被爱。

时隔一年多来看这些字，心中不免感慨万千，重新贴出来，朋友跟我说她看这段话都看哭了。

还能哭出来，多好，师太说过，能哭便意味着伤痛开始痊愈了。

如今的我站在十六岁又七十二个月的十字路口，看着青春渐渐远去，看着自己的眼角眉梢渐渐沾染了尘世沧桑，有时候我真的想不起来，我上一次哭是什么时候？

是因为生活？感情？文字？朋友？还是仅仅因为疲倦和劳累？

当我们还是孩子的时候，会因为不小心摔了一跤而扯起喉咙大声哭喊，除了因为痛之外，还因为想要引起身边的人的注意。

当我们渐渐长大，爱上了一个人，也因为爱这个人而领略了失望和辜负，那时我们才明白，原来漫长的人生道路中有比摔跤更让我们感到疼痛的事情。

爱总是伴随着伤害和痛苦，但我喜欢我写在《深海里的星星》中许至君跟程落薰讲的那个王尔德的童话，我喜欢那个孩子说的那句话。

这些伤口并不痛苦，因为它们都是爱的烙痕啊。

我知道有很多独立坚强的女孩子，她们一个人生活，一个人逛街，一个人吃饭……

我佩服她们，也很希望自己能够成为那样的人，我希望我可以活得很骄傲，很漂亮，在我爱过的人心目中永远是仰着头的姿态。

但也许，我不得不承认，我可能需要很努力才做得到。

我喜欢有人陪着我，跟我说话，陪我逛街，跟我一起吃好吃的食物，在我犯错的时候狠狠地骂我，在我想喝酒的时候跟我干杯。

我希望我开玩笑他会觉得好笑，我哭的时候他能明白我为什么要哭。

人生的真谛在于"熬一熬"

这几天一直在听郝蕾版本的《再回首》,我很喜欢她,戏演得好,歌唱得好。模样也合我的眼缘。

这首老歌被她唱得余韵袅袅呀,最适合在静谧的夜晚放来听。

最近我开始准备第二本书和合集的稿子,有过经验,心里便坦然许多。

一本书诞生的过程是如此艰难,实在有太多太多需要感谢的人。

9月的时候我妈妈来长沙看我,我以玩笑的口吻问了她一个问题。

我说:"妈,过去这些年,那些艰难的日子里,你有没有过一瞬间,想过要去死?"

虽然是玩笑的口吻,但是其实我是很认真地问。

因为过去的这些年,我不止一次想过要结束生命。

我有那么多关于死亡的构想,却一直没有足够的勇气。

苟且偷生,说的就是我这样的人吧。

我是个勇敢的人,可是我一直没有死去,也许活着比死更需要勇气吧。

生不对,死不起。

这是《深海里的星星》中我自己最难忘的一句话。

可是我妈的回答让我很意外,她说:"从来没想过要去死啊,总觉得再熬一下就好了——熬一下,你就大了;熬一下,你就听话了;熬一下,你就能自己赚钱了。"

我觉得他们那一辈的人骨子里确实有一些我们无法与之相比的坚韧与执拗,那是一种顽强的生命力,不是我这种,失几次恋之后还愿意相信爱情的顽强。

那是经历过真正的、来自生活的风刀霜剑的洗礼之后,依然坚固地扎根在土地中的顽强。

如果我们有他们的耐力和勇气,那我们获得的东西该比他们多多少啊。

我挺佩服我妈,换了我,我不一定做得到,不一定熬得过去。

我到底还是缺少一些什么吧?

我不知道这些年来,她有个我这么叛逆的女儿,她如何能够相信"熬一熬,就好了"的?

我没那么乐观,那时候我觉得家徒四壁,我觉得一贫如洗,我觉得世态炎凉,我觉得我要去死。

在我的高中阶段,有一段时间,真的是每天以泪洗面。

我不知道那种炼狱般的生活什么时候才会过去,不知道那个老师什么时候才能不针对我,不知道毕业之后何去何从。

然而,居然真的都过去了,像噩梦一样的时光就那么过去了。

二十二岁的时候回望十七岁,原来那些痛苦是那么轻盈。

二十二岁的时候,我不怎么去想快乐与痛苦的距离了。

其实是真的,熬一熬,什么都会过去的,什么都会好起来的。

这个道理不是书本教给我的,不是大师教给我的,而是生活,实实在在的生活,鲜血淋漓的生活,它教会我的。

我要坚强。

坚强会让我永不绝望。

2010

她从远方赶来

我们的影子相逢于广场

　　长沙的天气说冷就冷了,毕业之后我一直带着的热水袋某天突然寿终正寝,我还没缓过神来,凛冽的冷风已经迎面袭来。
　　我接到你的电话的时候正在取钱,因为太兴奋,连密码都输错了两次。
　　时间再早一点点,我正一个人沿着车水马龙的大街来回走着,仿佛没有方向,也没有目的。
　　我想起去年这个时候,我们都还在学校里,晚上结伴去食堂吃砂锅粉。不知道那个说着常德话的老板还记不记得闹腾的我们,但我想我们都记得他吧。
　　你在电话里的声音听起来是很快乐的样子,我便被感染了,之前那些忧伤的情绪像一个泡泡,在上升的过程中砰一声爆炸了,没有了。
　　我坐公车过去跟你碰面,一路上想起了太多太多。
　　我终于要心服口服地说一声,我老了好多。
　　老得不敢,也不能再犯错了,老得很多很多东西,已经输不起了。
　　我想起那个时候我们刚刚入大学,半夜三更躺在床上不睡觉,聊些有的没的,第二天早上照样可以神采奕奕地起来去上课。
　　那个时候我们一群女孩子,那么好,那个时候我们谁都没有因为谈恋爱而忽略朋友。
　　我记得刚满20岁的时候,因为发生了很不开心的事情,我一个人,躲在楼道里做着伤害自己的事。你们意识到不对劲,跑到天台上来找我,看到我们都哭了。
　　那个时候的我,只是表面坚强。
　　而现在的我,有一颗怎么摔打都不感觉疼痛的坚硬心脏,我甚至不知道它内里是否还有一颗柔软的核。
　　后来的你们怎么样?
　　我跟Y一起出去玩,各自认识了不同的男生,我认识的那个如今像我的老友,而她认识的那个此刻恐怕已经与她谈婚论嫁。

H呢?那个时候她家里条件差,学费一直没缴清,她在她的空间抱怨说生命不公平,我悄悄去看过又悄悄退了出来,装作什么都不知道,因为我只能用这种方式去保护她的自尊心。

还有欧阳,她去当兵,我们一起去送她,而今年,她就要退伍回家了。

还有你,你好吗?

爱了那么多年的人突然说分手,原因不过是最庸俗的劈腿,你在QQ上说,曾经的白衣少年,原来没有了我你还可以幸福。

要我怎么说呢,我写了那么多年的爱情故事,但我依然有很多东西看不透彻。

与你们一起度过的,是我人生之中最好的时光,最无忧,最无瑕。

但是那些好时光,真是太短暂了。每当我想起那个时候站在公寓天台看着天际流云的情景,我都会很想哭,很想哭。

对时光的逝去,我们是如此无力,如此无奈。

关于我的现在,我很少对你们谈起。

我不再与你们谈梦想,更不再与你们谈爱情,亲爱的姑娘,把那些美好都存封起来吧。

我不愿与你们谈起,我如今对梦想有一些放弃,对爱情有一些灰心,对未来有很多很多的不确定。

不愿对你们说生之艰难,死之可怖。

我想要感谢你们陪伴我度过我的大学时光,因为有你们,过去那些年里总是闷闷不乐的我才会经常开怀大笑。

谁说女生的友情不牢靠,谁说一定时间一到就尘归尘,土归土。

今夜无风,月光明晃晃。

我走到路的尽头,拾级而上。一个转身,我们的影子相逢于广场。

长沙,你是我生命中的底片

北岛在《青灯》中说:

一个人行走的范围,就是他的世界。

这句话让我在暖黄色的灯光下,忽然觉得难以呼吸,各种复杂的情绪如同潮汐涌上心头。

年少的时候听人说,好女孩上天堂,坏女孩走四方。在我第一次听到这句话的时候,我几乎想要狂喊,那就让我一辈子都做个坏女孩吧。

我承认,在我内心的角落,灵魂的最深处,是有流浪情结的。

十几岁的时候,有人问我梦想是什么,我说我希望有一天我的文字能成为一本书,书脊上写着我的名字。

这个梦想,在我二十二岁的那年实现了。

而另外一个梦想我却很少向人说起,即使是我最亲近的人。

因为只有我自己明白这个梦想的分量,我希望在我的文字变成书籍之后,我能够有足够的金钱和时间去流浪,去看不同的风景,结识不同的人,聆听他们的幸福与哀愁。

当时的我无论是财力、精力、阅历、心智都不够成熟,我没有勇气,也没有资格将自己像投掷一杆标枪那样勇往直前地投向陌生的土地。

所以,在我的人生观与道德观基本定型的最重要的那个阶段,我生活在长沙。

我在一个地方出生,又在另一个地方长大,当别人问起我是哪里人的时候,我都只能笑着回答,湖南人。

大学第一年,认识了一群跟我差不多年纪的好朋友,每每回忆起大一那年的夏天,都忍不住泪凝于睫。

学校熄灯,我们所有的女生跑到天台上去用塑料袋装着自来水往下砸,对面大二的学姐气壮山河的助威和呐喊声响彻夜空。

深更半夜肚子饿,穿着吊带短裤从宿舍后面4米多高、生满了铁锈的铁门上爬出去吃烧烤,喝酒,聊聊男生。

我经常想,如果有时光机的话,我真的想回去看看那年夏天的那群姑娘,因为如今的我们,真的已经散落在天涯。

毕业的时候,大家拥挤在公寓门口带着大一入校时的单据等着退钥匙押金,在交出学生证的那一刻,我真的差点儿哭出来。

我小声地问老师:"可以不交吗?没有学生证去必胜客就不能打八折了。"

老师看着我,笑着说:"那你交十块钱吧。"

最终我还是把我的学生证交上去了,不是我舍不得那十块钱,而是我不想在某年某月打开抽屉的时候,看到那本红色的学生证,会被一种突如其来的、物是人非的伤感所击倒。

我清清楚楚听得见岁月的叹息,听得见内心血液的潮汐。

我经常跟一帮朋友聚会,大家爱旅行、爱摄影,冬天的时候聚在温暖的房子里,分享最近读过的书,真正是"谈笑有鸿儒,往来无白丁"。

也曾和喜欢的人牵着手走过在冬夜万籁俱寂的长街,很容易就想起那首老歌。

还记得街灯照出一脸黄,沿途一起走半里长街。

我曾在心烦意乱的时候去古镇靖港,在和煦温暖的阳光中由衷地感叹,活着真好。

再也没有一个城市可以承载我这么深重的情感与回忆。就如同长沙,无论我背着行囊走到哪里,都不会影响我对它深深的、深深的怀念。

这里不是我的故乡,但这是我生命的底片。

致无尽的岁月

这是一篇写在我失眠的冬夜的文字,此刻是凌晨四点二十四分。

我的膝盖上盖着毯子,电脑里循环地放着陈奕迅那首《好久不见》。

我睡不着,我很努力地想要埋进睡梦中,却力不从心。既然睡不着,那么就给自己找点儿事情做吧,所以我从床上爬起来坐到电脑前打开Word开始写字。

但当我真的面对着一个空白文档的时候,我又觉得什么都写不出,一个字一个字地敲上去,又整行整行地删除,真让人沮丧。

那么,我试着不要把它当成一个专栏来写,这不是我的任务,它不会使我感到沉重,这样,我应该就能很流畅地将它完成吧。

在一个相似的失眠的凌晨,我跟一个做传媒的朋友打了一个多小时的电话。

我对他说,你不知道,你眼下的状态,就是我理想中的那种人生。

在几年前填志愿表义无反顾地选择了新闻专业的时候,我以为自己将来一定会从事相关的工作。

但朋友在电话那头说,你才是我理想的生活,每天睡到自然醒,坐在家里写字,首印就是几万册。

我们总是只看得到对岸的光华。

其实我并没有不知足,虽然现在的我,对生活,对梦想,对爱情,已经丧失了一些坚持。

人们说知足常乐,可是我仍不快乐。

不过姐姐反问得也对,要多快乐才算快乐呢?

人到了一定的年纪就喜欢做加加减减的算术题,而我能算的无非曾经的梦想或者说虚荣有多少得以实现,实现了这些之后自己离纯真的岁月已经有多远。

最近我时常找一些年代久远的老片子看,天气好的时候我会带着小相机出去走走,拍拍街上的人或者夜晚的灯。

多年前,我还是一个高中生的时候,我有一个封面是米奇的小本子,我总是随身带着它,有时候走在路上脑袋里蹦出一些句子我就会迅速地记下来。

那个本子后来破旧得不成样子,但我一直珍藏着,你们过去看到的很多故事里感动过你们的句子,它上面都有记载。

可是慢慢地,我丢失了这个好习惯。

我开始像很多很多写字的人那样,打开空白的文档信手拈来。不得不承认,电子稿写起来真是方便,删删减减一点儿也不影响美观,那个破旧的小本子也不知道被我塞到了哪个角落里,封面上的米奇是不是已经褪色到看不出本来面目了?

但我开始不快乐,我说的是文字带来的那种快乐。

但,这一路行走,丢失的又岂止是一个随身记录点滴灵感的小本子呢,还有曾经诚挚的友谊、年少时的梦想,以及对爱情的热烈向往。

但这或许就是人生吧,不要因为孤独而有所畏惧,人可以生如蚁,而美如神。

关于做一个恶童的梦想

新年伊始的时候,我问 L 姐姐,有没有什么新书推荐给我看。

她没有报出一长串书名,而是简简单单的四个字,也就是这本书的名字《恶童日记》。

作者是匈牙利作家歌塔·克里斯多夫,这个作家的作品总是充满了独创性、讽刺性与人性,也与她饱受烽火洗劫,尝尽思乡之苦的流亡生涯有关,这些经历孕育出她的作品中冷酷逼真、发人深省的特质。

我在除夕夜选了这样一本书作为睡前读物,跟当时家家户户喜庆祥和的气氛确实有些格格不入,但从翻开第一页,读完第一句开始,我就不能放下它了。

恶童,多么邪恶而又充满诱惑的一个词语,原本应该天真纯朴的儿童,怎么会跟"恶"字联系起来,而这种组合,又为什么充满了这样微妙的意味?

或许我们每一个人的内心都住着两个小小的人,一个代表着传统伦理道德,一个代表着离经叛道放纵不羁的自我理念,这两个小小的人经常博弈,争论,打架,甚至是互相残杀。

我经常穿梭在人群里,窃听从我身边路过的那些人说的话,就在擦肩而过的一瞬间,有时候能捕捉到很多很有意思的信息,我想也许每个人的脑袋里都曾经蹦出过一些不太光彩的念头,只是有些人实施以行动而有些人没有罢了。

我们不是圣人,在某个时刻,或许我们都渴望做一个恶童。

在传统的文学作品中,有一个我很喜欢的角色,想必大家都知道——踩着风火轮的哪吒。

在我读初中的时候,意外获悉了一部老电影,叫作《青少年哪吒》,影片中有一个特写的镜头至今依然深深地印在我的记忆的膜片上,并且时间过得越长,它就越清晰,也许这就是我们所说的历久弥新吧。

那是一只蟑螂,被圆规钉在桌上,它做着垂死的挣扎,但一切都是徒劳。

　　这么多年过去，那个画面总让我有一种想要推开窗户冲着苍穹呐喊的冲动，只要一想起那个画面，骨子里那些看似已经平静了的因子便又开始蠢蠢欲动。

　　成年之前的我，是一个神经大条，为人处世总是不经过大脑的人。

　　那是一段再也不可能回来的岁月，像恶童般在一望无际的麦田里疯了一样地奔跑，多痛快，如果可以一直那样奔跑，多痛快。

　　我曾经非常非常羡慕哪吒，他可以削骨还父，削肉还母，从此不再亏欠任何人，从此他是独立的、完整的一个生命，可以随心所欲，可以为所欲为，可以做自己喜欢的事情，可以不做自己不喜欢的事情，这对很多人而言，是最幸福的状态。

　　但这种幸福，只有在神话故事里才能找到。

　　这篇文字，我想送给一个朋友的故友，他在六年前跳楼，最后的遗书上他只写了一句话：别担心我，我只是去了世界的背面。

　　这个世界不乏敢于抗争的人，也不乏敢于坚持自己理想的人，或许你们做不到，扪心自问我也不一定做得到，但我想，这绝不妨碍我们给予他们尊重，以及钦佩。

　　我们在这个尘世卑躬屈膝地活着，是为了等待理想扬帆远航的那一天到来，关于做一个恶童的梦想，从来就没有褪色消失过。

写给自己

　　还是叫你的名字吧,葛婉仪,这些年来你是你自己的传奇,你的故事算不上荡气回肠,却也刻骨铭心。

　　年少时的种种创伤,永不磨灭,无论你现在拥有多少,无论你以后还会获得多少,那些快乐总是打了折的。

　　你总是心事重重,心不在焉,任何时候你都是一副失魂落魄的样子,你经常哭,握着手机把电话本翻个来回也不知道可以跟谁说。

　　十六岁时看到那句话,怎么说的,要在了解了这个世界的丑陋之后,依然说得出我爱这个世界这样的话。

　　现在站在二十三岁的门槛上,你还能掷地铿锵地说出这句话吗?

　　你还有勇气说,你依然相信爱情吗?

　　有些话,适合烂在心里,有些痛苦,应当无声无息地忘记,你的变化,人人都看在眼里。

但我明白，你内心深处那个懵懂、冲动、任性的胖姑娘，从来没有消失过。

人到了一定的年纪就开始做算术题，加加减减，无非曾经的虚荣有多少得到了实现，实现这些的时候离最初的单纯已经有多远。

命运给你的一切你总是坦然地接受，是灾难，是福祉，你都笑纳。可是你好像已经不知道快乐是什么感觉了，即使遇到了自己喜欢的人，心里却还是充满了这样那样的不确定。

未来太远了，而你又总是对人间的分别深信不疑。

开心吗，也许有过的，只是一瞬间，端着相机穿梭于各个城市的大街小巷，吃到美味的食物，还有接到他的电话的时候，总还是有那么一瞬间是开心过的。

所以说，就够了，平静才是生活的常态，你又何必苛责太多，像你这样看一篇新闻报道都会看哭的人，何必奢望每天都生活在愉悦之中。

你做人做事依然冲动，你依然做不到喜怒不形于色，你活在别人说你真性情的夸赞之中，却不知道这种性格最不易自保。

很多人说你内心像个孩子，你以为是夸奖吗？

你不是孩子了，却依然抗拒着成人世界里那些虚伪和敷衍，冷漠和觊觎，攀比和伤害，甚至是诋毁和败坏。

你总说那些你都明白，你总说明白也就够了，你不必让自己置身其中。

你所有的，不过是你自己。

这些年我喜欢的你的特质，比如坚强，比如善良，比如正直，它们并没有使你获得幸福，却令你能够昂首挺胸地行走在这个世界上。

二十三岁，生日快乐。

匆匆送得佳人去，
夜夜白马踏梦船

恍惚之间觉得，这场雨似乎下了足足半年。

我洗了个澡，敷了一张面膜，草莓香味。跟你在一块儿的时候我总是有点儿做作，你去买自己喜欢的橙汁，问我要喝什么，我非要说，士多啤梨汁咯。

你当时鄙视的眼神我一直记得，分开时间越长，越是历久弥新。真不好意思，我时常把专栏当作心情日志来写，细碎，繁杂，仿佛自言自语。

当时匆匆忙忙地分开，我赶着去修笔记本，只来得及跟你说一声再见。因为我不曾预计这场别离的时间会这样长，也不曾预计到你不在我身边的日子会这样煎熬。

是从什么时候开始就这样了，我自己可能也没意识到，仔细算起来，似乎就是在跟你分开之后。

你前脚离开武汉，我后脚就到了，始终还是扑了个空。在你的母校看樱花的那天，新闻上说有三十万人从不同的方向涌入了武大的校园，我就是那三十万分之一。

我去北京的那天，上机之前接到你的电话，你告诉我，同一时间里，你去深圳。我们的故事总是这样，充满了戏剧化的别离和交错。

5月回到长沙休息了整整一个月没有出去跑，把单反里的照片全部拷出来，忽然发现无论在哪个城市拍的我，脸上的表情都是同样的怅然若失。

我隐约意识到有些什么东西被你一并带走了。

我好像将自己放进了一个封闭的玻璃容器里，我能看到外面，外面的人也能看到我，但是我们的世界不能相通。

我们不再像刚刚认识的时候那样频繁地交流，我的喜怒哀乐，我的颓废沮丧，所有朋友都通过我的日志知道了，大家都来安慰我，劝诫我，唯独没有你。

我不相信你不知道，但你就是做得到不理我。

我二十三岁生日的前几天，原本要出去，却因为剧烈的生理痛而不得不在床上打滚，汗湿了被褥。

盛夏，抱着热水袋，躺在不开灯的房间里，很想哭，很想哭。

迷迷糊糊睡了一觉醒来之后发现天都黑了，一天没进食，没力气起床，手机却在这个时候亮了。

竟然是你。

你问我怎么了，听我说"最近状态不好，很抑郁"之后，你笑了很久，你说，你岂止是最近状态不好，从我认识你开始你不就一直都这样吗。

那通电话断了很多次，最后一次你打过来，只是为了要跟我说一声再见。

挂断之后我拉开窗帘，看着外面万家灯火，那一刻，我忽然觉得自己好像也没那么孤单。

其实我有很多很多话没有告诉你，有天晚上情侣朋友在我面前吃一个棒棒糖，其实我并不是容易嫉妒的人，但那一刻，我确实被他人的幸福刺痛了。

我曾经一直相信的，其实什么都不是，其实什么都没有。

你明白吗？

但在我们这次通话后，我忽然明白了，这个世上，爱的形式有千万种，在我春风得意的时候，你冷眼旁观；在我灰心丧气的时候，你还是冷眼旁观。

你看着我摔跤，却不扶我，因为你知道我必须依靠自己的能力爬起来。

你真心希望我好，我不会不领情。

那天晚上我写了一篇日志：匆匆送得佳人去，夜夜白马踏梦船。

你所教会我的，你所馈赠于我的，又岂止是爱情这么简单。

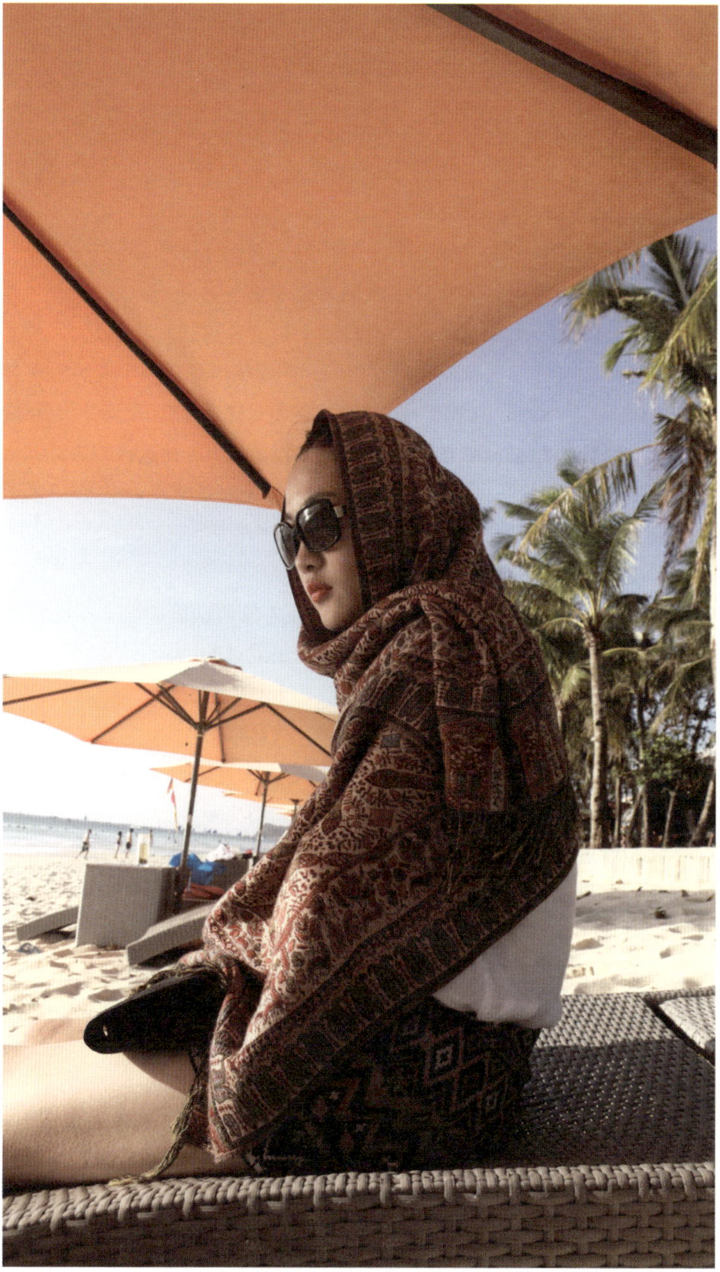

我可以承认
在那之前我是残缺的吗

我想写一篇相爱的文字。

我想写一篇字里行间都充满浓浓幸福的文字。

这么多年了,为什么从来不给我这个机会,这样真是不好。

我无数次告诉对爱失望过的女孩们,你要相信总有一个人的出现会让你原谅之前生活对你的多有刁难。甚至在《月亮说它忘记了》里,我借沈言的口都强调过这一点。然而,我自己心里是否真的还这样相信?

是否相信等也等了,心也荒芜过了,终是有这么一个人恰巧出现让我觉得之前的等待与荒芜都是值得的代价?

那个至今还未曾出现的人,我想问你。

你爱过吗,我想应该是有过的,在很久很久以前,在那些已经无法溯回也无法打捞的时光里,我相信你也是爱过的。

只是那在我们相遇之前,我们只能各自在人海漂泊。

我可以承认吗?在那扇窗打开之前,我是残缺的。

会因为你的出现,会因为你我的遇见让我觉得除了你再也无法从别的人那里获得我所需求的那些,会吗?你明白吗?

我想就这样安静地等着你,直到某天莫名地死去。

我一直以为我会等到你出现,陪我一起去所有我想要去的地方,我真的是这么以为的,那些我所向往的地方,我以为应该是执子之手一起走的,然而我等得太久了,所以只能孤身上路。

陪伴我的只有相机、旅行箱、笔记本,和一路陌生的旅人。

从成都转站来拉萨之前,我在书店里买书,随手翻开一本海子的诗集,扉页上写着两句话。

我有三次受难:流浪,爱情,生存。

我有三种幸福:诗歌,王位,太阳。

我离开长沙的时候,有位好友说,好女孩上天堂,坏女孩走四方,想去哪儿就去吧。我笑笑说,生活其实都是自己的选择,如今多少人想做走四方的坏女孩都做不成。

我算坏女孩吗?我不知道,我而今却在走四方。我想,我不过是不幸运罢了。不要说这是一项技术活,让别人爱你,凭什么让别人爱你。

相爱不过是一种运气,一种小概率事件,幸运的人在青春一开始就遇到了,运气差那么一点儿的跌跌撞撞几次也能遇到,运气不好的,也许一辈子都遇不到。

现在有时在深夜,或者在别人述说爱情的时候,我也会想起一些故人,比如周。

有一天我跟 L 姐姐走在拉萨的大街上,我的脑袋里忽然闪过七年前一个片段,我与他牵着手走在家乡不那么宽阔的马路上,小指勾着小指。时光真的是在那一瞬间逆袭而来,忽然之间,我发觉自己已经长到了这个年纪,已经走了这么多地方。

曾经我在一篇文章中写到过一个电影片段,有个女孩子经历了很多事情,她以为她已经忘记了她初恋的爱人,可是在她遇到车祸,躺在地上一动不动看着天空的时候,她又想起了那个人的脸。

很多人问我那部电影的名字,可是我真的想不起来,也许只是那么一瞬间我被打动了,所以我才能够记得这个片段。

至于别的,真的重要吗?

重新读《小王子》,我总是会共情小狐狸。傻傻的、蠢蠢的要求一个人来驯养,它不像玫瑰,它不骄纵,不聪明,不会撒谎,不会撒娇。它只要爱上一个人,如果他四点来,它三点便开始忐忑地等待。

最后它没有收获小王子,只收获了小麦的颜色。最后我没有收获爱情,只收获了回忆。

那个人出现之前,我只能承认我是残缺的,只能。

2011

你好，本命年

假如上帝喜欢的女孩不像我，我也不会难过

冬天刚刚来临的时候，我突然之间心血来潮订了一张机票，飞去了厦门鼓浪屿。

今年去过的地方太多了，导致我回到长沙之后犹如回笼困兽，无论多么努力地调整心态，始终散发着一股暴戾的气息。

矫情一点儿猜想，大概是因为寂寞。

想念的人不在身边，每天睁开眼睛发现都是前一天的重复，这样的生活简直令我窒息。抑郁的日子里，负面情绪始终笼罩着我，无力的感觉掐着我的咽喉，连发声都不能。

决心在新年来临之前再出去走走，没有做任何计划，收拾好行李，直接奔赴鼓浪屿。

曾经最盼望的事情，就是可以跟喜欢的人一起去看海，在沙滩上写下彼此的名字，然后让海水带走它们。这矫情的文艺腔，是我心里一个难以启齿的愿望。

在青旅入住的第一天晚上，跟前台值班的男生聊天，看到他正在给照片做后期，于是想跟他学一点儿PS的技巧，看他年纪很小，没想到竟然是专业的摄影师。

我跟曾畅很快成为朋友，"90后"小小年纪的他竟然已经做过了二十二份工作，从十三岁开始出来闯荡，最落魄的时候做过搬运工，也在酒店的厨房里打过下手。

他兴致勃勃地跟我讲，他在那里做配菜师，就是负责切菜的。

这个来自四川的小朋友能做一手很好吃的川菜，吃饭的时候，他问我："你是做什么的？"

我想了一下，骗他说："我是无业游民，没读过书，找不到工作。"

他似乎是真的相信了，然后低着头扒了几口饭之后，忽然正色说："我只做我喜欢的事。"

在那一刻，我确定我们能成为朋友。

一直以来，我并不是一个很清醒很明白的人，日常生活我都迷迷糊糊，得过且过，对吃、穿、住、行，都没有太高的要求。

　　很多人跟我说，如果想要获得安稳，首先你要弄清楚自己最需要什么。

　　你有认真思考过你到底想要获得怎样的人生吗？你有因为现实和理想之间的千差万别而感到灰心沮丧吗？

　　我一直不知道自己最想要的是什么，但我很清楚地知道我自己不想要的是什么。

　　我不要突然有一天醒来，人生已经到黄昏，可是还有好多地方我没有去过，还有好多想做的事情没有做过，还没有真正地爱过。

　　难度系数再高的数学题，也会有答案，但是人生，没有。所以很多时候看，我们只能采取排除法，一一删除那些我们不想要的，就像在登山时一一丢弃那些负重的累赘，到达山顶时，你自然而然就知道，什么是最珍贵的。

　　不要别人怎么过，你就怎么过，别人追求什么，你就追求什么，被同化也许能够使你获得足够的安全感，可是牺牲的是你自己的灵魂。

　　我们生来这个世界，是为了成为一个更好的自己，而不是更好的别人。

　　就算上帝喜欢的女孩不像我，我也不会难过，因为我始终遵从着自己的内心，我真诚地爱过，也热烈地活过，我坚定勇敢，光明磊落。

你好，本命年

长沙初雪的那天夜里，我和闺蜜聊天聊到早晨六点。说了好多好多的话，窗外的白雪映得夜空好亮，我们都有些惆怅地说，为什么时间过得这么快，好像一转眼就从十八岁跳到了二十四五。

中间的那几年，我们经历了一些什么事，遇到过一些什么人，如果不刻意地去想，简直就是一片空白。

2010年，我人生中第二个木命年，真正意义上的分水岭，这样来到了眼前。

跨年的晚上，我跟两个朋友去了江边拍烟花，寒冬的夜里，江边风好大，我们对身边路过的人友好地说着新年快乐，那一刻，我心里安宁并且笃定。

我相信，即将到来的人生即使再怎么艰难，都绝对不会比我曾经历的更差。

对，我二十四岁了，如我曾经害怕的那样，渐渐地离青春越来越远了，可是心里没有当初以为的那份恐慌，没错，年纪越来越大了，但是我并不伤感。

有一天主编跟我聊天，说起我高中毕业的时候，他说，你那个时候是个多么快乐的姑娘啊，还穿绿色的裤子呢。

我想起高中毕业的暑假，我来到长沙见到《花火》杂志的编辑们，我们一起吃火锅，他们叫我大头姑娘。

过去的青涩无疑是美好的，但对我来说，过去存在的唯一意义，就是提醒我，再也不要回到过去。

我想，还有漫漫几十年去寻找那个答案，在这漫长寻找自我的旅途中，那个曾经总是很纠结，总是很矛盾，总是嫌弃自己不够美好，总是在爱情中患得患失的自己倔强地站在二十四岁的关口，毫不犹豫地迈出了脚步。姑娘啊不要悲伤，笑一个吧，就很漂亮。

再见，旧时光。你好，新生活。

[王冠篇]

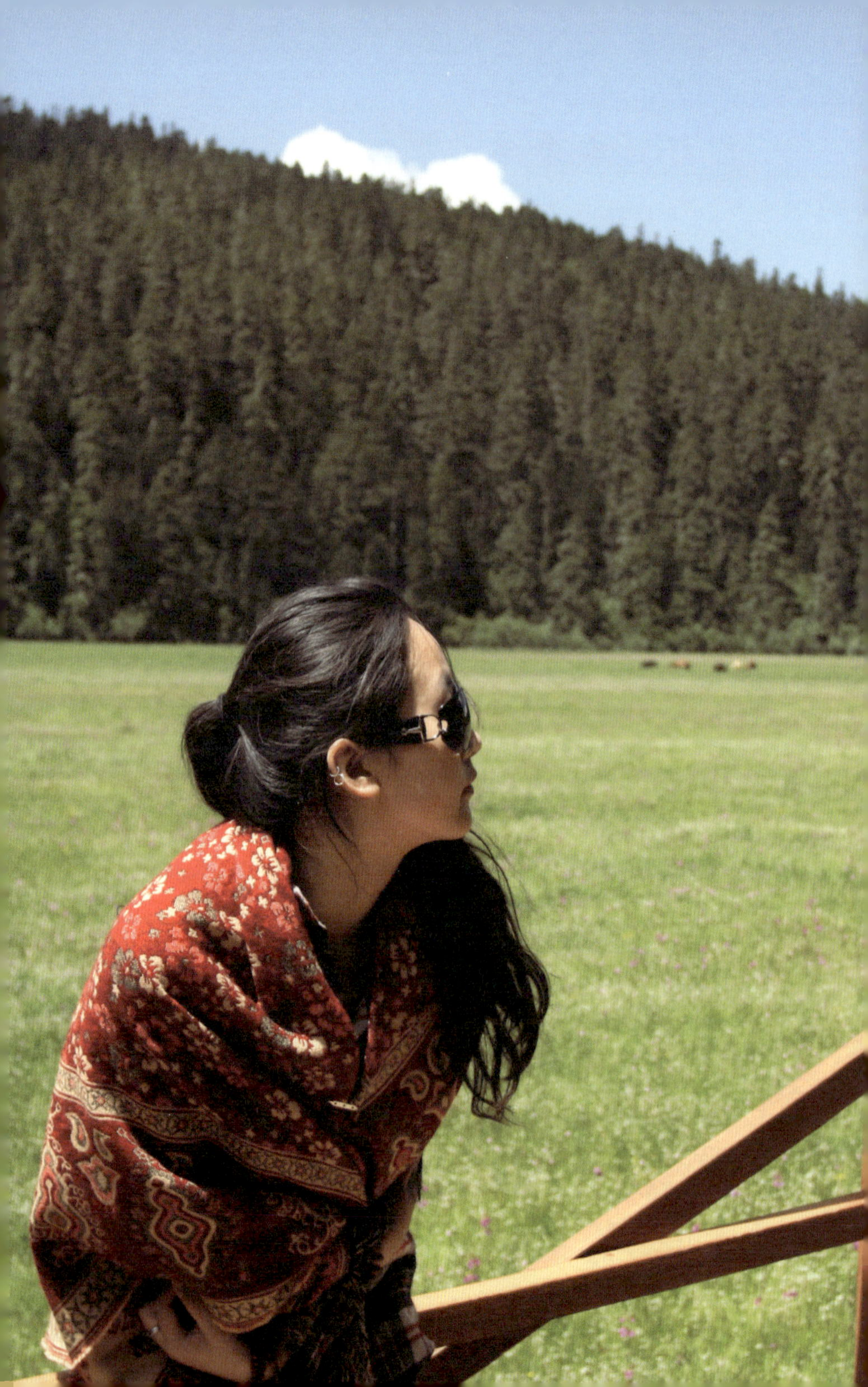

那些转瞬即逝的陌生人

冬至，我跟学妹吃完饭之后一个人走在回家的路上，有一个年轻人抱着吉他在路边唱歌，他唱的是《我是一匹来自北方的狼》。

我不太听那个年代的歌，虽然他们说那个年代的音乐才是经典。

在寒风中，那一刻我有点儿被打动了。

走过去的时候我一直在犹豫，到底要不要在他面前的那个吉他箱里放一些钱，不放的话，我会有点儿难过，但是放了的话，也怕更难过。

最后我还是放下了一些钱，算是表达我一点儿小小的敬意。

每天走在路上，每段旅途之中，我看着那些平静的面容，总在想，这些人的背后有着怎样的故事。万能青年旅店的歌里唱的，是谁来自山川湖海，却囿于昼夜、厨房与爱。

前年的七夕，商圈里人山人海，挤得水泄不通，我和绣花从解放西路一直走到蔡锷路都打不到车。她穿着高跟鞋跟男朋友打电话，一边吵架一边哭，我在一旁百无聊赖地打量着熙攘人潮。

然后我看见一个女孩子在哭，坐在路边的石阶上，捂着脸，专心致志地哭，旁若无人——诙谐一点儿的说法是——目中无人地哭。

我无意窥探她的悲伤情绪，然而不知怎么的，心里忽然有些物伤其类的感叹，也许是想起自己曾经也蹲在马路边歇斯底里地哭泣过。

因为懂得那样的悲伤，所以无论什么时候、什么场合，看到有人这样不顾一切地流泪，我总会有点儿难过，很明显，有人被伤透了心。

看她的样子，我猜想，应该是失恋了，虽然我们每个人都会说一些大道理，比如远离那些消耗你人生的人，可是爱情这回事，总是没有那么多道理可以讲的，很多时候，只能任由情感摆布自己。

我们从那个女孩身边走过，我尽量让自己看上去像是没有注意到她，不留下任何一点儿情绪，悲悯、同情，这些都没必要。

那个时候的我，还不会说这句话，否则我会在心里默默地对她说上一句，姑娘啊，不要悲伤，笑一个吧，就很漂亮。

暑假我出去旅行之前，陪一个姐姐出去补鞋，小时候随处可见的补鞋匠在如今的城市里已经消失了踪迹，我们找了很久很久，才在一个不起眼的小巷子里找到一个补鞋铺。

那位大叔的手黑漆漆的，指甲缝里有着仿佛年份陈旧的污垢，他给我们补完鞋之后没洗手，又拿起那快燃到过滤嘴的烟蒂开始抽。

我静静地凝视着他的手，心里泛起那么强烈的酸楚。

近半年的时间我时常会回想走新藏线的那段日子，到后来，想得最多的不是因为那段日子和我朝夕相处的，也不是因为那些浪漫得致命的彩虹和流星，而是在那条荒无人烟的路上，一闪而过的人们。

我并不觉得西藏能够净化灵魂，可是在那里我的确看到了孩子们纯真的眼睛。

从拉萨去纳木错的时候，途经念青唐古拉山脉，有两个藏族的小孩子坐在一望无际的草原上，离他们不远的地方是一群牦牛和山羊，我们的车还在很远的地方，他们就站起来朝我们挥手，笑得一脸灿烂，我忍不住降下车窗也对他们挥手。

车开出去很远之后，他们还对着我们的车挥手。

最近我时常想起自己曾经的愿望，我多么希望有一天，我不这么忙也不这么仓皇了，有时间能够搬一把小凳子坐在这些转瞬即逝的陌生人面前，安静地听他们给我讲讲故事，讲讲他们的美丽与哀愁。

成为黑暗中的光，
是我们的本质

很晚了我还是睡不着，就爬起来上网，打开 QQ 的时候看到一个久未谋面的姐姐给我留言说，舟舟啊，以前我一直希望你能够成熟一些，但如今看来你成熟得有些快了，所以心里可能不是那么快乐，是不是？

我愣了半天，对着那个对话框不晓得说什么，然后我用很轻松的语气回复她说，没有呀，很多人都是被命运揠苗助长的呀。

最后我还虚张声势地打了很多"哈哈"。

其实我不是那么喜欢"成熟"这个词语，可能在我的理解中，成熟就是掌握了与人周旋的秘诀，分清楚了在什么场合应该说什么话，接受了"人生而不平等"的观念。对那些不是我们的东西，我们会想方设法去得到，我们会一面痛斥那些潜在的规则，一面又希望自己能成为既得利益者。

我不喜欢说成熟，我喜欢另一种表达——长大。

长大是什么，长大就是你知道，有些东西不是你的，就永远不是你的。给你的，你欣然接受，不给你的，你努力去争取，争取之后还是得不到，你可以坦然地跟自己说，得不到，就得不到吧。

我越来越容易回想起一些过去的事情。两年前，第一次写长篇小说，我还没有毕业。2009年的春天，我还住在学校的宿舍里，因为没有经验，所以之前写的好几万字，包括大纲和人物设置全部要一改再改。

那个时候，很容易灰心，很容易因为一点点挫折就否定自己，很需要来自外界的关心和鼓励来确定自己的存在感……是的，我一直不是一个很自信的人。

我记得，那时我每天基本上只睡四五个小时，但是依然精力充沛，可以不断地修改和重写，咬牙坚持，跟自己说很多很多励志的话。

我了解自己，害怕枯燥，害怕束缚，害怕一成不变的沉闷生活捆绑住贯穿我整个青春的那些梦想。

那时我既不甘平淡又没有方向。

两年后的现在，我在写《深海里的星星II》，从眼前闪过的程落熏、许至君、康婕、李珊珊……还有再也不会出现的林逸舟，这些被我赋予了鲜活生命的人物，他们再次来临。

改变的不是他们而是我，当然只有我自己知道，我在这两年中收获了多少，割舍了多少，而也只有我自己知道，关于人生，蒸发的那一部分，是为了茁壮余下的这个部分。

这两年中我走了一些路，关于在路上的种种感悟和感触，我希望能够写进《深海里的星星II》中，与那些真正喜欢我的文字的人一起分享。

最要紧的是我想告诉正在看这篇文字的你，如果你眼前一片黑暗，那是你自己在发光。成为黑暗中的光，并不需要诅咒黑暗。

成为黑暗中的光，那是我们的本质。

生活教我谨慎，旅行使我勇敢

你有过一个人坐夜车的经历吗，应该有过的吧，假期结束返校的时候，长达两三天的车程中，有没有那么一两个片刻，你能听见自己身体里好像有什么声音在慢慢流动？

十八岁的冬天，我跟一个朋友吵了架，负气之下一个人买了一张火车票去杭州。

我很清楚地记得那张火车票的价格是125块钱，硬座，捉襟见肘的学生时代只能如此。除了青春，一无所有。

随身背着一只橘色的包包，装着两样东西，手机充电器和换洗衣物。

就那样出发了，握着一个只能打电话发短信别的什么功能都没有的手机，忐忑不安地跟着人流涌进站台，上车找到自己的位置坐下来，带着一些新奇也带着一些惊恐地看着周围的人。

那是2007年的冬天，第一次真正意义上的出远门，那时候火车还没有提速，下午五点半发车，要次日早上九点多才能到达萧山。

到了晚上十一点的时候我就崩溃了，无聊得、空虚得崩溃了。

时间越晚，温度越低，我瑟瑟发抖，冷得只能扯过车窗旁那万年不洗的窗帘来包住自己。

那是一次糟糕的出行，从头到尾没有一丁点儿快乐的回忆，所以跟朋友说起过去的旅行，我从不说我去过杭州，我那怎么能叫去过呢，最多只能算是路过嘛。

去年走完新藏线到达新疆叶城，在陌生的南疆，我们一群人想尽了一切办法才租到车，到达和田，当我以为最艰苦的日子已经结束了的时候，Sean说，从和田到乌鲁木齐要坐26个小时的车，完全没有注意到我已经石化了，他还感慨了一句，不到新疆不知道中国之大啊！

中国之大啊！不过那时候的情况又有点儿不一样，因为不孤单，所以也不是很害怕。

四年多之后我又一个人坐上了来杭州的火车，还是晚上发车早上到。火车在一个不知名的小站短暂地停留了一会儿，我被站台上嘈杂的声音吵醒了，半夜的车厢里还有人在小声地聊天，邻床的男人发出均匀的鼾声。

真的，那一刻，我感觉到了自己身体里对这个世界的敏锐感知在缓慢地流动。

有时候，
我觉得生活是一件很悲伤的事情

  有时候，我真的觉得生活是一件很悲伤的事情。

  有一天我和朋友出去吃饭，正是中午放学的时间，一群穿着校服的男生蜂拥而来，原本就嘈杂的小饭馆里更显得热闹和逼仄。

  有个男孩子的袖子上画着好大一个卡通人像，我不太记得是不是蜡笔小新了，我忍不住笑了起来。

  我朋友问我说："难道你没有在校服上画过？"

  我摇摇头，我在画画方面真的没有一点儿天赋。

  我看着他们年轻的笑脸，突然心生羡慕。

  朋友在一旁嗤之以鼻，有什么好羡慕的，还在上学，什么事都不能做。

  可是，年轻啊，我幽幽地说。

  青春多美好，像晨光、雨露、花朵、青草一样美好。

  像音乐、摄影、旅行、微笑、爱情一样美好。

  不对，比那些事物更美好，因为这一生，我们只有一次青春，却未必只有一个爱人。

  有时候我会突然想要离开我自己，就像是演完了某个角色之后谢幕时对观众说："我不打算接着演下去啦，你们喜不喜欢都跟我没关系啦。"

  就像村上春树在《寻羊冒险记》中写的那样，活到二十六岁，然后死掉。

请你千万别成熟

去年不记得是在哪个书店里,无意中翻到一本美国人写的书,开头第一句就击中我:人生苦难重重。

我表面上总是呈现出乐观开朗的样子,但骨子里对一切都是很悲观的。即使我对眼下的生活状态没有任何不满,但在某些特定的时刻,我依然会被悲伤轻易地击倒。

五一假期,跟好朋友相约在北京,一群人一块儿去草莓音乐节。

第一天晚上,当万能青年旅店唱到"如此生活三十年,直到大厦崩塌"的时候,我举着手机对电话那头的朋友喊:"你听啊,你听啊。"

泪水在我的眼眶里打转。

晚上回去的公车拥挤程度远远超过想象,堪比春运,我们好不容易分批挤上去,人群里有个男生用已经嘶哑的喉咙开始喊,咱们唱歌吧!

他吼完之后,全车雷动,一车陌生人,纷纷扯起自己的嗓子一起唱:没有什么能够阻挡,我对自由的向往……

毫不夸张地说,如果青春中没有过这样的片刻,没有过这样的夜晚,我真的会觉得有些遗憾。

这些年，我一直就像一个失败的哪吒，在残酷而坚硬的现实中负隅顽抗着，为了那些飘浮在空中根本没法命名的东西。

我一直尽力活得真实一些，想笑就笑，失望了、受伤了就蒙头大哭一场，我没有被这个世界改变，虽然我不知道这算不算得上是一件好事。

我对人生的态度一直淡然得近乎消沉，认为向这个非我意愿而来，又不知道何为目的，何为意义的生命卑躬屈膝地讨好是一件滑稽可笑的事情。

面对生活，面对命运，过去的我无能为力，现在也一样，唯一能做的仅仅是保持一点儿尊严和自由，哪怕只是一点点。

所以要趁着还有力气的时候，一分一秒都不要浪费地去享受，去挥霍，去纵情。

你可以长大，但你千万别成熟。

希望你永远笑得没心没肺，永远记得自己穿着格子衬衣，躲在镜头后面微笑的样子，希望你永远年轻，永远热泪盈眶，永远梦想着远方、诗歌和流浪。

这个世界有太多虚与委蛇的成年人，但你不需要活得像他们一样。

正如《死亡诗社》中所说：

> 医学、法律、商业、工程，这些都是崇高的追求，足以支撑人的一生，但诗、美丽、浪漫和爱，这些才是我们活着的意义。

人生苦难重重，一点儿也没错，但为了那些更美好的东西，我们依然可以骄傲、倔强、勇敢地走下去。

再会你这蜜糖少女

我闭着眼睛也能想起你的样子来,程落薰。

在那个秋天的傍晚,光影斑驳,你在水边脱下帆布鞋,一脚深一脚浅地往水中走去,你怀着必死的决心,以摧枯拉朽的姿态毁灭青春。

我原本以为你的故事结束了,结束在那扇沉默的门口,结束在那句终你一生都无法忘记的"生不对,死不起"当中。

恍惚间我觉得,你已经脱离了我,拥有了自主的生命。

我没想到两年后我又会打开 Word 来写你的故事,整理了我在旅途中所有的喜怒哀乐之后,我开始写这个故事。有很多个夜晚,我疑心时光倒转,否则为什么我会坐在电脑前突然崩溃,在那些失眠的凌晨流泪?

这一切都与两年前的某段时光严丝合缝,在最后,你说,你终于明白,自己如此平凡。

仿佛顷刻之间,轰然老去,不只是程落薰,还有我。

有一天我突然发现自己面对岁月,面对得失,不再像从前那么锱铢必较,如你所言,我意识到自己其实如此平凡,不美丽、不聪明、不圆滑、不温暖。

我希望世界上真的有一个你,那我一定会尽我所能去找到你,彻夜与你饮酒,聊天,唱歌,或者一起旅行,隐姓埋名,远走高飞。

然而现实世界如此广袤,我至今还没能寻找到你。

我们一直在通过伤害来认识这个世界,无论是外界给予我们的伤害,还是自己给自己的,无论是爱情,还是亲情,无论是生活,还是生存。

这个世界有太多的法则,而我们总是不肯遵循,我们在夹缝里濒临窒息。

十七岁时,我想要一件白色的、毛茸茸的外套。

十八岁时,我想要一封录取通知书。

十九岁时,我想要在我的身体上做一个记号,于是二十岁那天,

我去刺青。

二十一岁的时候,我脸上贴着五星红旗的贴纸在街上看奥运圣火传递。

二十二岁那一年,我写了《深海里的星星》。

二十三岁的时候,我终于跟喜欢的人一起旅行。

而今年,我二十四岁了,所有我曾经想要得到的我都已经得到,除却一个抚平我的暴戾的爱人和安静的心。

然而你越来越平和,你做到了我用尽所有办法都做不到的事情,我真为你骄傲。

别来无恙,程落薰。

一个宿命论者的自白

在乘坐了十二个小时的班车，从四川和甘肃交界的地方出发，跨过半个甘肃省，抵达青海省会西宁一家青旅之后，我坐在公共活动区域，披着湿漉漉的长发打开 Word，抬头看见对面的书架上一本书的书脊上赫然写着四个字：

远在远方。

你信不信宿命这回事？我一直坚信不疑，在我们的人生中，只有命运，没有意外。

要找一个人，需要花费很长的时间，很多的精力，可是弄丢一个人，那可就简单太多了。

我们路过彼此的任性和荒唐，然后像世界上大多数人一样，在说起对方的时候淡淡地笑一笑，说这个人我的确认识，但我不太想谈。

关于去年在西藏阿里的那段回忆，其实在过去的短篇当中已经写过一些，但我觉得对那场盛大的记忆，零碎的描写是不够的，何况，我们都知道，最难过和沉重的情绪，需要长时间沉淀之后才能表达。

那是一段不太快乐的日子，我觉得自己就像是神话中那个叫弗弗西斯的人，日复一日把石头推上山顶，又看着它日复一日滚下去。

我不断地跟自己强调，要忘记，又不断地翻出过去的文字和影像来加固回忆。

然而，我依然相信，这就是我的命运，面对它是唯一的方法，就像我在后记中所说的那样，在写完最后一个字时，我与命运一笑泯恩仇。

像去年一样，写完书之后我开始长途旅行，今年我还是没有选择繁华的大都市，而是毅然决然地往西北走。第一站是西安，没有对任何人讲过，因为它是某人的故乡。

某天晚上我和两个朋友在钟楼附近看到一个男生在弹吉他唱歌，其实这样的情形在我去过的城市里早已经是司空见惯了，让我停下来的原因是他唱的是李志：

我愿意为你死去，就算我不爱你。

我怔怔地坐下来，点了一根烟，在西安这个陌生的城市的街头，忽然有一种久违的感动，在他停下来的时候，我轻轻问他："你会不会唱《米店》，会不会唱《天空之城》……"

都是我很喜欢的歌，无数个失眠的夜里，耳机里缓缓流淌的都是这些声音。

二十四岁生日的那天晚上，在顺城西巷那间青旅的酒吧里，我喝了一大杯白啤，这种啤酒喝起来一点儿酒劲都没有，让我想起很多年前第一次喝长岛冰茶，我曾以为那是茶。

第二天，我的右边脸颊突然冒出一块巨大的红色印记，就像胎记一样，直到它消失我都没有搞清楚到底是什么原因。

在这块红色印记消失之前，我一直跟自己说，冥冥之中的某些力量值得我们敬畏，破相也许是为了替我挡住更大的煞。

在《深海里的星星II》中，我借程落薰的口说我自己的心声，我总是被留下的那个人，我总是承受悲伤和思念的那个人，所以这次我想先离开，也许就不会那么难过了。可是若干个日子之后，我从梦里醒过来，外面下着滂沱大雨，绝望像一只大手强有力地扼住我的喉咙，我才明白，我依然是被留下的那个。

我想，总是被留下，这大概也是程落薰的命运。

[王冠篇]

相逢的人会再相逢

写这篇专栏的时候，我在甘肃敦煌月牙泉附近的一个青年旅社。

这个青旅是我住过的最便宜的青旅，床位费只要25块，在来之前我不知道为什么这么便宜，当我背着两个包，拖着一个箱子下了火车，上了回市区的中巴车，下车又步行了二十分钟，坐上3路公交车，下车又走了相当于两个黄兴路步行街的路程之后，我终于知道为什么了。

因为，这里，真的，很，超乎想象。

它在一个果园里，我住的房间就是一个铁皮房，三张架子床都有上下铺，六人间。

一夜无眠，我倒在床上就睡了，一个小时之后我活生生热醒了，当时的感觉就是，收拾东西回长沙吧！

这一个多月我从陕西到甘南自治州，再转到青海，又折回甘肃，明信片从三十张开始递减，到我抵达敦煌，还剩最后五张。

这一个多月来我走了不少路，像去年一样，又认识了不少新的朋友。

最让我感动的事发生在张掖。

离开西宁前几天晚上我在楼梯口给一个朋友打电话，我说接下来我要一个人去张掖，人生地不熟，其实还是有点儿担心的。

挂掉电话后，一个男生站在旁边跟我说："我在张掖有朋友，给你号码，你去找这个大姐。"

我到张掖汽车站的时候，大姐的女儿在车站接我，原本我要去外面住，可是她们一家人说什么也不肯，说一个姑娘住外面多不安全，就住她们家吧。

第二天奶奶亲手做了特别好吃的手擀面，一个劲地叫我多吃点儿，我捧着碗，真是不知道说什么好。

这些善良淳朴的人，她们连我叫什么名字都不知道，也不知道我是做什么的，可就是凭着最朴实善良的心，收留了这个孤身旅行的女孩子。

我知道世界上不是没有丑陋和险恶，可是我更相信，向往善良和光明，才能够令我们不惧黑暗。离开那天我给他们拍了很多照片，但其实，我觉得，即使没有留下影像也没有关系。

相逢的人一定会再相逢，对此我一直深信不疑。

一辈子有多少的来不及

来到北京的第三个周末,我又习惯性地失眠了。

从毕业到现在的两年时间里,我经常会一个人在一个陌生的地方住上一段时间,我有些朋友很羡慕这种生活方式,称我为流浪的文艺女青年。

他们说我,不管是在路上还是在某一个地方定居,总给人一种飘忽不定的感觉。听上去很美,但我只想说我个人的感觉,其实非常痛苦。

这种没有归属感的生活让你无论身处何地,都清晰地了解你不属于任何地方,你不属于任何一个圈子,他们笑语晏晏,可你格格不入。

你在哪里都是外人,你在哪里都是过客。

你并非要探求旅行的意义,你想弄清楚的是人生的真谛。

但其实对我来说,在哪个城市都是差不多的,因为我的生活模式几乎是固定不变的。

或许有些自怨自艾,或许有些造作,但我还是想说这样的话,城市太大了,人就显得很渺小,对于大城市来说,有你没你,没什么区别。

有天下午一个朋友看我心情不好,便把我带去他一个哥们的店里,他们给我放很舒缓的音乐,说是法国一个女歌手唱的。

闲聊时，朋友跟他哥们说，舟舟是这样的，要是一个地方没有什么人或者东西能让她眷恋，她随时就会走。

他还说，所以我们要想办法留住她。

我哈哈大笑，一直笑到酸楚涌上心头。

或许对我这样居无定所的人来说，"理想"这个词语显得太过于高高在上了，或许我们不过就是想做一些自己喜欢的事而已。

我由衷地喜欢"理想"这个词语，就像我喜欢善良、正直、专注、勇敢和光明。

我们每个人，其实都可以成为一个更好的自己，不同的是有些人去做了，而有些人没有。

希望我是前者。

我希望有一天我能够在任何地方都踏实地、真实地活着，去思考，去关注，去给予，去爱。

晚上很晚的时候，一个男生发短信问我："你总是一副在路上的样子，你到底想干什么？"

我们在西宁认识，当时我要一个人去往甘肃，他领着一群大学生去玉树。

我回答他说："我在找一个信仰。"

他说在哪儿哪儿有一个什么寺，很多人去了就在那里留下来了，建议我也去看看。

我最后回复他的那条短信，大概能当作这个失眠的夜晚给自己的答案。

找到一个信仰，而不是找到一个宗教。

最微小的故事，这史诗般的历程

我经常写字，小说、散文、博客、微博。

但仍然会有一些很细碎的情绪，我不在任何地方提起，甚至它们对我自己而言，也不过是极其微小的事情。

但就是这些微小的瞬间，会驱使我去做一些过去没想过要做的事情。那些瞬间，可以被称作人生中决定性的瞬间。

我曾经有一个朋友跟我说，她高中的时候恋爱接近疯狂，成绩不是很好，好在家里条件不错，父母打算送她出国，相关手续都办好了，可是在某个瞬间，她看到男生的样子，忽然决心哪里都不去，就留下来和他在一起。

她把所有的资料都藏起来没有寄，后来被她爸爸发现了，被狠狠地抽了一顿。

我问她，后来呢？

她说，后来什么啊，分手了啊。

她说起这件事的时候就像说一个无足轻重的玩笑，那些深情的岁月已经过去了，甚至可能连那个男生的脸都想不起来了，可是在她十几岁的时候，那个瞬间，影响了她的一生。

不知道她心里有没有过一点点后悔，以我对她的性格的了解，应该是没有的，老歌里唱过：

爱我所爱，无怨无悔。

我只是想起自己人生中很多个瞬间，从而发现现在的生活状态，是过去无数个选择的总和。

我又想起两年前的冬天，我在那所老鼠叽叽叫的老房子里写《梦到醒不来的梦》，感觉不对，怎么写都觉得很费劲，心血来潮就给一个刚认识没多久的人发了条短信说"喂，给我讲个笑话怎么样"。

那个笑话一点儿也不好笑,可是从那条短信开始,我们便熟稔起来,此后漫长的岁月里,我们经常为了一些看起来跟我们的生活毫不相干的事情争得面红耳赤,直到天各一方。

　　但那个灵感枯竭的瞬间,几乎决定了我今后一生对异性的审美。

　　我还记得在云南的时候,那会儿我还不认识S,某天傍晚在丽江古城一条清静的小巷子里转着转着,我忽然对身边那个姑娘说,我要去西藏。

　　她看着我,没说话。

　　我又重复了一遍,我要去西藏。

　　然后我就去了。

　　是经过了那么多突如其来的瞬间,才有了这个此刻坐在北京写这篇专栏的我。

　　那些微小的故事,却成就了每个人一生中史诗般的历程。

2012

风 雪 夜 归 人

亲爱的你

Hi，亲爱的你。

今天早上你起得很早，因为你突然想起上个礼拜印度领事馆开给你的那张收据你已经好几天没看到它了，那是你去取签证和护照的唯一凭证，想到这一点，你整个人就像被电击了似的立马从床上跳起来翻箱倒柜地找。

地上被你弄得乱七八糟的，最后你在垃圾桶里找到了那张收据，这才长吁了一口气。

让时间再倒退一天，你跟着 Matt 和阿星一起去玩飞跃丛林，其实在去之前你就知道自己肯定玩不了，你有严重的恐高症，小时候站在天台上双腿会发软，二十四岁的夏天去华山，坐在缆车里哇哇大哭。

你了解自己的弱点，可是你还是想，试试看吧，说不定这次可以做到呢？

然而当教练们把安全防护的装备套在你身上的时候，你站在木台上往下看，你知道这次还是不行，奇迹没有出现。

你沮丧地告别了 Matt 他们，一个人回去接待中心，走在清迈乡间的小路上，一群野狗冲你狂吠，你吓得哭起来了，路边一个劈柴的老婆婆看着你笑。

后来你跟阿星他们说，没办法，我做不到，你看我去刺青，那么痛我一声不吭，假如咬咬牙能做到的事情，以我的性格断然不会放弃的。

你坐在山上看着热带雨林的参天高树，黯然地告诉自己，人啊，不管多聪明，多勇敢，你必须得承认有些事情你怎么都做不到，无论付出多少努力都做不到，哪怕你敢去死，但这件事你就是做不了。

二十四岁的时候，你又多了一个刺青。

这么多年过去了，你还是活得这么乱七八糟的。

很多人都喜欢你的长头发，你说这实在不值得羡慕，谁没有头发啊，不都是这么慢慢长长的吗？

很多人都说你现在过着的是他们理想中的生活，可你说这有什么好羡慕的。

你缺失的，谁都不会知道。

从印度领事馆里走出来，清迈阳光灼目，你坐在色彩艳丽的 Tutu 上，忽然幽幽地跟身边的姑娘说，这么多年其实我只做了一件事。

自我修复，这是一个相当漫长的过程。

要如何启齿呢，那些阴暗的往事，那些不被怜惜不被珍视的岁月，那些除却残破的爱情之外，烙在生命最初的沉痛和委屈，那些深深种植在少年时代的愤懑和绝望……

要用多少年的时间，要走多远多远的路，才能够把这些伤痛清除干净，还生命一片素净洁白，谁也不知道。

但你相信，最终你想要的答案，岁月都会告诉你。

你即将去往印度旅行，那些你曾经以为永远无法实现的事情，在一夕之间，变得如此真实。

亲爱的你，一路平安。

那是我的生命

说来不怕你们笑话,写这篇专栏之前我刚哭完。

此刻在瓦拉纳西,恒河边的 Guest house 的露台上,晚风中带来河水微腥的气息,河滩上灯火辉煌,婆罗门的祭司正在祭祀,本地人和外国游客全坐在台阶上聚精会神地看着。

关于印度,其实我并没有做好这么早就来的准备,它是世界上最神奇的国家之一,我其实知道现阶段我的知识储备和阅历还不足以消化它所给我带来的冲击。

从曼谷机场飞到加尔各答,简直像从天堂到了地狱。

加尔各答作为印度第三大城市,曾经是英属印度的首都,它所呈现出来的景象,让我在第一时间就产生了逃跑的想法:在城市中心,乌鸦满天飞,突然一下,一坨屎掉在我眼前——就差那么一点点,就落在我的头上。

但我跟自己说,既来之,则安之。我有什么理由受不了?

带着这样一点儿较劲,我从加尔各答到了大吉岭,上山的那三个半小时路程是文字和语言都无法形容的颠簸,但咬着牙竟也忍了下来。

从大吉岭前往菩提迦叶,这才第一次见识到了印度的火车,没有乘务员,没有报站,车门随时可以打开,卧铺不提供任何铺盖,印度人坐火车都是自己带床单毛毯。

当我看到旁边一个男人像布置新房似的布置好他的床位时,我震惊得差点儿哭了。

我什么也没带,整个晚上只能蜷缩着,瑟瑟发抖。

就这样到了菩提迦叶——传说中释迦牟尼成佛的地方,再接下来,是瓦拉纳西。

也许你会问,经历这么精彩,我到底在哭什么。我思前想后,大概是因为孤独。

其实我自己也不懂,为什么要跑这么远,来到一个陌生的地方,

没有亲人，没有朋友，语言不通，文化不同，饮食也不喜——每天的食物除了面饼就是咖喱之类的。

为什么要将自己置身于这样孤立无援的境地，能不能活着回去还要看运气。

可是我知道，当太阳升起的时候，当我再看到那些陌生的笑脸和友善的眼神，当我再遇到有意思的人听到有意思的故事，我还是会确定，这一切的辛苦和艰难都是值得的。

愿赤裸相对时，能够不伤你

这大概是我在印度境内写的最后一篇专栏了，坐了12个小时的长途汽车之后，在没有热水，在生理期突然而至的情况下，裹着粗糙得扎人的、不知道多少人用过的毯子，写下这些字。

我不知道要说些什么，如果是关于这段旅程，短短一千字实在难以娓娓道来。

如果是关于那些远行的理由，似乎已经说了太多太多次。如果是关于爱情，关于梦想，对不起，太冷了，一天下来只吃了相当于人民币两块五毛钱的饼干和喝了几口矿泉水的我，实在没心情。

这段旅程走到这里，其实我已经很累了，很想以最快的速度回到长沙，呼朋引伴，胡吃海喝，好好休养，但迟迟不归的原因除了签证来之不易之外，还有对未来的迷茫。

也许对很多认识我的人来说，很难想象直至今日，我依然活得没有具体目标。

但如果是真正认识我的人，即使我不说，他们也明白。

记得在清迈的时候，我跟一个姑娘聊天，我说在我这个年纪，有一些事情很尴尬——在二三线城市，很多我的同龄人要么已经进入婚姻生活，要么也有了固定的男朋友和目光可以企及的未来，也许那样的生活是有些乏味，然而生活的本质其实就是一些很朴素的东西。

如今我变得越来越孤僻，很少参加群体活动，在人多的时候沉默寡言，在喧闹的环境里戴耳机，看书，在随身携带的本子上写一些只有自己看得懂的句子。

在我十八岁的时候，有个女生看我的博客，在脑海里勾勒着我的轮廓：二十四五，独居，抽烟，不太合群，四处飘荡。

没想到，五六年之后，我的生活与她当初的描述竟然严丝合缝。

我不再轻易跟人谈心，找不到好的谈话对手，我乐意就这样沉默下去。

记得离开北京前那个晚上,我坐在19楼的天台上,风很大,我一直在单曲循环听着这首歌:

<small>愿赤裸相对时,能够不伤你。</small>

　　今晚,在安哥拉,在站在天台上就能看到泰姬陵的Guest house里,我还在听这首歌。

　　这个世界会好吗?我不知道,我只知道,孤独是顽疾,走再远的路我都无法治愈自己。

风雪夜归人

前两个月我晃荡在印度，那个我对它的认知仅仅停留在咖喱、飞饼、歌舞电影、一吹笛子就有蛇出来跳舞的国家。

在我踏上那片土地之前，我对它的认识不过如此。

揣着四百美金，拖着大旅行箱，我就那样毫无准备地奔赴了印度，从11月到1月，从热带特有的高温天气到大雪封山，我经历了很多，以至于我回来之后，所有人都说，你好像有些什么不一样了。

2011年10月27日我从昆明出境，到泰国清迈，半个月之后从曼谷飞到印度第三大城市加尔各答，接下来是一段我永生难忘的旅程。十四个城镇，无数个凌晨在月台上跟一大群印度人一起挤火车，吃了无数张远不如我们以为的"印度飞饼"的饼，写完厚厚一本日记，在那本日记里夹着好几张火车票、四片菩提树叶、路上认识的朋友给我的小卡片……

2012年1月14日晚上，我终于从印度首都新德里离境，回家，夜航中看着地面上的灯火离我越来越远，月亮悬挂在头上，回家的路就在前方。

柴门闻犬吠，风雪夜归人。

我说不清楚是为什么，在飞机上我哽咽了，看起来似乎是因为这磨难重重的旅程终于结束了而感到高兴，但事实上那种情绪很复杂，我得把它一点一点掰碎了才看得清楚。

在新德里机场，离登机还有六个小时的时候，这种复杂的情绪就牢牢地抓住了我，站在巨大的落地窗前，我茫然地看着天空，那一刻我觉得世界好大，随处可去。但仔细一想，又觉得世界好小，我其实根本无处可去。

我不敢跟任何一个朋友说出我内心最真实的感受：我不想回来。

不想回来，是因为又要回到熟悉的日常，做那些已经厌倦了的事情。

就是因为害怕这样的生活，所以我总是跑得远远的。

就是因为害怕自己沉迷在这样的生活里渐渐忘了曾经坚守的，曾经追寻的，所以我总是不让自己过得太舒服。

只有安逸过，才知道安逸的滋味有多好。

也只有安逸过，才知道自己没法就这样甘于安逸。

飞机在长沙的机场降落时，今冬的第一场雪纷纷扬扬地洒下来，去接机的朋友看到我，有那么几秒钟没说话，表情有点儿震惊。

我的头发很油，脸也很油，上身裹着个粗糙的墨绿色毯子，下身穿了四条阔腿裤，脚踝套着两个抓绒袜套，脚上一双脏兮兮的帆布鞋。

他们说，快回去换身衣服吧，你现在这个样子看起来像个神经病。

神经病的世界，正常人是没法理解的吧。

作为一个神经病，我有我的骄傲。

我就是想做那种把我的一辈子，过成别人的几辈子的人。

我就是想做那种在努力实现自己理想人生的路上，从来没有放弃过的人。

我们到底要做怎样的自己

如果你看过那部著名的电影,一定也忘不了那个不肯从那艘破船上走下来的钢琴师。

活下去,还是心安地活下去,也是个问题。

关心你的人会告诉你,无论如何先活下去。当然,他们也都是为了我们好,他们吃过这样的苦所以不愿看到我们重蹈覆辙。

然而有一些人,他们把心灵的舒适看得更重要,生死则次之。所以凡人可以忍辱,天才却宁可玉碎,都得到了自己最看重的东西,谁也没错。

到底要做什么样的自己,我还是没有一个清晰的答案。

借廖一梅的话来说:

人要掩藏多少秘密,才能巧妙地度过这一生。

但是巧妙地度过这一生有何意义,不过是辗转腾挪的生存技巧,这些技巧掌握得越多离真相和本质就越远。

我不是天才,我想我大概是个怪胎。

我不知道要将心
放在这个疯狂世界的哪个角落

    2012年春天的雨水比以往任何一年都要充沛,很多城市已经两个月不见阳光,目光所及之处都是发泄抑郁的文字,潮湿的春天激荡着寂寞的回声。

    是的,这个春天,没有快乐的人。

    在这样压抑低沉的大环境里,社会学专家、心理学专家给出大家的药方仍然是过去那一套,要大家尽量多参加团体活动,多跟人待在一起,减少独处的时间,让自己融入集体中去,这样有助于缓解郁闷的心情。

    我没有听专家的话,在闹市中突然流下眼泪的那一刻,我知道任何药方都不可能治愈我的孤独。

只堪自愉悦，不堪持赠君

——《我亦飘零久》那些没有被出版的部分

写这篇专栏的时候，惜非已经把新书的内页排版发给我看了。光标从上往下划，一篇篇文字，一帧帧图像，过去的故事和照片，终于要以文本的形式结集成书呈现出来了。

一本书的内容是十几万字，事实上，如果把经历的所有细节，我所有的感触和感悟全部写出来，十几万字是远远不够的。当初在挑选地点的时候，我们删去了一些较为平淡无奇的篇章，后来又因为各种各样的原因，有一些敏感的部分也只好遗憾地省略掉。

但我接受这些，两年前我就在杂志的专栏上写过这句话：并非所有的伤痛都需要呐喊，也并非所有的遗憾都需要填满。

收获与丢失，荣耀与落败，皆是人生。

去年的冬天，离农历新年还有半个月的时候，我被一场大雪困在了印度一个只有两三条街的小镇上。

那是前所未有的艰苦体验，长达五天时间的停水、停电，大雪封山之后没有车可以出去，我不知道能否按时抵达新德里，然后乘飞机回国。

一切都处于未知，当地人告诉我，这是五年来第一次下这么大的雪。

第四天下午，一个英国女生问旅馆老板，明天会有车吗？老板说，谁也不知道。

她想了想，做出了一个艰难的决定，步行下山。

我劝阻她再等两天，等雪融了之后一定会有车，这个时候走，路上太危险。

她看着我的眼睛说，Jojo，我不能等了，我的航班是后天的。

与这个女孩子一起走的，还有我在阿姆利泽认识的那两个可爱的德国男生。

当时在金庙对面的收容所里，我窝在床上看《老友记》，他们两个从门口冒出来，戴着《南方公园》里的卡通人物经常戴的那种毛线帽子，眨着蓝色的眼睛冲我笑，其中一个叫 lucas，后来在 D 镇再次相遇时，他兴奋地冲我大叫："嘿，你也在这里。"

他们收拾好行装，把自己裹得严严实实的，背上包，跟我说 Bye bye。

在尚未消融的雪地里，他们缓慢地前行，我站在旅馆门口，点燃一支烟，默默祈祷他们一路平安。

三天后，虽然山上的雪还没有完全消融，但已经恢复通车，虽然很舍不得离开，但我真的没有时间可以继续消磨了。

大巴车在天黑时出发，沿着蜿蜒陡峭的盘山路一直开下去，我望着天边的黄色月亮，想起 Lucas 他们一行人，竟然真的徒步下了山，心里生出由衷的钦佩。

他们是那么的随性，勇敢。

类似于这样的小故事，篇幅的原因，我都没有放进书中，但这不妨碍它们在我的回忆中闪着小小的光芒。

只可自愉悦，不堪持赠君。

这是我很喜欢的一句小诗，大概能够概括后来，当我想起这些未能收进书里的小小篇章时，那种淡淡的惆怅的心情吧。

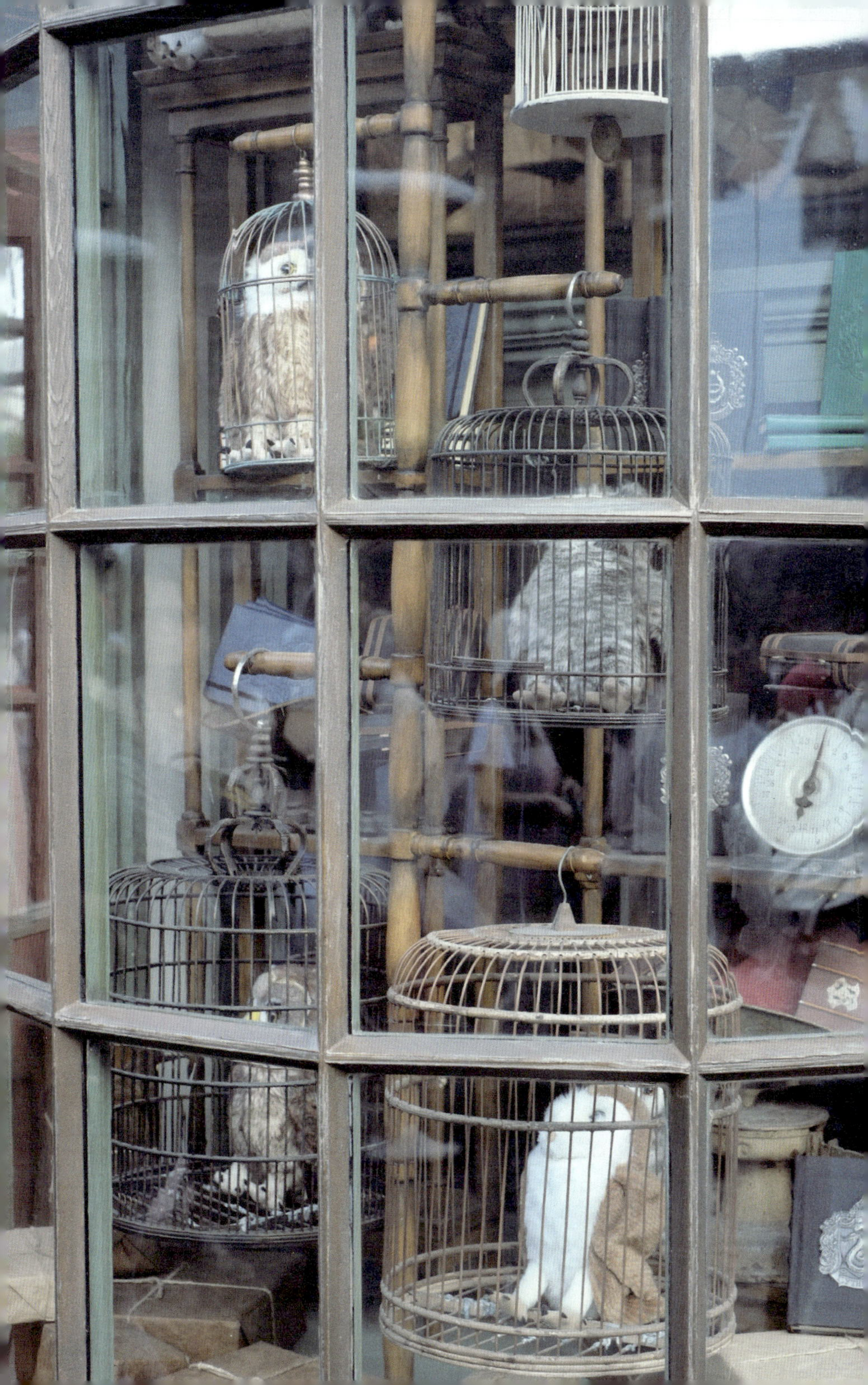

岁月深处的温柔与忧愁

2012年的秋天,某个周一的下午,我和哈希坐地铁一号线去西单逛街,距离上一次来这个地方,已经是一年前。

秋风萧瑟,但还是有很多女生打扮得很清凉,过天桥的时候,我跟哈希说,这个地方跟杭州有个地方有点儿相像哎。

实际上,大城市总是相像的,鳞次栉比的高楼,宽阔的马路,连锁快餐店,街边的木质长椅,花坛和绿化带,在脸上盖一张报纸休息的人,环卫工人,还有永恒不变的车辆鸣笛声。

我问哈希,想想两年前,你第一次在成都见到我的时候,跟现在相比,我有没有什么变化?

她认真地端详了我一会儿说,没什么变化。

我不死心地追问了一句:"有没有觉得我比那时候老了一些?"

她说:"没有,而且比那时候更好看了。"

过了一会儿,她又说:"但那时候你比现在开心。"

两年前的春天,在成都举行国际书展,我受新浪读书频道邀约去做一次访谈。

那时候哈希正在念高三,距离高考只有两三个月的时间了,我们在春熙路附近晃荡了一会儿,还有另外一个女孩,三个人去吃晚饭。

吃完饭之后开了三张发票,我们三个人一人刮了一张,结果她们都中了奖,唯独我没有。

离开之前的那天晚上,我送给她一本书,嘱咐她好好备战高考。

再次相见,是半年之后,我从丽江飞到成都,转机去拉萨,有两天的空闲时间。那时候已经是暑假,我眉飞色舞地带着她们去找那个很有钱的美国小胖蹭饭。

彼时,我刚刚遇到Sean,一个新鲜的世界刚刚在我眼前缓缓铺开,在那之前我从未想象过人生还有另外的可能性。

那是我二十五年来，最开心的一段日子，在街边接电话笑得花枝招展的，如同哈希所说的那样，我比现在开心。

第三次见面，是一年前的北京，工人体育馆，9月末，我已经买好回长沙的机票，我们相约一起去看陈奕迅的演唱会。

在场外等待的时间里，我买了几块小饼干，坐在街边跟她分着吃，我们似乎说了很多又似乎什么也没说，人生大部分时间都用在了这些无谓的事情上。

那天的演唱会有王菲做神秘嘉宾，全场沸腾，我站在椅子上摇晃着朋友给我买的荧光棒，把喉咙都叫破了。

三天以后，我回到长沙。

时间究竟是怎样流逝的，岁月究竟从我们手中拿走了些什么，又给了我们一些什么？

我跟哈希说，我仍然觉得寂寞。这种寂寞是你读了一本很好的书，听了一首很好的歌，看了一场很好的电影，或者谈了一场很有意思的恋爱都无法排遣的，生命的本质就是孤独和寂寞。

我们活着，都想要找到一点儿慰藉。

我们都曾希望有人理解我们，明白我们，懂得我们过往的渴望；我们都希望有人爱我们，认同我们，鼓励我们，知道我们作为一个人的价值所在。这样的机会不是没有，只是太少太少了。

某天凌晨，我醒过来，突然想起在新书《我亦飘零久》中，觉得写的时候太过于诚实，泄露了太多的私人情感，翻来覆去再也睡不着。

过了好久，我告诉自己，一个诚实面对伤痛的人才能进行完整的自我修复。

这一次，我写的不是故事，而是真真切切的人生，而真实的人生，它总是有疮也有孔。

2013

一曲微茫度此生

岁月是一把刻刀

我越来越爱回忆过去,有时候一个人坐在沙发上,沏一壶茶,或者磨点儿咖啡豆,在若有若无的香气之中,思绪便不由控制地飘向了过往人生的某个时间点。

曾经跟一些国外的朋友聊天,他们说,在他们的国家,好像没有人太把年龄当回事,即使年纪很大了,一样可以做很多年轻人喜欢做的事情,旅行、滑雪、念书,甚至是挑战一些极限运动。

他们问我,你多大了?

我摆摆手,有些惭愧地说,二十五岁了。

他们对我的惭愧十分不以为然,二十五岁,真年轻。

有时候我会回头去看一些自己的老照片,高中时用渣像素的手机拍的自拍,大学时化得很奇怪的妆,眉毛又细又弯,非常滑稽。

有段时间特别喜欢在刘海上别一个棒棒糖形状的发卡,有段时间又很迷恋运动风,全身上下都是运动服,有段时间心血来潮剪了个齐刘海,看上去有点儿像金三顺。

二十三岁之前,我真是又土又难看,而当时的我丝毫意识不到这一点。

岁月就像是一把锋利的刻刀,每一刀落在人生中都会带来沉重的痛感,但每一刀过后,我都更接近我理想中的那个自己,由此我知道,女孩子多活一些年纪,真的是有用处的。

我误会了自己很多年,因为我生长在一个清贫的单亲家庭中,从小到大,我没有主动开口跟我妈妈说过我想要什么,一次都没有,所以我理所当然地认为自己喜欢物质,迷恋金钱,我以为它们能给我带来足够的安全感。

直到我慢慢地长大，长成你们现在看到的这个样子，到今时今日，我才真正明白，原来我并不是十几岁的时候，自己以为的那样。

　　原来，在我的价值观的核心中，那些东西一点儿都不重要，原来我不过是想多看看这个世界，原来我不过是希望有人爱我。

　　所以，岁月有什么可怕呢？它把我塑造得越来越接近我心中最美好的样子，它令我懂得在尘世喧嚣中保持静默和质朴，令我释怀于那些我未曾得到或者已经失去的事物。

这是我们的一次机会

二十五岁的我与二十岁的我,毕竟是不同的。

五年前,寂寞会焚烧我,而五年后,我已经与孤独和解,并且在这份安宁中认真地摸索生命的脉络。

我已经不太去想快不快乐的事情了,那毕竟太虚。

我不与陌生人谈及理想,并暗自告诫自己要立足于现实。

我的母亲,她也许不懂什么是理想,但她告诉我要少抽烟,少熬夜,洗完澡之后换下来的脏衣服不要积攒,吃完饭要马上洗碗,晚上睡觉之前要用热水泡脚,这样才能睡得踏实、睡得安稳。

他们那一代人,真正懂得什么是生活。

回到北京之后的第三天,我去电台做节目,为新书宣传,主持人问了一堆问题,但她没有问我,"你为什么要写作?"。

我想,很多创作者都应该思索过这件事。

为什么我们要创作?是因为往事的沉淀?在现实世界里情感得不到抒发?因为我们有梦?

那天北京下大雨,地铁里的人都是一副匆匆忙忙的样子,我拿着一杯红茶拿铁穿行其中,很认真地想了很久,最后得出了一个结论。

写作对我来说,是一次机会,是我与这个世界沟通的一次机会,也许还存在着更多的选择,但我和写作选择了彼此,这是一件双向的事情。

史铁生说,作家应该贡献出自己的迷途。

而我想,借由着文字,我与许许多多这一生都不会谋面的人进行了一次融合与交流,使得曾经困囿在肉身里的灵魂,终于得到了它所渴望的自由。

远方

11月中旬,我跟丛丛分别从北京和长沙飞去了上海,去看昆曲《牡丹亭》,白先勇监制的青春版,全本。

我们等这个机会,等了很多年。

曾经我们都是贫穷的少女,被杜丽娘的扮相惊艳,被咿咿呀呀的唱词唱酥了心,可是现实面前,一张票是大半个月的生活费。

多年后,我们在散场的剧院门口打车,寒风中,丛丛无意中提起你的名字。

她说,无论怎么样,你都不该恨他。

我沉默了很久说,我对他,只有感激,没有怨恨。

惜非约我写一个关于喜欢的人的小短文,区区一千字,我酝酿了十几天,近乡情更怯。

那一年我刚走出校园,而你已经将这个世界的风景都看透。我们的相遇在你看来,再平常不过,但对我来说,却实实在在是平凡生活中的英雄梦想。

我极力克制自己,不要在这段明知道会草草结束的感情中沉沦太深,更何况我们的人生,原本就是那样悬殊。

那一年我二十二岁,不算小了,知道什么事可以做,什么事不应该做,知道有些念想是要销殒的,知道有些情感只能用来怀念,而有些人,注定是要告别的。

我做得很好,你也承认。

丝毫不拖泥带水,干脆利落,堪称完美。

可是后来的这两三年中,透过不少细节,我惊恐地发现,你仍然在无形地影响着我。

你不在我的生活里,可我的生活里,你无处不在。

后来，我旧疾复发，脆弱不堪。

再后来，我从泥沼中把自己拔了出来。

我曾经对自己的人生充满了怨念——为什么我没能出生在优渥的家庭，从小学习高雅的乐器，阅读博尔赫斯、加缪或是陀思妥耶夫斯基的书？

我曾经想，如果我足够出色，到足以匹配你的程度，是不是，我们在一起的可能性就会大一些？

而今，很多问题随着时间迎刃而解，很多不满，我已然释怀。

我能担负自己的生活开销，有相知相伴的好朋友和闺蜜，有喜欢我的读者，我身体健康，尚有力气走远路，我感激我所得到的一切。

离开上海的前一天晚上，我和我们共同的朋友去喝下午茶。

当时下着小雨，幽静的咖啡馆里没有其他的客人，这位朋友跟我谈起那一年的旅行。

他说，当时不认识你，但听说了你。我心想，我真是傻啊。

我笑着说，那时候我年轻，所以比较笨。

但我没说的是，我再也不会那么笨了，再也不会了。

我再也不会那样用力地去爱一个人，哪怕是你。

在我们共同存有的记忆中，我竭尽所能地做了所有我能够做的事情，虽然命运的走向未能与我的预期吻合，我仍能够说一句，我不后悔，也不遗憾。

多年后，当我明白，并不是所有光滑优雅的命运才能被称为好的命运，失望和粗粝之中，也包含着超出想象的力量。

借由着你，我终于望到远方。

谁从远方赶来，赴我一面之约

根据末日论者们对玛雅预言的解说，2012 年的 12 月，会有末世光临。

在年末的时候，我接到通知，要我回长沙准备《我亦飘零久》的新书签售会。

从北京回长沙的前一天晚上下起了大雪，早上起来拉开窗帘，白茫茫的一片天地。

似有千言万语哽在喉头。

14 号晚上我把自己给"毒药"们准备的小礼物拍了照发到微博上。
15 号我私下招待了几个从外地过来的小姑娘。
终于，到了 16 号。

那天清早我就起床化妆，不断有电话打进来跟我说："从早上开始就已经有读者去图书城排队了，"她们在电话里焦急地问我，"舟舟，你什么时候来？"

中午十二点，我从家里出发，二十分钟后，惜非把我从酒店的侧门带上去进了会议室，在那里有一场媒体采访等着我。

不断地有工作人员上来发喜报，跟我讲下面队伍排得很长，几百本书已经售罄。

我站在窗边，心情十分复杂，一方面担心读者为了排队签名不去吃东西，一方面又担心自己待会儿面对这么多人，表现不好。

记者采访时问了我一个问题："你觉得他们为什么喜欢你？"

我想了想说："也许是因为我的存在给他们提供了一种生存的可能性，即使你不屈从于什么，不迎合什么，在这个时代、这个社会保持你自己的价值观，不被大环境同化，仍然可以过着你理想的生活。"

他又问我："你理想中的生活所不能缺少的是什么？"

我说："是自由。"

下午两点钟，签售正式开始，我被工作人员簇拥着从通道进到会场里，那一瞬间，人群里爆发出如云朵般乍起的欢呼和尖叫，我回过头去，站在我身后的熟悉的朋友、编辑，脸上全是与有荣焉的笑容。

那一刻，我想起多年前，我还在读大一，去参加一个前辈的签售会，心里暗暗地想，如果有一天我也能有一场属于自己的签售会，该有多好。

六年后，我真的站到了这里，命运没有辜负我。

有很多读者因为年纪比较小，家里人不放心，就由爸爸妈妈陪着来。有一个父亲站在我面前时，很认真地跟我讲："我女儿很喜欢你。"

还有一些男生，是来替女朋友排队拿签名的，我应承他们的要求，在书的扉页上写上自己的祝福。

还有很多姑娘，排到我面前时毫不客气地对我说："舟舟姐，来抱一下嘛！"

更有夸张地要求我在她的手臂和书包上签名的读者。

感动的情绪一直萦绕在心里，我说过，我不太懂得表达，只是遗憾时间太短，未能与大家从容地交流。

《我亦飘零久》是我的第五本书，其间光是取材就花了一年多的时间，我希望它好一些，再好一些，对得起大家长久以来的等待。

而文字成为作品之后，便有了它自己的命运，我对它们无所谓期盼。

对我来说，能与你们见上一面，亲口对你们说一句谢谢，意义远甚作品的畅销。

[王冠篇]

我的心里有过你

新年的头一个月，我在北京，整天病恹恹，懒洋洋，除了每天下午笔墨纸砚一字排开，练上两三个小时的书法之外，别的什么事情都不愿意做。

某天下午，我决定去看一场电影。

爱戴墨镜的王家卫，2002年时宣布他要筹拍《一代宗师》，到2012年的年底上映时，匆匆十年已过去。

这部电影从上映以来，网上口碑一直两极化。

王家卫的电影里总是会出现一些若干年后还被无数文青津津乐道的句子。

《春光乍泄》里，何宝荣每次一说到"不如我们从头来过"，黎耀辉就会心软。

我看那个片子的时候，最喜欢的一段是他们在厨房里拥抱着起舞，舞步缓慢，悱恻旖旎，那样相爱的两个人，让人忍不住想要流泪。

看《一代宗师》这天，是周二下午，剧场里人很少，我坐第六排中间的位子。

一开头就是叶问在雨中与众人的一场打斗，旁边两个男生已经忍不住评价说好，我没作声。

直到章子怡扮演的宫二出场，少女时期的造型清冷明净，在金楼里摆宴等待叶问的那一幕戏，她后面站着一众浓妆女子，各个旗袍包身，身段曼妙有致。

奇就奇怪在这里，偏偏我的眼睛却撇开那姹紫嫣红，独独落在素净的宫二脸上。

而后她落发奉道，替父报仇，造型是头上别一朵针钩的白色小花，黑色毛领，一张脸沉静得好似一潭死水。

看到这里的时候，我就已经感叹，她这些年的大起大落真不是白经历的。

宫二最后一次见叶问，嘴唇上涂了点点红，她轻声说，叶先生，说句真心话，我心里有过你。

就这一句，生生逼出人的眼泪来。

我都不晓得这么一句朴素无华的话，怎么会有那样撼动我心的力量，其实比起那句余韵悠长的"世间所有的相遇，都是久别重逢"，这一句"我心里有过你"，实在是太平常了。

可这么平常的一句话，让宫二成了仙。

从影院出来，男生们还在从音效、画质、节奏上分析这个片子，我一句话也不插。某人说，总体来说是佳作，但我不太喜欢后半段，小情小调的东西太多了。

我终于开口说，恰恰相反，我就喜欢这种小情小调。

就像多年前，看《春光乍泄》，我对那个壮阔的尼瓜拉加大瀑布的镜头完全无感，若干个日子之后，却还能清晰地记起何宝荣扔下啤酒瓶，反手一把抱住黎耀辉。

是谁抱你，吻你，抚摸你，是谁跟你一同饮酒，醉倒在布宜诺斯艾利斯黄昏的天台。

无用的人生

我终于要谈一下，我最不愿意谈起的那件事。

今春微博上有一位姑娘因为抑郁症自杀了，而去年差不多也在这个时候，走饭因为同样的原因选择了结束生命。

春天是这个病症的高发期，惜非曾经问我，为什么会是春天，明明是春暖花开，生机勃勃的季节。

我想了一下说，我并不知道究竟是为什么，只不过，每一年的春天我都感觉自己看不到下一个春天了似的。

《晨报周刊》的记者通过我的朋友打来电话，很委婉地表示想约我做一期采访。

我接到电话的时候不以为意，笑着问，是什么主题。

明显地能够感觉到朋友在电话那端有些迟疑也有些小心翼翼，他说了一堆诸如"这不是任务，你不想做就直接拒绝，没关系的"之类的铺垫，末了，缓缓地说，他们想做关于抑郁症的专题。

我停顿了一会儿说，你让我想想。

晚上他叫我出去吃饭，一直没主动提这件事，是我自己，告诉他，我愿意接受这次采访。

他的眼神有点儿惊讶，我说其实就我个人来说，我当然不愿意在纸媒上谈论这件事，一旦谈论，就有立场，有立场就会有风险，我没必要给自己找麻烦。

但是为什么，我选择了接受。

我想，就像是我在二十一岁的时候写在《深海里的星星》中的那句话一样：

这世上没有感同身受这回事，针不刺到你，你就不知道有多疼。

2012年我的情绪陷入了史无前例的低谷，我想我真的能够理解那个姑娘最后所表现出来的决然，因为在那段时间，有好几次，我几乎离那一步只有一厘米的距离了。

　　我在失眠痛哭的夜里，在我的微博上写下我的心情，除却关怀的声音，还有一大部分是指责我不够坚强，无病呻吟。

　　在那样的情况下，得不到理解，得不到慰藉，一句指责的话语，几乎可以置人于死地。

　　我曾在极度虚弱的状态下跟我最亲的闺蜜说，如果有一天，我撑不下去了，请你帮我删掉我在社交平台上的所有痕迹。

　　人在那个时候，真的会脆弱得像个孩子。

　　我对我的朋友说，我接受这次采访，是因为我知道这个群体承受了多么大的压力和多么深的误解，很多人说那些选择离开的人是对生命不负责任，可是将心比心地想一想，如果能够活下去，谁不愿意活下去，谁愿意抛下自己的亲人朋友爱人，奔赴死亡。

　　如果我所说的话，我所经历的痛苦和挣扎，能够改变哪怕一个人的想法，能够使哪怕一个人得到周遭的理解和关爱，那么这次采访，就有价值。

　　我们身处一个喧嚣浮夸的时代，主流的价值观只鼓励人强大，鄙夷软弱。

　　而我想说的是，软弱并没有过错，它只是生命形态的某一个折射，在面对自己所未经受的苦难面前，即使不能够理解，但至少可以沉默。

　　人生只是过程，它既无真谛，也无意义。

　　所有不快乐的人，我们都可以用这句话来勉励自己：愿以自己渺小而卑微的力量，去对抗这稀松寻常的命运。

世间所有的相遇，都是久别重逢

看到一张照片，一位穿着大红色长裙，黑色长发编成一条粗辫子的女人坐在一把椅子上，面前放着一张桌子，桌子的对面有一张椅子。

她的容颜已经不太年轻了，于是，对当代艺术并不熟悉的我，并没有认出她来。

接着一位头发胡楂都已花白，同样并不年轻的男人走到那张空椅子前坐下，四目相对之时，奇怪的事情发生了。

她骤然动容，原本沉静如同深湖的脸上，出现了微妙的笑，紧接着便颤抖着流下泪来。

他们伸出双手，在桌子上十指相扣。

这是一场分别了二十二年之后的和解。

这位长衣长裙的女艺术家 Marina Abramović，是南斯拉夫籍，她曾说，一个艺术家不应该爱上另一个艺术家。

然而她遇到了，也爱了，刻骨铭心的十二年之后，又失去了。

那位头发花白的男人，是她曾经的恋人 Ulay，亦是一位来自西德的伟大的行为艺术家。

在年轻时，他们曾经一起创作许多了不起的作品，即使是我这样对当代艺术一无所知的人也略有所闻。

在表演《死亡的自我》时，两人将嘴巴对在一起，互相吸入对方呼出的气体，17 分钟之后他们的肺里充满了二氧化碳，都倒在地板上昏迷不醒。

这一表演探求的是一个人"吸取"另一个人生命的毁灭能力。

1980 年他们还表演过一个作品，一把弓箭，她握住弓臂，他手里握住弓弦与箭，两人面对面站立，箭头上淬染了剧毒，对准她的心脏，一旦有一方松弛，她便会立刻死亡。

这些作品用"同生共死"来形容，绝不为过。

1988 年，两人的感情走到尽头。

她说，无论如何，每个人最后都是会落单的。

他们决定以一种浪漫的方式来结束这段"充满了神秘的力量的关系"，于是他们来到了中国。

以长征的方式，她从渤海之滨的山海关出发自东向西，而他则自戈壁滩的嘉峪关自西向东，两人最后在二郎山相遇，完成了最后一部合作作品——《情人，长城》。

"我们各自行走了 2500 千米，在中间相遇，然后挥手告别。"

我找到当时他们在长城的合影，两人紧紧相拥，他头上戴着一顶写着"中国"字样的帽子，而她穿着红色的衣服。

我看着那张照片，几乎流下泪来。

自那之后，他们再也没有见过面。

时间的指针走到 2010 年，纽约现代艺术博物馆。

黑发长裙的她从一把木椅上缓缓站起，宣告了又一部划时代的艺术作品诞生。

至此，她已经在这里静坐了两个半月，在过去的 716 个小时中，她岿然不动，像雕塑一般接受了 1500 个陌生人与之对视，众多名人慕名前来，有些人甚至一接触她的目光不过十几秒，便宣告崩溃，号啕大哭起来。

唯有一个人的出现，让她颤抖着流泪，那就是 Ulay。

隔着一张桌案，这对曾经一同出生入死的恋人，在分手二十二年之后，他们再度相遇。

世上所有的相遇都是久别重逢，确实如此。

请给我一张企鹅村的永久居住证

《一粒红尘》的进展不是很顺利，焦灼之下，我做了一些稍微有点儿夸张的事情。

首先，我认为是我的工作桌不好，不够大！一张尽责的工作桌应该要能放下以下这些物品：电脑、台灯、绿色植物、书本、文具盒、墨水、水杯、笔筒、抽纸巾、保湿喷雾、香烟、烟灰缸，以及——无数零食！

椅子也不好！一张尽责的椅子应该要让坐在上面的人产生"瘫痪了也无妨"的满足感！

台灯也不好！一盏尽责的台灯应该让人在白天的时候也想打开，沉浸在黄色灯光营造的温暖气氛中！

总之，稿子写得不顺利，都是这些东西的错！

恼羞成怒的我在一个阳光明媚的下午去了宜家，从下午四点一直逛到了晚上九点，虽然意犹未尽，但是必须走了——人家要关门了好吗！

两天后，我坐在新椅子上，面对着设计师们专用的工作桌，和无论白天晚上我都想时时刻刻与它相伴的美丽台灯，我知道，我再也找不到什么借口了。

我感觉到从未有过的空虚，身体里充满了那种打不起精神来做任何事情的疲倦。

于是我给自己买了一套《阿拉蕾》。

收到漫画的那天，我从下午一直看到晚上。

漫画里的阿拉蕾还是那么可爱，整天横冲直撞，一拳能把地球打成两半，宫本武藏能用筷子夹苍蝇，阿拉蕾小姐能用筷子夹起一头牛。

则卷千兵卫博士一如既往地猥琐，同时又是高智商的天才发明家，没有他造不出来的东西。

还有那些同样精彩的配角，小吉，小茜，小雄，山吹绿老师，看到阿拉蕾就害怕的警察们，奸诈的酸梅干超人，还有满地长得像冰激凌的大便，会说话的猪，小狐狸冬贝……

所有人，共同生活在那个与世无争的企鹅村，过着一种真正幽默的生活。

这是我童年时期最爱的漫画，它比《机器猫》要稍微成人一点点，比起《灌篮高手》又少了那么一点热血，比起作者鸟山明更著名的那套《龙珠》，又显得略微幼稚和粗糙，但它能随时让我哈哈大笑，并且因此觉得生活，并没有想象得那么糟糕。

而今十几年过去了，我也算是到了可以话当年的年纪，可是漫画里的这些人物一点儿也没变，没长大，没变老，没有生存压力，没有因为理想与现实的差距而感到失落或者沮丧。

他们还是那么单纯，不跟你讲人生的大道理，没有一个深刻的主题，就在那个村子里，守着各自的一亩三分地，过着知足常乐的日子。

不知道为什么，让人欢笑的东西，有时候也会让人想要落泪。

没错，后来的漫画界，又出了很多伟大的作品，《火影忍者》《海贼王》……其中的主角们是属于他们各自时代的英雄。

但我的内心，是那么的热爱企鹅村，热爱那群单纯得几乎有点儿傻的村民。在我年少时，并不知道，往后很多年，我再也遇不到一本这么快乐——快乐到不掺杂一点儿别的东西的漫画。

当我再遇见它，当我再看到那些童年时就烂熟于心的情节，并因此露出欢畅的笑时，我知道，我已经得到了——那张我梦寐以求的企鹅村的永久居住证。

愿我们都能理解自己的命运

每年的5月，母亲节快到来时，我的手机里总是会收到来自各个商场、网店、品牌的活动信息，然后我便会发一条短信问你，你有什么想要的礼物吗？

每年，你都会回我差不多的内容：我什么都不想要，你自己照顾好自己，少熬夜，少抽烟，我就放心了。

我的问题看起来毫无诚意，你的回答也从不创新，这么多年过去了，我们对情感的表达还是如此的生分、僵硬、别扭。

我在《我亦飘零久》里曾经写过，在去D镇的大巴车上，后座一位印度妇女抱着她的孩子，我回过头看到那一幕之后，无端端地热泪盈眶，因为感觉羞耻，我用披肩把头整个包起来，无声却剧烈地落了一回泪。

大巴车在蜿蜒曲折的山路上艰难地行驶，我从来不知道，回家的路居然是那么那么遥远。

我一闭上眼睛，就能想起我十八岁那年，带着一个红色的水桶和土气的红色拉杆箱，在汽车站，你送别我的画面。

你反反复复地叮嘱我，一定要收好学费，不是个小数目，千万不能丢。虽然你没有明说，但我知道，如果弄丢了那笔钱，无异于要了你的命。

汽车缓缓驶出停车场的时候，我看到你站在暴烈的日光底下，眯着眼睛，朝我挥了挥手。我是多要强的性子，这么多年来我都没告诉过你，那一刻，我在车上不可抑制地流下了眼泪。

从小我就盼望着长大，盼望着逃离那座市井小城，逃离破碎的家庭，逃离孤单、委屈、不被理解的生活，逃离严厉的你。

当年的我不曾明白，我坐上离开家乡的汽车，其实就是永远地离开了我人生中最纯洁而明亮的阶段，永远地离开一个懵懂年少的自己，往后的路，我会越走，越孤独。

欺诈，虚伪，势利，这些并非当年那座小城独有，大千世界，这些就是生存法则。

然而当我领悟到这些的时候，眼前只有一片白雾，回乡的路途，遥远得看不见终点。

在我来到北京生活之前，有一次你去长沙看我，离开的时候我送你去火车站，你进了大厅之后我看见你的背影在人群中抬起手来，动作像是抹泪。

十几分钟之后，我收到你的短信，你说："我上车了，有座位。"

又过了一会儿，我收到一条更长的短信，你说："不晓得怎么搞的，每次从你这里走，我心里总是好不舒服，不晓得下次再见你是什么时候。但是你从家里走，我又不会难受，总感觉你是出去闯世界去了。"

我握着手机，心里难过得不知道回什么好。

我小学三年级时，你去开家长会之前，难得地化了个妆，我随口说了一句，你的脸怎么涂得这么白啊。

至今我都记得你当时慌张地从镜子前转过来看着我问，是不是太白了？

开完家长会回来，你一天没理我。

很正常，我一直不是老师喜欢的那种小孩，你以为会在老师表扬的学生名单中听到我的名字，实在是自作多情。

后来的十多年里，我再也没见过你化妆，只是不断地听你在电话里提起，说自己的头发又白了多少。

我知道，你越来越不自信了。

去年我给你买了一整套化妆品，粉底液、睫毛膏、口红、卸妆油……我耐心地教你怎么用，企图让你明白一个女性无论到了什么年纪都有把自己打扮得漂漂亮亮的权利。

但你只说，人老了，不用浪费钱了。

我想你不会知道，我愿意拿出我毕生所得，只要上天愿意把那个在镜子前把自己涂得一脸雪白的妈妈还给我。

我总是在想，当年你逃离你的母亲，后来我又逃离你，将来如果我有孩子，是不是他也会逃离我。

我总是在想，那些自你的血液里遗传给我的东西，将来会不会我也遗传给我的孩子。

但如果未来真的如我所预料的这样，我也会和你一样，目送着他的背影离我越来越远，走进一个我所无法了解的世界。

我也会和你一样，深深地理解并且接受，这就是我自己的命运。

那种赤诚，也是爱情

三年后我故地重游，住的还是老朋友的客栈。

刚进客栈，就看到一个染着黄色短发的姑娘从我面前走过，我连忙喊住她，请问那谁在吗？

姑娘冲里面仰了仰脸，大声喊了一句那谁的名字，然后我的老朋友从里面走出来，欣喜地看着我说，哎哟，舟舟姐来了。

我也很激动地说，哎，你真是一点儿都没变，跟我认识你的时候一个样子。然后，再贱兮兮地补一句，你看我就不一样，我比你刚认识我的时候漂亮多了。

当时，我根本没把这个短发姑娘跟她三年前的样子联系起来。

三年前，我在客栈住了半个月也没有发现这个女孩子的踪迹，直到某天晚上，我因为情绪波动太大，发了条短信给老朋友说："我能不能过来找你聊聊天？"

他干脆地说："来。"

为了避嫌，我特意把房门打开以证实我们的确是清清白白的朋友关系。

那时候，我满心的忧虑，全是关于感情。

老朋友缄口不言，我也沉默不语，很明显，我并不需要安慰，甚至不需要人倾听，我只是不能一个人待着，否则就会不能自抑地哭起来。

夜越来越深，我打算再抽一根烟就回房，就在那时，一个姑娘闷声不吭地走了进来。

我真是震惊了，没绷住，连续"啊"了三声，深深地为老朋友金屋藏娇的本事感到折服。

老朋友的反应很淡定，只问了一句，输了赢了？

年份久远，我已经记不得那天晚上她回答了什么。

只是从那天起,我知道了这个人的存在,知道了她早出晚归,奋战在牌桌上。

离开那里的时候,我忍了又忍,终于还是没有问我老朋友,你到底是真的爱她,还是为了打发寂寞?

这几年的时间里我们没有再见过面,偶尔打电话联络感情的时候,他会告诉我:"我跟家乡那个女孩分手了……舍不得,当然舍不得,但有什么办法?她跟我要 Mini Cooper,对了,我正好想问你,Mini Cooper 是什么东西?"

我说:"是车。"

他又问我:"多少钱?"

我说:"三十多万吧。"

他说:"我去,还真贵。"

那一年他二十五岁,榨干自己也未必买得起那辆车。

又过了一段时间,他打电话跟我说:"我可能要结婚啦。"

我知道对方就是那时候藏在他房间里的那个姑娘。

其实在我心里,隐隐约约地觉得他们并不相配,有点儿可惜,我觉得,他可以找到更好的人。

这一次见面,她已经是干练的老板娘了,会接待客人,会指导阿姨打扫客房,会算账,会处理人际关系,在闲谈时,义愤填膺地告诉我,谁谁谁还欠客栈多少钱,谁谁谁每次带人来住了又不给钱。

她在跟我诉苦的时候,我忽然明白了一件事。

她是真的爱着我那位朋友,没错,她没念多少书,只喜欢打牌,不懂生意场上那些明的暗的规则,你可以说她眼界低,没见识,但是她是真真正正地为老朋友考虑所有事情,谁欠她老公钱,就是欠她,谁欺负她老公,就是欺负她。

她那份毫不迂回的赤诚，让我心生敬意。

谁都听过猴子掰玉米的故事，很多人都觉得再走一段路，会遇到更大的玉米。

正如当年我觉得他完全可以找到一个条件比她更好的女生，现在我只觉得，他也许无法再找到一个比她更爱他的人。

搬家记

6月的一个清早,我在睡梦中收到丛丛发来的一条语音微信:"家妹啊!晴天霹雳啊!要搬家啦!"

连续熬了三四个通宵写《一粒红尘》的我,在听到最后那个"搬家"的词语时,瞬间从床上弹起来,恢复了理智。

理性的我只维持了几秒钟的镇定之后,便爆发出一声哀号:"天哪,我的命为什么这么苦啊!"

一个电话打过去,丛丛三言两句就把我们面对的困境总结完了:"房东要把房子收回去,只给我们一个礼拜的时间,你现在马上订机票回来,一分钟都别耽误。"

于是我在两只眼睛都无法对焦的情况下打开了订机票的网站,一边流泪一边火速付款,转眼间一千多块钱就从我的账户里消失。

深夜11点,飞机从首都机场起飞,升空的时候我无意中往舷窗外看了一眼,那灯火辉煌不夜城的画面再一次震撼了我。

毕竟是北京啊,夜航过这么多次,我还是觉得首都的夜景最壮观。

壮观归壮观,但论亲切和归属感,在我心里,世界上再没有哪一座城市比得上烟火气息的长沙。

一下飞机，我就被南方城市特有的那种潮湿空气所包裹住，皮肤上立刻有了一种黏稠的感觉，鼻腔里所呼吸到的也是植物的气息。

两三年前，我还是一个特别纯正的文艺青年，经常会在深夜里坐在窗台上一遍一遍地听彭坦的《南方》，开头他一唱"我住在北方，难得这些天许多雨水，夜晚听见窗外的雨声，让我想起了南方"，我就开始哭，委屈得像是自己被人绑架到北京来的似的。

后来我丢掉了那股子矫情劲，长沙北京两头跑，在南方的时候尽情享受闲散轻松，在北方时认真努力工作，我觉得这样也没什么不好。

回到小区，熟悉的餐馆还没打烊，老板娘一见到我就很惊喜，哎呀呀，好久没看到你了，吃点儿什么？

招牌过桥牛肉，酱汁芬芳鲜辣，只要一动筷子就停不下来，我吃得大汗淋漓，差点儿就忘了这次回来的重大目的。

啊啊啊，我是回来搬家的！

第二天清早下楼嗦一碗粉，然后直奔中介。我把要求对中介大妈一讲，她眼珠子一转："行了，妹子，我知道你要什么样的房子了，交10块钱看房费，我带你看房子去。"

不得不佩服她们这个年纪的女人，能干，爽快，干脆，都活成人精了。才一个上午的时间，我已经找到了合适的房子，不仅比从前的楼层低，而且距离菜市场才几十米，楼下还有一眼望不到边的消夜摊子，让我含泪说一句——人间的天堂！

搬家最伤感的环节并不是找新居，而是整理行李，这也是我这几年到处辗转漂泊的一件痛心之事。

很多东西，带走的话，很麻烦，不带走，情感来说实在是舍不得。

旧杂志，旧书籍，发黄的被褥，旅行时心血来潮买的小玩意，读者写给我的信，朋友买给我的水杯，从大学开始一直用的漱口杯，穿得底都薄了几厘米的塑料拖鞋，还有练过书法的毛边纸……

朋友在旁边说："有些东西拿不了的话，就丢了吧。"

我说："你不懂。"

当年离开家乡来长沙读书，我妈把一沓厚厚的学费用一个肥皂盒装着，藏在红色的塑料水桶里，千叮咛万嘱咐我千万要小心，这一幕仿佛还发生在昨天。实际上，四年的时间里我在长沙已经前前后后搬了五六次家。

三搬如一烧，很多旧物件，就这样被遗留在时光洪荒里。

我望着墙上的长颈鹿贴纸，突然之间，很想好好哭上一场。

晚上跟惜非在网上聊天，谈起《一粒红尘》开篇，叶昭觉和简晨烨搬家的那一段，我说我突然明白了为什么叶昭觉那么穷凶极恶地想要一套属于自己的房子。

不外乎，是来自一种安全感和归属感的需求。

她说："那么，你有什么新想法吗？"

我说："搬完家之后，我有一个明确的感觉，叶昭觉已经住进我心里来了。"

命运太深奥

某天一个朋友问我："能给我看看你写的那本《深海里的星星》吗？"

我有点儿不好意思地说："那是刚刚毕业的时候写的作品了，太青涩也太稚嫩，不好意思拿给你看。"

他说："行，我不看，那你给我讲一下大概是个什么样的故事吧。"

我想了一下说："那会需要很长的时间，才能讲得完。"

两部《深海里的星星》历时三年才终于画上句号，前后加起来差不多有三十万字，还不算那些被毙掉的部分，程落薰那轰轰烈烈而最终又归于平凡的青春往事，那些错综复杂的人物关系，那些也曾真切发生在我生命中的过往……当我将这个故事口述出来的时候，我才发现，我竟然一点儿也没有忘记。

任何的细枝末节，哪怕一个打酱油的小角色，我都没有忽略。

并且，在重新叙述这个故事的时候，当年很多我自己都没有弄明白的东西，从故事里跳脱出来，忽然之间有了答案。

朋友问我，程落薰到底爱没爱过许至君呢？如果没有爱过的话，她为什么要和他在一起呢？

我沉默了很久，说，大概她自己也没弄懂，或许爱过，但不及爱林逸舟，或许只是另外一种不那么激烈的爱，但总而言之，自始至终，她都是希望这个世界上有人毫无保留地、真切地爱她吧。

朋友又问，那她和陆知遥的关系呢？

我想了想，陆知遥对程落薰来说，是超越爱情之上的存在，他的身份像一盏指引的灯多过像一个爱人，在遇到他之前，程落薰几乎是一个没什么追求的女孩子，除了爱情之外。她的生活里基本上没有什么重大的事情，而陆知遥将她带去了一个她从前想都没有想过的世界，她忽然明白，原来生命可以很辽阔，原来人还可以以这样的方式去生活。

除却爱情的部分，还有程落薰跟康婕之间起起落落的友情。

多年前我自己也是性情刚烈的姑娘，凡事一定要表明立场，世界在我眼中非黑即白，非友即敌，没有中间地带。

那时候我很容易为了一些小事情跟朋友闹别扭，接着便是漫长的冷战，我把决绝当美德，从不肯主动示弱，我把内心真正的歉意和愧疚藏起来，为了所谓的尊严，和许许多多其他的愚蠢的理由。

然而时间一点点过去，岁月像是滴水穿石，我竟然也生出了些柔软来。

再想起当时写康婕对程落薰的背叛，我对她也有了悲悯，说到底，谁一生中没有爱过不该爱的人呢？谁没有过那么一瞬间，想挣脱一切束缚，只为了遵从于来自内心最真切的渴求呢？

程落薰只是更幸运一些罢了，她爱过的人，刚刚好也都多多少少地爱过她。

康婕比起她来，少了一些运气，所以才多了一些代价。

在写《一粒红尘》的人物设置时，我给女主角叶昭觉也配了一个特别要好的闺蜜邵清羽。

在最初的设定中，邵清羽是整个故事里所有女生当中最单纯、最无害的一个角色，她家世优渥，从来没尝过物资匮乏的滋味，一心一意只想跟相爱的人组建一个小家庭，逃离继母的刁难。

然而故事越写下去，之前的人设就越站不住脚，一个从小就跟后妈勾心斗角，从小就擅长察言观色的女孩子，她如何可能长成一个单纯无害的成年人？

于是，故事越写到后面，邵清羽跟叶昭觉之间的矛盾冲突越加激烈，这是我一开始完全没有料到的。

如果你问我，为什么要写作，这或许就是一个原因。

小说的迷人之处在于，你笔下的人物能够帮助你挖掘自己的内心，挖掘出更多的人性，当你意识到你既是一个创作者，又是一个执行者的时候，这些人物便都已经有了属于他们自己的命运。

我喜欢把每个人生阶段自己对世界的认知，对生命和人性的领悟，用文字的方式呈现出来。

年纪越大，我越明白一件事，生而为人，力量实在很渺小，而命运本身，又太过于深奥。

那么唯一可以做的，便是真实地写下他们，若干年后回头看这些字，我希望我能够说，即使再来一次，我也无法做得更好了。

你背影那么长，一回头就看见你

在《一粒红尘》中，齐唐问叶昭觉："你很喜欢钱吗？"

这不是一个容易回答的问题，尤其是提问的这个人与你的关系处于一个非常微妙的阶段时，更是要斟酌再三，才能妥善地交付出自己的答案。

但是叶昭觉，她毫不掩饰地说："是的，很喜欢，非常非常喜欢。"

她不同于之前我写过的任何一个女主，那些姑娘当然很美好，她们倾尽所有，只不过是希望得到一些温暖和爱，而叶昭觉，与她们相比，她未免显得太过于庸俗。

但我仍要说，我爱叶昭觉。

我爱她的独立和坚忍，爱她从不粉饰自己对金钱和物质的渴求，我爱她表里如一，也爱她脚踏实地——从来没有一个女主角，在灵魂上与我如此亲密。

我从十六岁开始写字，十七岁在杂志上发表第一篇小说，距今已经有差不多十年的时间。

从创作的角度来说，我必须诚实地承认，一个写作者能够写得最好的，也最感染读者的，一定是他本人的经历。技巧是一回事，情感是否真挚，才是一篇文字、一本书，最关键的因素。

所以你看，我写得最深入人心的永远是那些为了爱奋不顾身的女孩，那些把伤口藏起来，不让别人发现的青春，还有那些荒芜和赤贫的岁月。

从小到大我都不擅长向别人索取什么，别人愿意给我，我就接受，别人不愿意给我，我也只会眼巴巴地看着。

但是，我也有喜欢的东西，我也有我的虚荣心啊。

我不能向妈妈开口要钱，所以必须自己想办法。

在高中时期，我的确做过一些令人瞠目结舌的事情，比如下课之后去每个班收集矿泉水瓶和易拉罐，还有同学们的草稿纸和废试卷，放学之后我会拖着两个巨大的黑色塑料袋去学校附近的废品回收站卖掉，赚零花钱。

至今我还记得当年的价格，矿泉水瓶五分钱一个，易拉罐一毛钱一个，废纸四毛钱一斤。

这样的特立独行当然也为我招来过一些流言蜚语，直到我来到长沙读大学。

有一天上网，我的好朋友七七在QQ上问我："你认识谁谁谁吗？"

我说："知道这个人，怎么了？"

七七说："她说你以前在学校的时候是个捡垃圾的。"

很难形容出我当时的感受，有一点儿无奈，更多的是屈辱，那种一个好大的穷字刻在脑门上的屈辱。

好半天的时间，我都不晓得该怎么接话，但是还没有等我做出回应，七七又发过来一段话："我跟她说，葛婉仪是我的好朋友，我知道她卖废品的事情，但我不觉得这有什么不光彩，她靠自己的双手赚干干净净的钱，我为有这样的朋友骄傲。"

这么多年过去了，或许七七已经不记得当年这点儿小事，但我记得。

现在我的生活已经发生了很大的变化，可以想吃什么就吃什么，可以买很多自己喜欢的东西，去从前只能在地图上看看的地方旅行。我有很多好朋友，还有很多支持我的人，不会再让我受那样的委屈。

不不不，我没有丝毫想要炫耀的意思。

我只是想说，即使我拥有了这么多，那个拖着塑料袋去废品站的女孩，那个后来在我的作品里，以叶昭觉的面目出现的女孩，直到现在，我一回头还是能很清楚地看见她的背影。

若不是爱过最终又失去

有一天晚上，很晚很晚了，我在看书，一个失恋的朋友发短信来问我："睡了吗？我想跟你说说话。"

那是凌晨三点的春天，电话里都能听见大风呼啸的声音，我那个朋友坐在一个我不知道是什么地方的路边，声音听起来前所未有的沮丧。他反复地问我："你觉得我应该怎么办……那你说，现在该怎么办？"

我握着手机，艰难地遣词，希望自己说的话能够稍微减轻——哪怕是一点点他的痛苦。

只要爱过的人，都会明白，别人说再多劝解和安慰的话，都不过是隔靴搔痒。

纵然故事的细节不同，但我们对痛苦的感知是一样的。不会因为这个世界时时刻刻在发生着更大、更沉重、更"值得"痛苦的悲剧，我们自身的痛苦就变得微不足道了。

它还是在那里，还是很痛。

挂掉电话之后，我站在窗口看着外面漆黑的夜。

所有的窗口都黑了，全世界好像只剩下我。

那样的时刻，我也有过。

隔着时光看回去，我似乎一直是个不懂得如何去爱的姑娘，彼时彼刻，我看到自己不那么美丽的面孔，带着一些笨拙和青涩，带着对爱情的向往，也带着对爱情的质疑。

如果能穿越到过去，我想告诉那个青涩的自己，没有人生来就会爱，没有人生来就懂得如何玩弄辗转腾挪的技巧，没有人生来就知道在面对爱情时，怎样的选择才是正确的。

因为那些不够温馨，甚至可以说是残酷的经验，我们才会在某一个时刻，绝望地说，我再也不会相信爱情了。

将近半年的长途旅行结束后，我回到长沙，农历新年的那天晚上，我跟闺蜜坐在一起,一边剥着一个橙子一边说,我遭遇到了人生有史以来最重大的危机。

她看着我,静静地等着我把话说完。

二十四岁这一年,某个清寒的早晨,我在异国的车站,看着周围不同肤色的面孔,说着我听不太懂的语言,那一刻我忽然发现,原来我孤独了这么久,原来我心里已经没有了爱人。

过去,是我不明白,以为把生命的重量全压在爱情上才是获得救赎的唯一途径,直到所有的幻想破灭,直到所有爱过的人都成为云烟。或许爱情也觉得无辜,它并不能够承担这么沉重的期许。

在我沉默很久之后,闺蜜看着我,笃定地说,那个人应该就在路上了,不要灰心。

我还能再相信吗?其实我也不知道,但如果不相信的话,就一点儿可能性都没有了吧。

诚如我在电话里对我朋友说的,我们不可能得到人生中每一个喜欢的人,这是我们必须接受的事情。

若不是我们曾爱过,又失去过,怎会懂得最终的来之不易。

有一个男生在谈起自己女朋友的时候,曾对我说:"我是那种每一次恋爱都会全部投入的人,虽然至今为止只有两次,但我确信以后还是这样。"

听到这里的时候,我还很不以为然,不过是小孩子意气般的宣誓,然后,他顿了顿,接着说:"但我希望,没有以后了。"

那是我迄今为止所知道的对爱情最美好的诠释,足以让我们这些爱过几次就叫嚣着"我绝望了"的人汗颜。

命运会奖赏那些一直坚定的人,只要你依然相信爱,依然相信自己值得被爱。

桃花依旧笑春风

时隔三年,我又来到了丽江。

比起三年前声势浩大的两箱行李,这次我很随意也很简单,总共也就带了几身换洗的衣服,两本厚重的书,其他一些零散的东西装在一个洗漱包里,加上一贯必带的笔记本和相机,总共,就这么多。

去往机场的时候,晨光熹微,北京刚刚显出它的轮廓。

我一路上都很沉默,比起二十出头时出行难以掩饰的兴奋和雀跃,如今,在经历了无数次的离开、迁徙、搬离之后,我终于有了一张所谓的成年人应该有的淡然面孔。

我唯一感到担忧的是寄养在朋友家中的那十几盆多肉植物。

在丽江落地时,我给阿牛哥打电话说,我到了。他的普通话仍然带着很严重的口音,与我当初刚刚认识他的时候没有什么区别。

坐在去往古城的车上,往昔的一幕幕从记忆深处争先涌出,我一直以为自己已经忘了,或者说,我一直在强迫自己忘记。

忘记曾经走过的每一条石板路、大同小异的店铺,忘记鲜艳的植物、蓝天白云,忘记某一个路口和曾经坐在那个路口等我的人。

直到我的双脚真的踏上这片土地,这时我才明白,其实我一直以自己的骨血供养着这些回忆。

几年前我在厦门跟一位台湾大叔聊天,他跟我讲,人一生的精力十分有限,因此在年轻的时候,尽量不要走重复的路,不要把时间过多地用在曾经去过的地方。

我很虚心地听从了他的建议,于是活成了一头饮弹的动物一路奔跑,从不回头。

三年后我所看到的丽江,与三年前有什么不同吗?

这几年,关于这里的电视剧和旅行书籍层出不穷,丽江更红了,游客也更多了，三年前我从大石桥上过去只能侧着身，而现在，我远远地看一眼就会转头回旅馆。

当初只有新城有一家KFC，现在连必胜客都开起来了。

有几家旅馆起过火，老板不知所终，我在七拐八绕的古城里转着转着就看到了一片燃烧过后的废墟，焦黑的木头，烟熏过的墙壁，厚重的灰尘。

我想了想，摁下了快门。

回旅馆跟阿牛哥聊天，问他，现在每天都这么多人吗？

他一边沏茶一边点头，是，现在已经没有淡季旺季之分了，每天都是旺季。

在这个地方，这么多南来北往的人之中，不乏养眼的同性或者异性。

吸引很容易但谁会在一千天之后重新来到一切故事开始的起点，谁有这样的勇气去缅怀一段与生命等重的情感。

我有。

只有真正失去过的人，才知道失去是什么意思。

某一种理想的生活陡然毁灭，在相当长久的时间里，只有朽木和焦土作为它曾经存在的依据可供追寻和缅怀，就像我拍下的那座大火之后的旅馆。

曾经最喜欢的那个地方，再去一次，最大的可能性就是幻灭。

可我真的非常，非常，想念这里。

不是电视剧里的丽江，不是旅行书籍里的丽江，不是各种香艳传说的背景丽江，不是男男女女拿着酒瓶在暧昧的灯光中眼神来往如织的丽江。

我想念的是，在我二十二岁时，第一次真正意义上的长途旅行。

我想念的是背着小背篓，跟在阿牛哥身后，嘻嘻哈哈地去市场买菜。

我想念的是8月的夏季夜晚，有人弹着吉他唱《加州旅馆》，深夜里，所有店铺都已经打烊，我们牵着手去吃牛肉面。

每个古镇的样子看起来都差不多，重要的是，你的故事发生在哪里。

三年后，当初一起合伙开旅馆的人已经走得只剩阿牛哥，其他的都已经回去故乡，结婚，生子，做点儿小生意养家糊口。

当初愣头愣脑的阿牛哥，现在俨然一副老板的模样，我们聊起当初的那些人那些事情，彼此都有些唏嘘和伤感。

某天下午，我说，阿牛哥，再带我去市场买一次菜吧。

后来我把那张背着背篓的照片传到了微博上，我说，老熟人应该都记得，以前我也有过一张同样角度的照片。

不同的是，背上的背篓换了。

生活在肉眼看不见的缝隙里顽强生长，没有因为谁不在了就改变它的模样，我知道生活原本就是这个样子，只是——有些人，已经彻底从我的人生中消失了。

[王冠蕎]

知道自己要去哪里的人，
才最有力量

2012年的最后一个周末的晚上，我收到大黄的短信，他说："舟舟同学，别太难过。"

事情的起因是他发了一条看起来心情很低落的微博，我去留言给他说："我也不开心。"

其实并没有什么具体的事情引起我们的负面情绪，如同大黄所说："我不快乐是老毛病，你呢？"

我说："都一样。"

然后他说："我在印度被抢了，一无所有地回来了，你知道这事吧？"

我吓一跳，问清情况发现跟我另一个朋友的遭遇如出一辙，也是新德里，也是连单反带护照加现金，什么都不剩。

我想了一会儿说："我现在在北京，要不见个面？"

我与大黄相识于三年前，新浪读书做了一个"美女作家"的专题，他看到我的介绍觉得这姑娘挺有意思，一来二去就熟了。

那时我的微博粉丝只有四五百人，每条微博的回复也只有寥寥十几条，但我玩得挺开心，经常在评论里跟读者互动。

我们都喜欢旅行，都喜欢摄影，当然他拍得比我好得多，经常在QQ上给我指正不足，他跟我说："你秋天有时间来北京吗，我带你去拍照。我知道一个地方，到了秋天遍地金黄，非常美。"

但我们一直没有见过面。

最近的一次，是2011年的夏天，我们先后到达西宁，我住在桑珠青旅，他住在西宁驿，晚上他在微博上给我发私信说，过来喝酒吗？

我想了想说算了，懒得动了。

没想到就因为这么懒一下，便错过了见面的机会，第二天他就背包去了拉萨。一个礼拜之后我收拾好行李独自去敦煌,在微博上看到他发了一张照片,风尘扑面的模样,坐在车上,目的地是尼泊尔。

而后我在南亚晃荡,他在沙漠跋涉,我在照片里总是穿着东南亚风情的阔腿裤子,而他的装束永远是冲锋衣,大背包,登山鞋。

都是生活在别处的人,理所应当,我们联系得很少。

我不知道是不是每个人的一生都有这样的机会,收获这样的朋友,生活不如意时,想到还有这么个人,心里便觉得温暖、踏实。

大黄曾经说想去买我的书,被我阻止了。

我说,作者是作者,作品是作品,不见得读了我的作品就能了解我。

那是我出了《深海里的星星II》之后的事情,听我这样说,他便不再坚持。

直到我出了《我亦飘零久》,终于,我跟他讲:"我寄一本给你,现在你可以读读我写的东西了。"

因为这不是单纯的作品,这是我的人生。

我说,我相信这个世界有多少人追名逐利,就有多少人理想主义,有人对这个残破的现状多没有耐心,就有人对比现在好一百倍的未来多有信心。

那天晚上睡觉之前,我想了想,又去他的微博页面留了一句话:哪有什么胜利可言,挺住就是一切,我们都要挺住。

知道自己要去哪里的人,才最有力量。

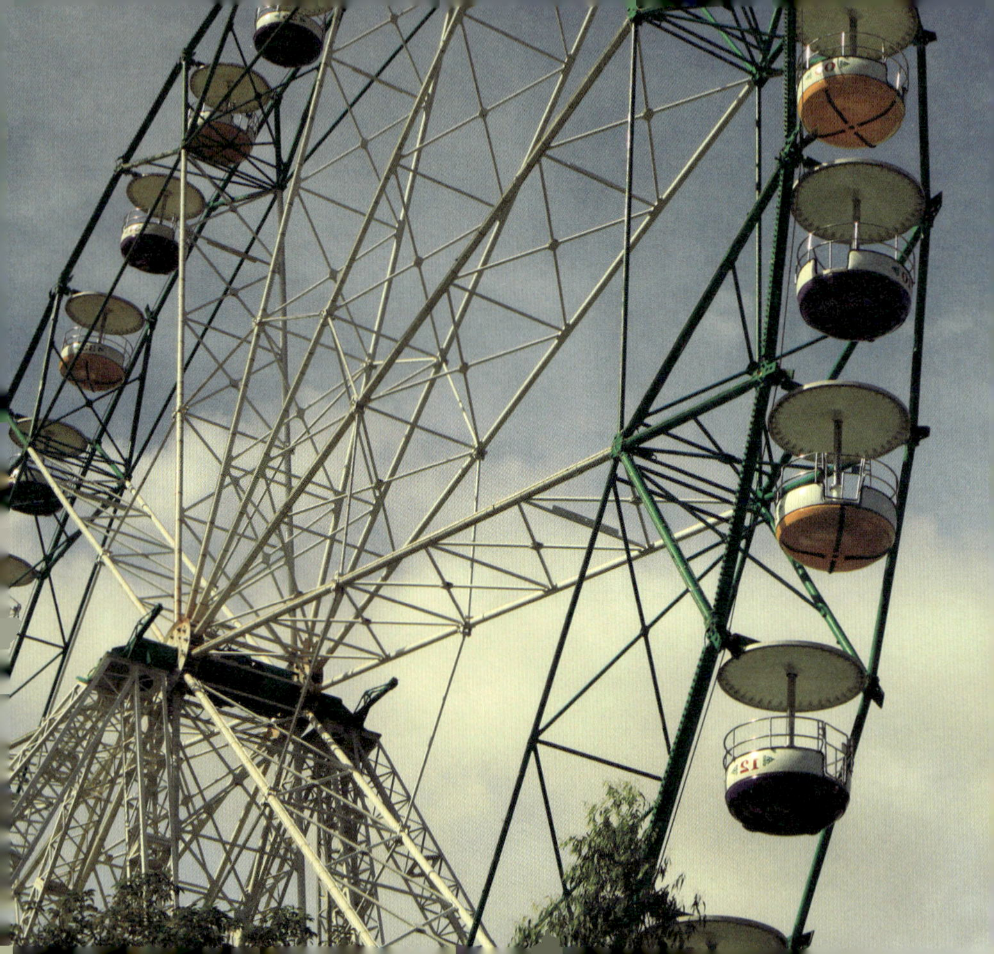

THISTLES

年轮篇

THORNS

只想成为一棵树，为岁月而生长

2014，独木舟问葛婉仪

今年的年终总结，是独木舟问葛婉仪，也就是我自问自答啦。有个人小数据，也有一些真实的内心感悟，以及必须对自己坦白的提问。有时候我觉得，人最大的怯懦，并不是与别人共处之时，而是面对自己的片刻。你不知道你心里的暗与光，除非你问自己一些问题，并强迫自己回答。这些年一直保持着随身记录的习惯，到年末的时候回头一看，所有发生的事情都那么清晰地刻成了生命的年轮。而我就像一棵树，只为岁月而生长。

希望一年到头了，你也能问自己一些问题。

这一年，我的生活不能说是不混乱，也不能说是不辛苦，反正到了这个节点上坦白自己的一些感受，对我来说已经不会影响心情或者斗志了，所以——在年末我要大声喊出来：今年差点累死我啦！

回头想想这一年真是过得兵荒马乱，前几天跟朋友下午茶时还聊起，我说上半年我好几天才睡一次觉，其他时间都在干活儿，能活下来全凭意志力。

因为不算太聪明，恐怕一生都难以成为事半功倍的那种人，所以只好在别人休息的时候努力多爬几步，说起来……就是龟兔赛跑里的那只乌龟嘛。

但成长，往往就是在那慢慢的、一步一步的、爬行中，逐渐获得的。命运没有给我提供温暖和安逸，但粗糙和坚忍才使我更有力量。

新的一年已经到来，但愿时间不负你我，最终的时候，我们都可以说：因为我付出的心血和努力，我配得到这更好的一切。

个人小数据

今年读书时间太少了，读完的书可能不到 30 本。跟读书的问题一样，电影看过的可能不超过 30 部。

今年微博总量，删删减减的，到现在应该是 247 条左右哟。微信

好友则从 80 增长到了 236。

平均的睡眠时间，我之前粗略核算过，一年之中，我的睡眠时间可能比正常人少一个月左右。工作量少的时候一般是晚上 3 点睡，上午 11 点起；工作量大的时候，是连续通宵。

平均每天多少时间在跟人交谈：交流的高峰期是在白天 11 点之后到下午 7 点之前，7 点以后有些零碎的交流。

自己独处的时间：每天都必须有几个小时的时间自己一个人待着，如果有朋友聚会，那么独处的时间会放在夜里 12 点——凌晨 4 点。（这个时间点不想独处也没人跟我共处……）

跟去年此刻相比体重身高变化：身高没有变化，依然维持在 168 厘米，没有成为巨人。签售会期间因为胃口不好，体重减轻 10 斤左右，但具体数字我是不会告诉你们的！想都别想！

独木舟年终 Q&A

Q：年度觉得自己做不了但完成了的事情是哪件？

A：有一次……吃了三十个多饺子！

Q：年度觉得最正确的一句话是什么？

A：天赋决定一个人的上限，努力决定一个人的下限，以大多数人的努力程度之低，根本轮不到拼天赋。

Q：年度推荐去处是哪儿？

A：三里屯有一家喝英式下午茶的店，有次朋友约在那儿谈事，很意外地发现没有 Wi-Fi。店员说："我们这里就是要让大家暂时放下网络，面对面聊天。"

Q：说一下年度到现在为止还记得的梦。

A：梦见，在这个星球上有一个岛，全世界所有的人丢失的东西都能够在那个岛上找到，只是没有人知道它的存在，也不知道要如何去寻找。后来我就把这个梦写成了一个脚本，也就是年底跟 LOST7 合出的《孤单星球》。

Q：年度演出是哪场？

A：孙燕姿的《克卜勒》巡回演唱会。

Q：分享一下年度认识的新知识吧。

A：应该就是轻杂志吧，被我称为会唱歌的微信，哈哈哈。

Q：年度过节方式呢？

A：在北京跨年，约了几个好朋友一起看好妹妹乐队的现场。我本身不是太爱热闹，一般节假日都是避着人群，待在家里，所以倒也没什么印象特别深的假日体验，反正过什么节就要相应吃什么，这一点还是值得坚持的！

Q：年度礼物都有什么呢？

A：收到的有几样印象特别深。

一个是我之前在微博上无意中看到的几个杯子，很喜欢，但没得卖，后来过了小半年，有个妹妹给我寄了个快递，我拆开一看就是那几个杯子其中的两个。

还有一个是一张世界地图，有涂层，每去过一个地方就可以用硬币把那一块版图刮出来，送的人很有心。

Q：年度觉得最好笑的事是哪件？

A：就是有天，我有个好朋友跟我讲，她一个同事，几年前见过我，看到我现在的照片，坚持说我一定整容了。我这个好朋友为了我的尊严跟她同事据理力争，两人吵了一架。我现在想起来还是觉得好好笑啊。

Q：年度最生气的事是哪件？

A：最生气的事情就是那次飞北京做签售会，前前后后用了二十多个小时才从长沙到了北京，特别特别生气的点在于自始至终航空公司都没有给乘客一个交代，连最基本的道歉都没有。

Q：年度口头禅是什么？

A：我的心好疼的，真的好疼的。

Q：分享一下年度新饮料、新美食吧。

A：因为身体缘故，我一般都是喝热饮，喝得最多的就是美式咖啡和生姜茶。我觉得最好吃的东西就是我妹妹穿越了半个北京城、放在书包里一直揣着、拿出来的时候还微热的糖炒栗子，我吃了三天都没吃完，舍不得吃完。

Q：今年最喜欢的电影是什么？
A：《星际穿越》，看了三次。

Q：今年的旅行中最喜欢的地方是哪里？
A：暑假签售结束之后去了一趟日本，时间也不长，就在京都啊、奈良啊、大阪稍微待了待，走马观花的那种。最喜欢的是京都。

Q：今年最沮丧和懊悔的事情是什么？
A：嗯，是关于感情方面的，不想详细说。
总之，希望我喜欢过的人都生活得好，平安，顺遂，万事如意。

Q：今年最开心的事情是什么？
A：此处是否应该很接地气地说"赚了一点儿钱呢"？哈哈哈哈哈……其实今年我最开心的一件事就是终于决定回北京。
从前我都是以"我喜欢的人在哪里，我就要在哪里"这种心态待在北京的，而当那段感情淡化或者结束了，立足点也就不存在了。
而现在我是出于，真的喜欢这里，真的想要在这里好好地生活，通过学习和工作去找到新的自我价值，能够把这点弄明白，我觉得挺开心的。

Q：今年实现了什么重要的心愿吗？
A：我今年心愿都比较务实，大部分都是跟工作相关的。想做的事情有很多，绝大部分都做到了，或许不是每一项都完成得特别好，但我尽力而为了。如果要说一个最重要的心愿，那就是签售。年前《一粒红尘》只写了五万多字，除夕那晚跟妈妈吃完饭之后，她在客厅里看电视，我就在小房间里写稿子，并没有太多自怨自艾的情绪，就是一门心思想完成这个长篇,然后能够做几场签售会,跟多年来喜欢我的文字的读者见见面。这个心愿在夏天的时候实现了,两个月的时间,每个周末都在全国各地跑,在签售会上见到了那么多读者,让我意识到过往的岁月的确不是平白流逝,还是蛮有成就感的。

Q:有留下什么遗憾吗?

A:最遗憾的事情是没有像过去那几年,有一段足够长并且足够完整的时间进行长途旅行……因为早几年我没有现在这么忙,所以完成了基本工作之后会安排两三个月的旅行,而今年因为工作量比较大,大部分的事情都需要亲力亲为,所以在这方面精力投入得比较多,相比起前两年来说,就会有些心理落差。

Q:旅行中有什么特别难忘,让你记忆深刻的事情吗?

A:有的。在大阪,无意中在地铁站看到藤子.F.不二雄诞辰 80 周年纪念展,当时就决定一定要去看。从大阪港去梅田,出了地铁站,路上遇到两个日本妹妹,英语不太好,说不清楚该怎么走,后来索性送我们过去。展馆门口有三四个哆啦 A 梦,很多人都在合照,四十多岁的中年人和五六岁的小孩子都有。有一个环节是进入到放映室去看一段投影,大概就是真人体验什么的,整面白墙在一瞬间变成了书架,放映室出现了任意门,野比大雄和机器猫摔了出来,书桌中间的抽屉缓缓打开,他们坐上了时光机。坐在黑暗里我的鸡皮疙瘩起了又起,眼泪差一点点就流下来了。伟大的作品并不在于它包含了多少深刻的思想或哲理,而在于它能够安慰人的心灵。因为哆啦 A 梦,我那不快乐的童年有了一些温暖和光亮。而在那一天,我可以说,我见到了我童年的梦。

Q：有什么难忘的出行经历？

A：曾经特意写了一篇将近两千字的推送来说这件事！就是北京签售会的那次，我和两个同事从长沙出发，倒了大霉，在黄花机场等了足足9个小时，一直没有确切的起飞时间，从下午5点等到晚上12点，准备放弃并打算第二天坐高铁去北京的时候，广播里说可以登机了。这还不算完，落地前半个小时，飞机广播说："乘客们，我们要在天津降落。"降落之后，乘客们跟工作人员争执到凌晨四点，但最后也是不了了之。我们滴水未进，又累又困又饿，也没人管。反正因为这个事情，我对联航的印象糟糕透了，立誓今生不坐联航。后来有朋友问我说："在那种情况下你怎么能做到完全不发脾气，保持理性，隔一天还笑嘻嘻地去做签售会？"我说："我当时只有一个念头，这是我在北京第一次做签售会，任何事情都不能影响我，我可是独木舟诶！"

Q：有什么特别感动的事情？

A：我说一件事吧，沧海一粟。这么多年我一直没去过东北，因为工作的缘故第一次去，签售信息一发出来，就有个姑娘在QQ上问我："你什么时候来？"她给我发这条消息的时候，我们已经认识十年。那天清早她带着早餐去我住的酒店，然后我又要换衣服又要化妆，也没太多时间跟她好好说说话，接着房间里的人越来越多，离签售的时间也越来越近，她就一直安安静静地陪在旁边，签售的时候很多读者送小礼物和信给我，她就站在我身后帮我把那些东西收起来。晚上吃饭的时候大家都嘻嘻哈哈的，她也不太说话，后来吃完饭，她打车走的时候，我忽然一把拉住她反反复复地问："我有没有让你失望过？"其实她比我还小一点，但那一下她就很像个姐姐一样说："没有。"有些事情只有我们自己知道，她认识我的时候我还在念高中，刚刚发表了第一篇小说，天天坚持写博客，她就默默看我的博客，直到我读大学，她知道我喜欢 Iverson、喜欢哆啦 A 梦，就在平时收集很多相关的东西，隔一段时间寄一个快递给我，里面满满当当都是这些礼物。那会儿我一点名气都没有，同学们没人知道我是独木舟，就算知道也不觉得怎么样，就觉得我隔一段时间就收到一个那么大的快递箱子很幸福。她寄给我的那个哆啦 A 梦指甲剪套装，我用了足足八年，搬了无数次家都没舍得扔，今年见到她的时候，我跟她说："我还在用那个。"她淡淡地说："啊，还能用啊？"其实已经不能用了，只是我舍不得。

其实我说这件事，并不是说今年只有这件事让我感动，因为太多了，说也说不完。我觉得，因为有着很多像这个姑娘一样喜欢和支持了我很久很久的读者，使我某种程度上有一份责任，要证明他们没有喜欢错独木舟这个人，希望他们都能够像这个姑娘一样，告诉我，"这些年，你从来没有让我失望过"。

Q：作为一个大龄女文青，你对于自己的婚恋状况有什么想说的？

A：年初的时候我跟一个老朋友见面，我说："要是我们认识的时候你肯娶我，现在可能我们小孩都好几岁了。"他讲："你对自己欠缺了解啊，但我比你看得更明白一些，你是关不住的。"其实到我们面对面聊这个话题的时候，我自己对于这件事已经看得很明白了，我在《一粒红尘》的后记中也写了。我完全不觉得对不起任何人。想和自己最喜欢的人在一起，这并没有什么错。

Q：有没有什么很想见到的人，有的话，见到了吗？

A：有一个人，我曾经爱了很久，因为各种各样的原因，他在我的生活之外。我曾经觉得，如果我没有准备好一张平静的面孔，我就不应该去见他。当我觉得我准备好了的时候，我就去见他了。那天风很大很大，他看见我的时候笑了一下，是那种大人原谅了无理取闹的小孩的那种笑。然后那一下，我突然就特别想哭。早年间，你喜欢一个人，总是会往他身上加诸许多美好的幻想，到现在我觉得我也长大了，从那些幻想中醒来了，当然我爱过的人，一定是很优秀、很出色的人，但再怎么样，他还是一个凡人，认识到这一点，对于我理解爱情，极为重要。

Q：如果可以重来一次，最想要挽回的某个错误是什么？

A：应该，还是关于感情方面的吧。如果可以重来一次的话，我希望自己在做某些决定的时候能够理性一些，不要太冲动。不要向没有这样东西的人索取这样东西，爱是不苛求。

答读者问

Q：舟舟，2015年你有什么写作计划？希望你不要停止写作啊。

A：这好像是每年必答的常规问题，很欣慰大家始终记得我是一个创作者，哈哈哈。言归正传，2015年的写作计划其实在2014年我就已经规划好了，首先是重中之重《一粒红尘II》，因为写第一本的时候还有一些想法、一些构思没有展现出来，而且这一年我自己毕竟又长大了一岁，还是会有很多新的东西想要通过小说去表达。然后还有一些像是老作品的再版啊，或者是新的、有意思的，区别于小说之外的出版计划，这些都还需要时间去好好梳理和完善。有好消息我会尽快告诉大家的！

Q：今年还打算出去旅行吗？

A：我内心的想法是这样的：我想每天都出去旅行……今年暂定的计划有三个，时间充裕的话，希望三个都能够完成，时间不够的话，也希望至少能够完成一样。首先是跟一个好朋友约着上半年能去一趟土耳其,释放工作压力。二是跟一个妹妹约着,如果工作目标完成得不错,我们一起去趟日本。三是约了另一个妹妹,她放暑假的时候我们欧洲转一圈。当然,愿望总是比现实美好,也许我哪里都去不了……只能每天对着电脑。

Q:舟舟,春节想跟爸爸妈妈去湖南旅游,能推荐一下你最爱吃的长沙小吃吗?

A:在外地的我,每逢深夜,最思念的就是我大"扶兰"的米粉!在我们"扶兰",大家都不说吃粉,说"嗦"粉,你看一下这个字的发音就能稍微体会到一点儿米粉的魅力啦!答应我,如果你去长沙,一定要嗦粉,好吗?帮我多嗦一碗,好吗?

Q:舟舟,同为女生,问一个小八卦的问题,你的包包里一般都会装些什么东西呢?

A:我的包里,五花八门的东西什么都装,大概讲一下吧。一个文具盒,文具盒里有四五支笔,包括中性笔和彩色水性笔,分工不同;一本手账,当然它更像是读书笔记啦,也会记下我偶尔想到的一些奇奇怪怪的念头;两个手机、一个充电器;钱包、卡包;一支护手霜、一支润唇膏、一支口红;一块围巾或者披肩;还有个药品的分装盒,用来装每天吃的维生素片什么的。差不多就是这样啦!

这是2014年的年轮,那就再见啦,我的过往。

2015，
我也没有得到我理想的那种生活

某天下午，我和阿乔在海洋馆，她为我拍摄了这张照片。

这是 2015 年我最喜欢的一张照片，虽然只是一个背影，但却直接反映出了我的内心。

从某种意义上来说，我觉得自己一直在凝望着一个逐渐坍塌的世界。

并不是因为拖延症吧，我想，年度总结又不是长篇小说，不至于这么难以开始。

因为生病的缘故，这一年当然令我刻骨铭心，其实光是从查出生病到住院，那短短的十多天时间里我所经历的一切，就足以写出好几千字来。

那么，究竟是为什么呢，我一拖再拖，为什么弄得好像是一件特别特别困难的事情？唯一的解释是，我内心没有太多话想说。

整理完日记和照片，对比从前年轻的时候——原谅我又重复了这句话——现在的生活真是乏善可陈。

我曾经度过那样热烈而丰富的青春,所以很难对描述眼下这种疲惫倦怠的生活产生太强烈的兴趣。

以前的年度总结,几乎每一个月都会出现不同的地标……

我不是想说成长的悲哀之类,只是无法回避一个事实:大部分成年人的生活范畴,就是这样变得越来越狭窄,包括我。

我曾想成为一个真正自由的人。

即便我至今仍在负隅顽抗,人生终究有些不得不妥协的部分。

比如病痛、工作,以及最没用却偏偏又最难以割舍的对某些人的眷恋,这些东西,缠绕在一起,在我的脚下,慢慢长出了根。

一棵植物,一旦有了根须,你明白那意味着什么。

前两天晚上笨笨给我发微信,我们谈论起一些往事,她说,我已经两年没有见你了。这在过去,是几乎不可想象的事情。

我们曾经说过,无论对方在哪个城市,每年至少要相约一起去旅行一次,在那时的定义里,哪怕是其中一个人去了另一个人所在的地方,哪怕就是逛逛商店、喝杯咖啡,一起讲讲别人坏话,都好。

她说,毕竟你现在,那么忙,而且你身体不好。

我有点难过,也不知道说什么好。

前年我去杭州看她,她刚辞职,说起原因竟然是——我天天迟到,没办法啊,我实在起不来。

连她现在都每天老老实实去上班了,这真让我感到意外。

去年夏天快要结束的时候,我有过一段小小的崩溃期。

每天凌晨都会拍一张天空的照片发在一个只有屈指可数的几个人才能看到的地方,我说,凌晨4点的洛杉矶是什么样我是不知道,但凌晨4点的三里屯我可太清楚了。

当时我的住处距离 S 的住处只有一站地铁的距离，这是五年来我们在物理距离上最近的时期，但我们依然很少见面。

对于我来说，这个人的存在，像是一个不会赌博的人也知道自己手里有一张好牌。

我明白，这张牌不要轻易亮出来，可是真到了崩溃的半夜，还是会给他发信息说，得空见个面吧。

"你既想要一个现在看起来绝对是正确的决定，又想要一个未来回想起来绝对不会后悔的决定，你这也要，那也要，人生没有这么好的事情。"

那个炎热的下午，我们坐在室外，喝了很多冰水。阳光太刺眼了，我们都戴着墨镜，他对我讲这些话的时候，我流下了眼泪。

后来的时间里，我依然长久而持续地痛苦着，却又莫名地感到自己的人生被拯救了。

去年秋天，我在长沙跟一位老朋友碰面。

菜还没有上齐，我的手机就响了，体检中心的客服人员问我："葛小姐，你去医院做定性检查了吗？"

我的余光瞥到对面的人，他的神色在顷刻间有些凝重。

那个时候，我知道一定是出了问题，但不清楚问题的严重程度。

他问我："怎么回事？"

我也不知道啊，没法解释得更多了。

"还是尽快去检查一下，"顿了顿，他又讲，"希望可以每年一起吃顿饭，至少再吃三十年吧。"

我甚至搞不清楚，他说哪一件事情的时候更小心翼翼。

去年，我有三四个女朋友结婚，有的办了婚礼，有的没有。

有的特意跟我讲了一声，有的我是通过朋友圈看到的，我知道这么讲可能会显得我很刻薄，但是——我很高兴她们的婚礼都没有要求我必须到场。

　　我似乎天生就排斥那种热闹的、喜气腾腾的场面，我天生啊，就是个扫兴的家伙。

　　前两天我在家做晚饭，有道菜，花的时间比较长，需要盖上锅盖焖半个小时。

　　我就在厨房里站着等，点了根烟抽，脑子里忽然冒出一句话——她们都已经离开我，去往另一个宇宙。

　　我看她们婚后的朋友圈，人间烟火，饮食男女，日光底下来来回回终究还是些旧事，这一辈与上一辈并没有多少不同。

　　结婚啊，其实一点都不难。但是对于我来说，好像实在又太难了。

　　如果说至今我仍然怀着一丁点儿虔诚，并不做指望却又仍然希望，我这样的灵魂，在这世间还有那么一丁点儿的可能性，遇到另一具契合的灵魂，会不会有些太幼稚了。

　　我读过的书，希望他也读过。

　　我喜欢的漫画，希望他也是喜欢的。

　　我想要去的地方，我可以一个人去，但他不要对我说"别到处跑了，该生孩子了"。

　　但无论怎么样，我已经成长至此，一个孤独的、粗糙的、坚硬的灵魂。有这个人，当然很好，没有这个人，我知道我仍然会很好。

　　晚上我给面面发信息讲，以后你要对我更友善一点，我可能是你为数不多至今未婚的女朋友了。

　　年末的时候我抑郁了好些天，断了跟外界所有联系，去复查病情被告知仍需要接受后续治疗，从医院出来才八点多，街上全是行色匆匆的上班族。

我的包里装着一本短篇小说集、病历、保温杯、钱包，钱包里有身份证和银行卡，在这个城市里只要你的包里有这些东西，你就能活下去。可是我说不了话了，失语了，那种感觉很熟悉，在过去的那些年里我也曾一次次落败过。

我不太记得那一整天是如何度过，一个人在咖啡馆里，喝了很多咖啡，正好小囡在附近谈事情，我们在中间点碰面，他陪我抽了根烟。

我说，待会儿你能送我去面面那儿吗？我不想其他人看到我现在的样子。

我几乎就要哭出声来。而那天晚上收留我的面面，在大多数的时刻，其实也和我一样处于极度的焦虑或者虚无中。

七月的时候去了一趟意大利，虽然有些半工作半旅行的性质，但我从主观上仍旧希望后者的成分居多，因为这是我这一年当中唯一可以跟"旅行"扯上关系的时间。

大家都很好相处，燕子活泼开朗，给我拍了很多漂亮的照片；包子主动承担起整个小团队的导游工作，走到每一处景观前，我都会叫她，包导游，快给我们讲讲这个，快给我们讲讲那个。

其实大多数历史人文，我是听不太懂的，尤其是涉及宗教与艺术的那些部分，于我而言就像是天书，但觉得旁边有个人肯跟你讲这些，就是很微小的幸福。

威尼斯就是欧洲版的鼓浪屿。

佛罗伦萨的打折村全是讲中文的人，最美的是老桥的黄昏。

我在罗马弄丢了一条项链。

八月下旬的时候，《一粒红尘 II》进入收尾阶段。

其实那是个非常关键的阶段，我不知道别人是不是也会有这种感觉，一个东西，就在它即将完成的时刻，你却开始质疑它。

可怕的是，你心里很清楚，你真正质疑的不是它，而是你自己。

你开始搞不明白，也不知道要怎么才能搞明白，这是不是你最好的水准，是不是你耗费了那么多日日夜夜，淬尽了你全部的才华，所能够到达的最理想的结果。

没有什么比自己不相信自己这件事更可怕了。

我整个人像是浸泡在一缸冷水中，乏力，虚脱，举目茫然。

从十七岁发表第一篇短篇小说开始，已经过去了十年的时间，我从小便知道自己不是被上天选中的那种聪明的小孩，这十年的时间我便只用来做了这一件事。

专注或许是我唯一的优点。

跟面面一起，从北京飞到广州去看杨千嬅的演唱会。

演唱会原本定在六月，我们买了机票后才收到大麦网的短信说千嬅因身体原因，不得不将演出推迟。

我们退了机票，改成了八月。我在朋友圈说，如果是别的明星，我可能会有点不高兴，但是是千嬅啊，所以没关系。

比原定计划迟了两个多月的演唱会现场，我一听到她唱"我也不是大无畏，我也不是不怕死"，全身的鸡皮疙瘩一下子就起来了，到后来她唱"笑我这个毫无办法管束的野孩子，连没有幸福都不介意"。

在激动的人群里，我安静地站着，过了好半天才转过去对面面说，哎，我要哭了，真是的。

那个时候，我做梦也没有想到，类似的事情会发生在我的身上。

九月是 2015 年的分水岭，在那之前我一直是个自欺欺人的"正常人",昼夜颠倒,认真写作,克制情绪,偶尔还会去买菜,做饭,假装一切都已经好起来,我再也不会被任何事情击垮。

无数个夜里对自己重复,已经不是可以任性的年纪,要对人生负起责来。

《一粒红尘 II》完稿的那天晚上,我终于稍微松了一口气,跟一个写作的女朋友说,我再也不要写长篇了啦,太累了。

之后的记忆,在后来的重大变故面前显得有些暗淡,大概是跟编辑商量签售会的事,就像 14 年一样,同样的事情再做一次却并没有比前一次轻松,方方面面仍需要谨慎地考量。

我时常感觉虚弱,却又很清楚,这种虚弱并非源自生理。

说不清楚为什么,为什么会在那个时候,像是有种不由分说的力量拖着我去做了那次体检。

至今我仍然记得,拿到报告的那天下午,在医院的走廊里,毛毛站在我的旁边,一脸担忧地看着我。

我给我唯一的医生朋友打了一个电话,我问他:"最坏的情况会是怎么样?"

"我会死吗?"我问出这个问题,心里没有任何知觉。

"人都难免一死,不过你这次不会啦。"他是这样回答我的。

我把报告折起来,放进了包里,对毛毛说:"王医生说我不会死呢,那我们去喝咖啡吧。"

过了这么久,当手术的创口已经几乎没有任何疼痛,我从穿着短袖到现在坐在供暖很足的房间里,深夜打出这些文字,回想起那一幕,我还是觉得:

葛婉仪,很酷啊。

等待住院安排的那段时间,我停止了所有的工作,发了微博通知大家签售会要延期之后,便不再上网。

有许多人关心我,很多平常不太联系的朋友都通过各种渠道来问候我,起先我还重复着一些套话——没事的,小毛病,我还好,谢谢你,别担心。

到后来,我决定沉默。

我把自己关在家里,每天写十几张毛笔字,听粤语老歌,等待着医院通知我去住院的那通电话——就像等待着第二只靴子砸下来。

那种奇怪的自尊心,迫使我不接受任何人的照顾,尽管我知道,他们全都是善意的。

阿乔曾经当面问过我,你为什么要这样?

我无法解释,那一刻我几乎是不由自主地往后退了一点儿,我知道,我面对的是永远无法理解这种"倔强"的一个人,哪怕她是我最好的朋友。

我执意要独自处理这些事,不肯给任何人分担的机会,到现在我都说不清楚,为什么我那么犟,连至亲都不肯透露。

接到通知我住院的那通电话,已经是晚上八点。挂掉电话之后我一刻都没有停顿,披上大衣就去了离家最近的屈臣氏,买纸巾、湿纸巾、暖宝宝、脸盆和住院要穿的拖鞋。

在路上被人拦下来——"办健身卡,想了解一下吗?"

没有空,一秒钟的时间都不能浪费,我摆了摆手,匆匆忙忙地从他面前跑了过去。

曾经在一篇小说里看到一个情节:一个人的母亲去世了,她坐火车回去奔丧,在途中,对面的人打开一个瓶子,拿出肉骨头来啃。

"我没有妈妈了,可是这个人还在吃肉骨头。"

那一瞬间我对于这个细节有了完全不同于过去的理解和感受。

我后天清早就要动手术了，可这个人什么都不知道，他还在向我推销他的健身卡。

对于这个喧嚣的世界来说，个体的悲欢生死终究只是尘埃般渺小的事情。

后来的事情，我写过很多日记，是那种只给自己看的日记。

并不是忌讳什么，不愿意给关心我的人看，而是因为我觉得关于这段经历，我更想写进我的作品里，写进我的下一本书里。

作为一个写作的人，终究是没有什么比他的作品更有资格来承载他所想要记录的和想要表达的。

我承认，在这一点上，我有些陈腐的观念，像一个比我实际年龄更大的老派人，对于流行的一切充满怀疑和警惕。

我信任的，是我十年来所生长的那个世界，那片土壤。

所以，不是不能讲，而是想要讲得更郑重些，仅仅是出于对生命和所经历的那些痛苦的尊重。

当我想起我的2015年，全是这些零散的片段。

这篇年度总结，是我有史以来写得最艰难，而又最凌乱的一篇，我一边写一边给妹妹看，问她，怎么办，完全没法像以前那样按照时间轴来梳理，也没法像上一年那样用一些数据来记录。

当我想起2015年，我的心里就像是乱世春秋。

只有当你真正经历了，你才会明白，一个人受的苦越多，他想说的话就越少。

是不是，很多年前我就写过：别人看的都是热闹，你的血泪，只有你自己才知道。

到年末的时候，我的人生看起来终于有了一些新气象，我搬了家，认识了一些新朋友，在元旦来临之前去韩国玩了几天。

我曾经最在乎的人，离开了这个城市，但我还会继续留在这里，因为在经受了这么多之后，我终于发现，原来我已经不需要他扶着我走了，我自己一个人，也可以走得很踏实，每一步，都比以前更坚定。

但这不意味着从前那些岁月是白费的，那些岁月对于我的意义，胜过所有信仰。

我重新梳理了明年的工作计划，第一要紧的是把推迟的签售会给补上，我想见见大家，尽管推迟了半年的时间，但希望一切都还不晚。

12月31日的那天晚上，我发了《2015，永不返航》的推送，而那一天晚上我究竟怎样度过的呢？

那晚在首尔，欧尼和她的朋友要去跳舞，我因为还在养病期间不能熬夜，所以一个人乘车回旅馆。

那是一段时间很长的车程，因为我和司机语言不通，所以小小的车厢里只有电台广播的歌声，我听不懂但是觉得很好听。出租车驶过汉江，江南的灯火落在我的眼中像星空一样璀璨。

我百无聊赖地剥着指甲上的红色指甲油，将它们抠成细碎的碎片。

有那么一瞬间，我觉得，我可以就这样，一个人过一生。

我曾经也希望，将来有一天，我能够遇到这样一个人，忍受我古怪而孤僻的性情，珍惜我至今仍未泯灭的赤子之心，洞悉我避世的隐情仅仅是因为羞涩而非矜傲。

年少时我曾经很喜欢一个女作家写她丈夫的一句话："我这一腔出世的智慧，全赖你一肩入世的担当。"

而如今啊，如今，我已经长成这个样子，我没有得到我最理想的那种生活，但仍然有很多人跟我讲："你是我的精神支柱，是像信仰一样的力量。"

当我想起过去的这一切，我意识到一件事，如果说，我脑中也有一点儿出世的智慧，那是因为我的肩上，有一点儿入世的担当。

成全我的，从来都是我自己的担当。

2016，
人生真正的得失，
是很难算得清楚的

在我勤勤恳恳更新博客的时期，对于回望和展望，总是怀有巨大的热情。

那时我有着超出常人的旺盛的表达欲，和极其细致的日常记录，一整年，从头到尾，我在哪天跟谁吃过饭，我们聊过些什么，都记得清清楚楚。

我曾经有一些很文艺的朋友，他们到了年末也会写一些文字，我们彼此从这些文字中可以多少了解一些对方的生活状态。

而不知道从什么时候开始，他们都不再写这个东西了。

也许是因为年纪的关系吧，或者是因为身份的转变，他们现在常常说的是，没什么好记的，每天都过得差不多。

"不过你跟我们不一样。"他们老喜欢这么说。

我想这句话里既没有褒义，也没有贬义，它只是直指一个事实：我大部分老朋友都已经组建了自己的家庭，有相对稳定的工作，过着貌似风平浪静的生活，每月按时还房贷，再挣了钱就换个新车，打算生个孩子，或者已经思考该不该要二胎。

曾经的文艺梦幻和兴趣爱好，不太记得了，即便记得又怎么样，偶尔讲起来还怕别人觉得幼稚或者矫情。

生活当然有点儿平淡，但很健康，无病无灾，已经是很大的福分。

"不过葛婉仪，你啊，跟我们不太一样。"他们依然这么说。

我回头去看了 2015 年年末，我写的《我也没有得到我理想的那种生活》，当时删删减减，有顾虑也有迟疑，有许多真正想说的话，最后也都没有写进去。

真正的人生啊，是很难被总结的。

人都不是一天长大，也不是一天衰老，是摔摔打打，零零碎碎，今天这里得到一点儿，明天那里被人拿走一点儿。

时间和痛苦都是刻刀，有时是踏破铁鞋无觅处，有时是无心插柳柳成荫。太多了，太细碎了，太难定论。

2016年，是我年龄2字头的最后一年，到2017年的夏天，我就三十岁了。

我小时候总觉得三十岁是好遥远的事情，遥远得根本不会等到那一天，世界末日就来了。

而现在，2012年都已经过去四年，我们的生活似乎也没有太大的改变，最明显的也不过是从坐着玩电脑，变成了躺着玩手机。

天气倒是越来越差了，包里随时会准备一个口罩。

我有个好朋友坚持认为我们1987年出生的人到了2017年应该还是29岁，她在微信上气鼓鼓地问我："为什么，明明我们只活了29年，却非要算30岁？"

我最爱的美剧《老友记》里，那么开心的六个人，在瑞秋过三十岁生日的时候也搞得像天塌了一样，joey哭丧着喊："不是说好只让别人老的吗？"

我认识的一个1982年出生的姑娘，又美又有钱，在她三十岁那年如临大敌。过了两年仍然坚持说自己是"二十大几岁"，大几呢？有人不识趣，非要问下去，弄得场面很尴尬。

可见"三十岁"这个东西，是有点儿像个魔咒。

再多女性主义的言论，再多"优雅老去"的女性典范，也安慰不到大部分女孩子心底里对于"老"的恐惧。

更重要的是，这个世界好像有一个残酷的规则：年纪越大，你人生的可能性就越小，你能选择的事情就越少。

好像只有年轻，才有底气说：我愿意做更多的尝试，哪怕失败了，我还输得起。

我快二十岁的时候，很爱叹老，也许真是为赋新词强说愁。

到了眼前这个阶段，反而变得很坦然。

我个人的经验和我看到的大多数例子都说明，人生还是多过一些岁月之后会更有趣，更好玩。

我现在不太在乎年龄这个数字了，也从来不觉得"什么阶段就该做什么样的事"。

我的人生看起来一点也不够成功，甚至不够得体，它唯一的好处是，还算自在。

个人的成长其实都是很安静的，在悲喜起落的缝隙里，在时代巨大的嘈杂声里，暗暗地进行。

每个人都会经历一些不那么愉快的事情，每个人有身不由己的时候，有言不由衷的时候，不过，这些话，我年轻的时候也都不肯信。

然而，你不信是一回事，现实是另一回事。

我过往一直是个记性很好的人，尤其是不愉快的事，更是记得特别牢。

2016年，我有一个重要的改变，就是"忘记"。

我决意忘记那些糟糕的经历，我不怪别人，也不迁怒于自己。

我栽种植物，有枯萎和坏死的部分，我会直接剪掉，等待它长出新的枝叶。

如果我能用这个方法对待枯枝败叶，那么我为什么不可以用这个方法对待我的生活呢。

坏的经历本身不是能量，在坏的经历中做出的自省才是。

2016年，我去了很多地方，有时是去工作，有时是去旅行。

航旅纵横上显示我的飞行里程超过89.2%的用户，飞行次数69次，飞行时间是166小时，绝大部分都是短途飞行。我对数据欠缺很清晰的概念，但大致算下来，也知道我这一年下来有7天左右的时间是在飞机上度过的。

这些时间流去了哪里呢？

大概是看了几本书、几个电影，其他时候都是糊里糊涂睡过去了。

2015年，我生病住院那段时间，有朋友问我："等你身体好了你最想做什么？"

"我想去旅行。"

我打出这句话之后，流了一会儿眼泪，仿佛受了很大的委屈，可是又说不上来。

但是旅行之前，还有一件必须要做的事情，就是签售会。

从春天到夏天，每周两个城市的行程，后来想想的确是排得太满了，我当时的身体和精神状况都不适合承担那么大的工作量。

每一场签售结束后的饭桌上，我都觉得非常饿，可就是什么也吃不下。

没有人强迫我，大家都问过我："要不要把时间拉长一点，或者少做几个城市，"他们说，"你身体不好，读者会体谅你的。"

我没有接受这些体谅，一面是觉得，已经延期了，就尽量不要再有变动。

另一面，好像是为了证明某种东西……我当时还说不上来。

也许是一种自尊心吧，过了很久之后，我对自己这样解释。

我想证明什么呢？疾病没有改变我任何，我从前是怎么样，往后还是怎么样。

还有一层更深的含义是，我觉得，世事很无常，像这样能够去这么多城市，见这么多读者的机会，未来不一定还会有许多次。

所以，在有可能的每一次，我想要珍惜。

在十四个城市，我见了成千上万的读者。

有些姑娘为了多见我一面，甚至会跑到其他城市去再排一次队；还有些读者，自己没法来现场，就拜托家人、朋友、男朋友来带话给我。

不止一次，有女生拿着书站在我面前，还没开始说话就先流泪。

我知道，我原本应该有更好的反应，可是更多时刻，我只能握一握这些姑娘的手，再不然，就是站起来，抱一抱对方。

我能说的话，在那样的场景下，实在是太有限了。

我刚刚开始写小说的时候，绝对想不到未来的某一天，我的文字会被这么多人看到。

那个生长在湖南，不好看又不聪明的小姑娘，总是闷闷不乐、敏感、笨拙，在作业纸上写下一个又一个并不知道该往何处投递的故事。

我从来没想过，在之后漫长的岁月里，每一个字都去往了它该去的地方。

我用双手接住了命运送给我的这份礼物。

五月，和笨笨一起去越南。

东南亚的雨季，闷热、潮湿。低气压，让人打不起精神。

唯一让我们精神一振的事情就是，在西贡被飞车党抢劫，笨笨的数据线被拽断了，我在一秒钟之后发出了自己都不敢相信的尖叫声。

那件事造成的后果就是后来我们哪儿也不想去了。

我们在小旅馆的天台上吃冰激凌，吃水果，抽几根烟，看日落。

我们说起一些以前共同认识的人，可是发现我们并不了解他们现在在做什么，只有几年的时间而已，可是都已经成了陌生人。

美奈的酒店在海边，有两天早晨，我们特意定了很早的闹钟，起床后眼睛都睁不开，跌跌跄跄走到海边的躺椅上坐着，等日出，可是云层太厚了，只看到一些粉红色的朝霞。

我在那片海滩上捡了一些贝壳回来。

除此之外，就只记得我在房间里用拖鞋打死了五只蟑螂。

"我们找错伴了"，离开美奈去芽庄的大巴上，我对笨笨说，"这个地方比较适合恋人来，下雨的时候，两个人可以在房间里温存。"

芽庄的海很蓝，我们住的酒店阳台正对着大海，可是两个人都没带泳装。

旅行过半，心情有些索然。

她查了一些攻略，说有个大型购物商场可以去逛逛，我们怀着最后一点儿期待去了 Big C。

"这跟家乐福和沃尔玛有什么区别？"

我们空着手去，又空着手回来。

离开越南时，我没有买任何土产，只带回了两个巨大的斗笠，因为没法放进行李箱里，我就用披肩把它们串起来捆在腰上。

事实上，后来在北京，它们一次也没有派上用场。

北京很少下雨，即便下雨，谁家又没雨伞呢，戴着这么大的斗笠走在街上，就连自己也会觉得很奇怪吧。

于是它们就一直被放置在我的书柜顶上，很默然的样子，充分诠释了什么叫作"不合时宜"。

六月初去复查，已经是术后半年，检查报告的结果出来，不太好。

大夫给出的建议是再观察一段时间。

我第一次手术之后，一直在协和复查。

在这所中国最负盛名的医院，我每次走在老楼漆黑幽深的楼道里，呼吸着充满了浓重药味的空气，看见周围穿着病号服、步履缓慢的病人，总是会忍不住想，为什么人生是这个样子呢？

它有这么多不可预测和不可推卸的痛苦，它真的值得度过吗？

我们这一代人，曾经都以为自己是少数派，聪明、清醒、不盲目、有理想，只要有个合适的机会，就能在这天地之间闹出个大动静。

然后，一天天明白了岁月无情，人世无常，自己不过就是一个普通得不能再普通的人，就连平庸的方式都跟其他人没什么区别。

辛勤工作，努力挣钱，自己不敢生病，也害怕家人生病，一面供着房贷，一面准备给下一代存教育基金，时刻提防着生活的暗涌。

可是你永远也不知道，究竟是哪一个浪头拍过来，你就再也站不起来。

确定要二次手术前，我在记事本上写下了这段话。

手术前一晚，我在家里洗了澡，把小鳄鱼抱枕塞进包里，还带了两本漫画，打了个车去医院。

同房间的另一个病人跟我同龄，从外地来北京，她老公在病房里用椅子给自己拼了个睡觉的地方。

"你一个人啊？"他们夫妻一人问了一遍。

得到了肯定的回答之后，他们的表情看起来有点儿奇怪。

手术过后的那天晚上是最难受的，麻药一点点消退，伤口的疼痛越来越清晰，护工阿姨每隔半个小时就会用棉签蘸水帮我润湿嘴唇，我迷迷糊糊睡一会儿，又醒过来。

醒的时间比睡的时间多得多，中岛美嘉的歌声一直在耳机里循环。

"和看不见的敌人在战斗，在这六榻榻米大的地方战斗的堂吉诃德。"

后来我每次听到《曾经我也想过一了百了》，那个夜晚的一切都会清晰地回到我的眼前。

出院后有很长一段时间我没怎么跟外界接触。

我又开始自己做饭、炖汤，还剪短了头发。

买了新的工作桌和椅子，出版公司的朋友给我寄了很多书，让我在家慢慢读。

我每周去一次花市买鲜花和绿植，有一次还一口气买了几株大的。

我对植物总比对人有耐心。

一棵树出现了问题，我不会去指责它，而是会从方方面面找出问题的原因，是干，是涝，是光照不足还是通风不够，可是对人，我总是欠缺温柔。

2016年的下半年，都是些琐碎的事情。

欧尼回国了，跟我住了两天，但她不在国内的时候，我也老觉得有个人在背后盯着我，如果家里有什么东西坏了，我不赶紧找人修的话，她就会开始念叨我，今天这里将就一点儿，明天那里将就一点儿，迟早摔个大跟头。

我回了趟长沙，又去了趟香港，好像并没有做什么印象特别深刻的事，只记得一些好吃的。

港币兑人民币的汇率已经到了8.9，买了些秋装，可是回到北京又穿不了几天。

北京的秋天太短暂，等我想到要出去捡几片银杏叶子回来贴手账时，它们都被清洁工扫光了。

九月末，去了东京旅行。

吃了很多寿司和拉面，去了我最喜欢的动漫美术馆和博物馆，还在银座买了很多文具。

因为二次手术之后决定要对自己更好一些，于是在接下来的两个月里，我又去了一趟东京。

也许世界上所有的大城市都有一点儿相似之处吧，就是繁华的商业氛围背后那种巨大的、人的孤独。

无论是走在北京的国贸,还是走在东京的新宿,我都会想起一句诗:

惟有王城最堪隐,万人如海一身藏。

但很多时候,我其实是享受,甚至是有点儿感激这种人与人之间的疏离感的。

疏离,它同时也意味着彼此尊重,互不干涉,独立的人格,是一个人自我身份确认的基础。

那天站在东京的地铁站,我突然想,如果我来这里住一段时间,不是旅行,是真的住一段时间,写写东西,会不会也是一个很棒的主意呢。

孤独唯一的益处,或许就是自由吧。

我觉得我们很多人都已经不太能够回得去了,那种时间很缓慢,从早餐到宵夜都能约上几个朋友的日子,无论对于我还是我的朋友们,都已经是很难实现的事情。

有那么几次,我们坐在一起喝东西,聊天,他们忽然起身说,要去接孩子了,又或者是,老公要下班了。

在那几个瞬间,我非常清晰地确认,我的少年和少女们都已经远去了。

我们如今谈论的话题都是房价、挣钱、健康、明星八卦,到后来,就是有些尴尬的沉默。

《最佳损友》这种歌,你在青春期是很难真正听懂的,那时候你只是以为自己听懂了。

你以为毕业了,你们就是"从前共你促膝把酒,倾通宵都不够,我有痛快过,你有没有",其实还要再过好多年,才是真正"但是命运入面每个邂逅，一起走到了某个路口，是敌与是友，各自也没有自由，位置变了各有队友"。

　　人生真正的分别，从来都不是生活环境的改变，而是价值观的选择。我不羡慕他们，我想他们应该也不羡慕我，这非常好，这意味着我们都在自己的价值体系里，不嫉妒他人，也不贬低他人。

　　你走自己认为对的路，也不要质疑别人走他们认为对的路。

　　我慢慢地发觉，如果我不写作，那么我的生活和别人就没有任何不同。我的朋友们所说的"每天都差不多，没什么好记得"，这句话，是真的。

　　只有作品才是我人生的刻度，其他的事情都只是为了这件事而存在，我所遇到的一切，如果不被写下来，那么它的价值和意义也就都打了折扣。

　　当我快要三十岁的时候，我和我曾经深爱过的人，已经分隔得很远很远，这种远，不单只是地理上的。

　　偶尔我的脑海中还会闪过一些零散的片段，一些也许从一开始就只有我一个人在意过的细节，它们从浓墨重彩，变得清淡而轻飘。

　　我越来越少想起过去了，有时候我看着镜子里自己的脸，那是一种什么样的表情呢，还是会有些悲伤吧。

　　我觉得，我也并不是释然了。

　　那些明知不可获得的东西，只要你曾经真的极度渴望过，就不可能那么轻易地释然。

　　你学着像其他人一样谈论这样东西，你蹩脚的语气透露出端倪。

　　一年两年，三年五年，它没有消失，它只是隐藏起来。你不愿让任何人知道，就连你自己，也不能够在这件事上诚实地面对自己。

　　你只是大概明白了这个世界的一些规则。

　　你知道了花在何时开，又会在何时落。

你知道了金钱的重要性，尤其是在人落难的时候，它尤为重要。

你知道了，其实天才是很少很少的，张三不是，李四不是，你也不是。

你知道聚散不由人，也知道了生命最终都将消亡，回归遥远星辰。你明白了深爱是什么，也明白了痛苦本身，而这两者总是密不可分。

写这篇年度总结的时候，2017年的1月都已经过去大半。

元旦后我从长沙回北京，天气不太好，我担心航班延误，于是选择了坐高铁。

那七个小时的时间里，我在手账上写了一篇很长的文章，当我写完之后，车窗外已经天黑了。车窗玻璃上映出我的脸。

那是一张平静的脸，黑色的头发，小小的耳钉，我有一瞬间陷入了恍惚。

这是我自己从前想也想不到的人生。

一个贫穷的、不聪明、不会念书、长得也不漂亮的女孩，不被任何人看好，心里从来未曾有过想要出人头地的念头和决心，只是这么随波逐流地飘零着，只凭直觉做选择，在这么多年之后，看起来活得也还算过得去。

我知道，在别人的不幸中庆幸自己的运气，这显得很自私。

但如果不是对照了别人的不幸，你怎么会知道自己有多幸运。

当我看到自己的伤口，尽管它带给我那么深的痛苦，但我知道我仍然算是幸运的。

我要谢谢上天对我的爱。

2017,
我是如何对抗我的"中年危机"的

认真仔细地整理了自己这一年下来的文字和照片,在这个过程中,我好像又重新经历了一遍那些有趣的、感动的事情,那些愉快与不愉快的瞬间。

到最后,千头万绪凝结成了一种感慨,在我心间如同潮汐往复:一切境遇都不白费,我们在所度过的时间里终将沉淀出更丰厚的人生。

有天我在微博上调侃自己现在是一个"很容易累的中年妇女",迅速被小姑娘批评:"就算是你本人,也不允许你这样说自己。"

言辞间有种宠溺的意味吧,她们不愿意我那样定义自己,似乎那种说法里藏匿着某种洪水猛兽——至于那种洪水猛兽是什么——同为女性,我当然比年轻的姑娘们更清楚。

年中,网上忽然莫名其妙地形成一股风潮,大家兴致勃勃地讨论起了"油腻的中年人"。

我起初并没有意识到,被讨论的对象其实只比我年长几岁,甚至可以说是我的同龄人。而在那个热点霸屏的时候,我似乎还停留在一种迟缓的迷茫中。

"90后"的妹妹们接连着都结婚了,女朋友们也陆续生了小孩,大部分好朋友都比二十几岁胖了一些——很显然,因为新陈代谢慢了。我也彻底回过神来了:原来青春真的完结很久了,它比所有文艺作品里所描述的,还要更短暂。

属于我们这代人的"80后"这个标签已经过时了,现在主流的是"90后"和更年轻的"千禧后"。

我们眯起眼睛,用前辈们曾经看待我们的目光看着这些更聪敏、更有能量的群体,更准确地说,是看着他们成为社会主体的这个全新的时代。

在共性上,我们和上一辈,和上上辈人也并没有什么大的区别——天知道,我们曾经可不是这么认为的,我们都很自信,觉得吾辈是继往开来的新青年。

社会疾速发展,物质丰盛,人生的选择看起来好像也比从前多很多。

但只要过了某一个阶段,你一只脚踩过了那根线,另一只脚也随之抬起来的时候,你马上就明白了——任你曾有多自命不凡,终究也要走向最寻常的命运之中。

现在说"中年危机"当然有戏谑的成分,它离我其实还有一段距离。但时间迅疾流逝,我知道,那一天很快就会真的来到眼前。

衰老是不会被阻止的。人在衰老面前,能够做得很有限。我想了想,无非是尽量做让自己快乐的事、有成就感的事,多学习,克制情绪,学会沉默,以及不要成为一个爱对年轻人说教的大姐。

我很平静地接受了"只要活着,就必然老去"的人生设定,在我三字头的第一年。

你想对抗什么呢?

一种你明知道无法战胜的未来。

年初时,我们一行人在柬埔寨,为《我亦飘零久》典藏版拍新照片。

虽然是以工作的名义去的,但气氛更像是一个和乐融融的小型旅游团,大家都相处得很好。

某天上午在一个景点,遇到一对瑞典的夫妻,他们在当地已经待了好几周,两人看起来都是六十多岁的样子,很典型的欧美游客打扮,并且有一种我们所不具备的闲散气质。

或许是见我们大大小小的相机扛了三四个,于是他们开口请摄影师帮忙拍张照片,没想到拍完以后,大家就聊起来了,最后还一起拍了大合照。

这段小故事,我后来写进了《我亦飘零久》增补的内容里。

一个小细节:老先生看到了我的伤疤,得知是手术造成的。我对他笑了笑，没太当回事的样子。而他拍了拍我的肩膀，用很慢的语速对我说："Beautiful women always beautiful, let it go."

点到即止的开解，含有智慧。

在暹粒，还有另外一个记忆点。

我们到达的当天，有一位写作的女生去世了。我在朋友圈里看到一些共同的朋友转发了她公众号的最后一篇推送，大家都很悲伤。有那么几分钟的时间，我连呼吸都是滞重的，不知道应该如何反应。

就在前两天，我又翻回去找到了那篇文章看了一遍。当然不会有新的内容，也不会有新的评论，那个页面上的一切文字都是静止的。

而这种静止成了某种意义上的不朽。

二月，我在东京进行了一次彻底的"文具之旅"。

不仅去了鼎鼎有名的伊东屋和LOFT，还搜罗了几家小众的文具店，例如吉祥寺的36 Sublo，中目黑的Traveler's Factory。

至今仍记得，我在伊东屋专卖胶带和贴纸的那一层楼，第一次看到一整面墙的纸胶带，心情只能用一句追星的话来形容——命给你啊！

去得多了，就淡定了。发现伊东屋和LOFT的文具、手账和杂货重复率比较高，而小众文具店反而能碰上一些新鲜玩意儿，例如Traveler's Factory里的文具就大多是以旅行为主题。

我在学生时代也很喜欢文具，但是因为种种限制，这个喜好并没有成长的土壤，它很快就夭折了。而到了一切都已经电脑化了的今天，我却深陷在这种有些不合时宜的收藏癖里，无法自拔。

有时，我蹲在货架前，挑着挑着竟然真的会进入到某种忘我的状态。我很少去考量，这些胶带、贴纸和笔在我的生活中是不是必需品。

我知道不是，可我热爱它们。

还去了神乐坂，逛到La Kagu。

这座建筑出自日本设计大师隈研吾之手。在里面逛了一会儿，我很快发现所有东西都不便宜，一个环保帆布袋竟然要人民币一千多元（赶紧放下），于是喝了一杯咖啡就离开了。

　　"村上春树三月在这里举办签名会。"友达说。

　　啊，赶不上了，我心里想，转念又想，其实也没有关系啦。

　　一条不知名的小路上有家很不起眼的面包店。

　　我怀着休息一下的想法进去随便买了两个面包，竟然意想不到的好吃。

　　有多好吃呢？你看，过了这么久，我还记得这件事。

　　元宵节和情人节都是在长沙过的，跟绣花一起去逛商场，像以前一样轮着试口红给对方看。

　　算起来，我们一起玩了也快十年了。想想都觉得不可思议，我们并不是发小呀，认识的时候两人都二十多岁了……只能说明，大家都老了。

　　买了新口红和腮红，粉嫩的元气色最适合生机勃勃的春天。

　　给葛女士买的那棵树生长得很好，我挺意外的。（葛女士：你么

313　　　【年轮篇】

子意思哦？）

跟葛女士订了一个大致的旅行计划：五月份，她先来北京跟我会合，然后我们一起从北京飞东京。具体时间嘛，等我消息吧！

做梦也没想到，命运在这里竟然埋下了一个伏笔。

回到北京，天气渐渐暖和了，满城飘荡的杨絮依然让人呼吸不畅，但我似乎也完全适应了——这是我在北京的第四年。

常去的那家花市却迟迟没有开门，门口贴着"装修"的告示，但总透露出一种令人生疑的气息。

没有鲜花的日子，我买了一些多肉植物。起初养了七八盆，方法不当导致陆陆续续死掉了很多，于是我又陆陆续续补进，到后来经验慢慢多了，还学会了做叶插，繁殖到了六七十盆，也算一种成绩吧。

在一个春风沉醉的夜晚，我和哥们一起去郊区拜访一位大哥。

开车过去的路上，哥们突然想起来说："你以前不是也在那儿住过吗，挺不方便的吧，叫你出来玩你从来都不出来。"

如果不是别人提起，我很少会想起那些日子里的辛苦，那段日子在我过去的人生里像是一部画面粗糙但故事动人的文艺电影——我们拥有的不多，但又足够。

回头看那时候的照片，我脸上总显现出一种清冷的神情，好像有很多想要搞懂却又怎么都搞不懂的问题。也许到现在我依然没有搞懂，我只是……不再去想它们了。

我在曾经住过的那栋楼底下待了一会儿，往事惆怅如梦大概就是这种滋味吧。想起自己曾经是那样的激烈和充沛，心像一个饱满的果实，包裹着沉甸甸的爱和忧愁。

而一切，都已经过去了。

"当你停止学习,世界就从你的身边呼啸而过。"

不知道是哪本书里夹着的书签,某天从手账里掉了出来。

我开始每周去上外语课,偶尔去菜市场买菜,碰到某个摊子上有紫苏和香椿,就会非常高兴,不管不顾地买一大把回家,高高兴兴地做顿饭。

因为做饭太好吃了,所以我老是瘦不下来。

这个月的下旬,我当了一个很满足的粉丝。

先是在《春娇救志明》的点映现场看到了千嬅,她还是那么美好。更开心的是不久之后,我一个有点儿本事的好朋友,想办法帮我拿到了签名原声CD。

月底,我又穿过半个北京城,去五棵松听朴树的演唱会。他唱了新专辑的歌,也唱了一些老歌。《生如夏花》的前奏刚一响,全场的人哗啦哗啦几乎全都站起来了。

间隔着,他磕磕巴巴地讲一些很平实的话,也没有煽情。

不明白为什么,我们自然地就流下泪来。

五月。

如约给葛女士订好来北京的机票,事先打了无数个电话叮嘱她千万不要误机。

真是怕什么来什么。

出发前一天,大脸妹妹一番好意在微信上跟我说:"明天我陪葛姨去机场吧,怕她搞不清呢。"

我虽然觉得没这个必要,但觉得她说的也不是完全没有道理,也就同意了。

万万没想到啊!十一点的飞机,到了十点多,我接到了她们的电话:"舟姐!赶不上飞机了!"

刹那之间,我来不及生气,满脑子只有一个疑问:她们怎么做到的?

"你们不是七点半就碰面了吗,你们怎么做到误机的?"

大脸妹妹在电话那头急得快哭了:"我叫了个滴滴顺风车,司机没有走机场高速,等我发现的时候已经来不及了,司机说走高速要多加10块钱……"

年轻人啊,就是没有生活经验呐,我心里一声长叹,就赶紧帮她们买下一班飞机的机票,猜想她们肯定又是一阵手忙脚乱。

谁能想到,这还不是最搞笑的。

等她们买好机票,办好值机手续,我又给葛女士打了一通电话,本意是想说"莫怕!我会提前去机场接你的!"

可是——电话刚打通,我叫了一句"妈啊……"她旁边的大脸妹妹就凑上来,小声说:"葛姨葛姨,你看咯,那个是杨幂咧。"

葛女士的注意力马上被吸引过去:"啊,真的是咧!我不跟你港哒,拍照克~"

然后,她就直接把电话挂了。

我……

当我们在首都机场碰面的时候,她还很高兴地跟我讲:"别人好瘦咧,脸只有你一半大,腿好细。"

完全没有对自己误机一事做出相应的道歉!

在东京,我们赶上了草间弥生和坂本龙一的作品展。又去了伊豆。在面对大海的房间里喝茶时,我深深地感觉到了某种时间带来的东西,一些我在过去理解不到这个程度的事情,我能够理解了。

与其说释怀,不如说,就是理解了。

后来我写了一篇很长的文字《她》(会放在《万人如海一身藏》里),

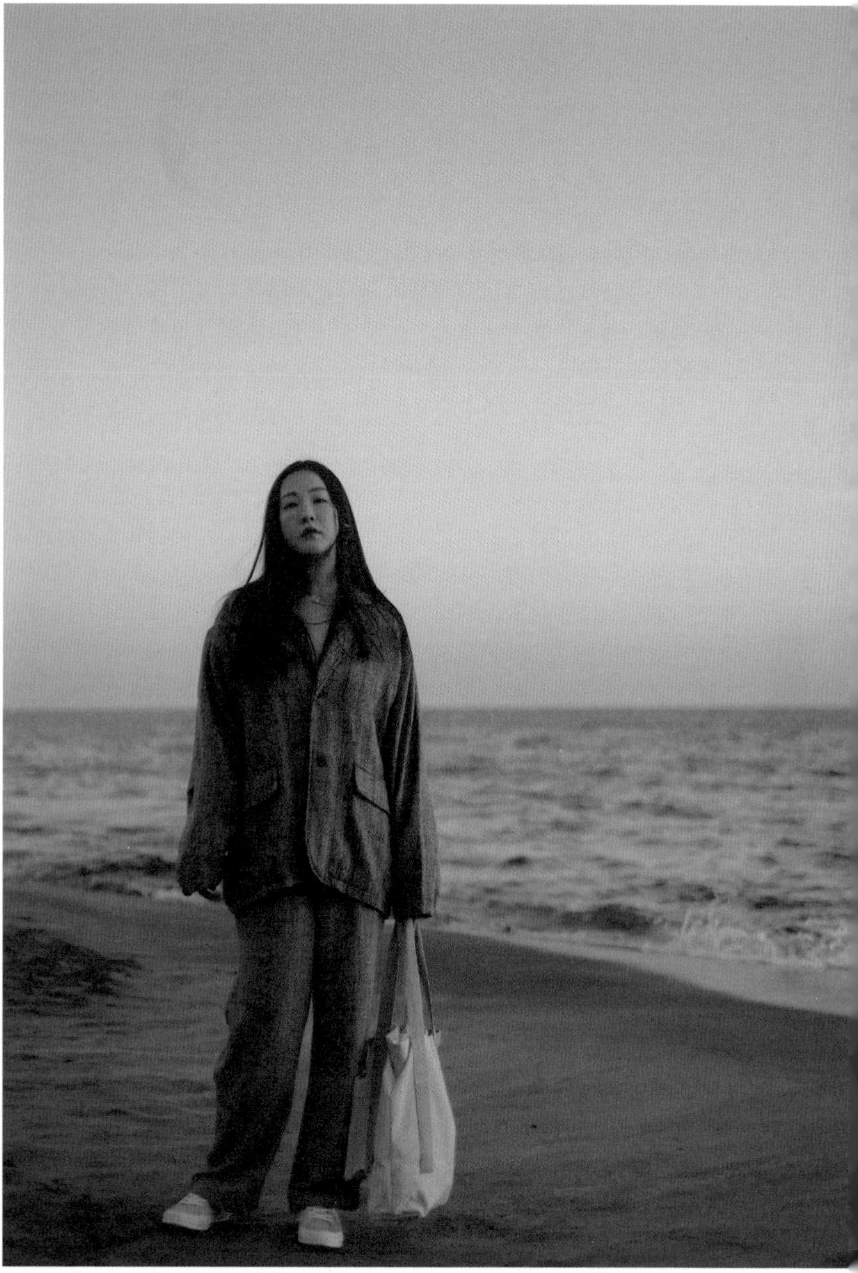

这是我第一次极尽节制地去表达厚重的情感。

我年少时以为无论哪一种情感，都是越重越有力量，仿佛只有烈火烹油才淋漓尽致，在这么多年以后，我发觉原来越是"举重"，落笔越要"若轻"。

你的爱与眷恋，不是只在朝夕，也不是三年五载，而是更绵长悠远的回音。

六月。

我在生日的那天晚上，终于学会了骑单车。

虽然只是在小区里转了几个圈，但也很满足了。几个保安大哥一直笑呵呵地看着我，像看着一头笨重的熊。在那一周的生活报告里，我说这是"三十岁女子的进阶"。

那一天之后，生活一切如常。并没有像我从前以为的那样，一过了三十，人生立刻变成了另外一个样子，又或者是开了天眼，瞬间到达了一个新境界之类的。

就是非常平常、非常普通的过程，唯一强烈的变化是内心"未来"和"从前"的侧重不同了，它们好像完全调转了过来。

当你努力想往前看的时候，心里同时也多了一把灰。

一个月后，去看隅田川的花火大会。

同船的女生说："我查了过去五年的这一天，都是晴天。"

只能解释为我们运气太差了，从下午到晚上花火升空，一直淅淅沥沥地下着雨。

我从船舱里出去，淋着雨爬到上层去看烟花。旁边的一位陌生的日本女孩举着自己的伞向我靠近，为我挡雨，她脸上有善意的笑，又有种不好意思打扰的意味。

给小熊发我拍的烟火照片，她万分诧异："为什么别人拍的跟你拍的完全不一样！"然后在网上找了很多很好看的烟花照片发给我："你看别人拍的。"

"我是用手机拍的啊。"我说。

我还说："我们长沙以前每个周末都在橘子洲头放烟花，真是万人空巷，看完了连车都打不到。"

我说完之后，才意识到那似乎已经是很久以前的事情。

我越来越少回去，总有各种各样的理由，说是不想家乡吗？可我经常满北京找地道的湘菜馆，偶尔发现一家正宗的就赶紧在北京的湖南朋友发微信：这家我亲测过了，好吃！

性格好像也越来越矛盾了，一边丧着，一边又不断培养新的爱好，新的兴趣。

不然要怎么办，以什么去填补我们能感觉到却又说不清楚的"失去。"

有天一个人去中目黑吃晚饭，在一家面店门口排队。店员面色为难地问我和另一个女客人能不能拼一下桌，因为人太多了。

于是我和那位大姐面对面坐下。

起初我有点儿尴尬，她倒是落落大方，先用日语跟我聊，发现我不是日本人，又换成英语，我竭尽所能地用英语夹杂着日语跟她交流着，眼看马上就聊不动了，她终于用普通话问我："你来自哪里？"

这位普通话说得不太流利的大姐，在那张餐桌上对我说："你喜欢这里吗？喜欢的话就多来呀。人生就是这样，你喜欢什么地方，就要多去。"

"要多去自己喜欢的地方啊。"她重复着。

去医院做例行复查，三个月，三个月，然后是半年。

主治医生非常忙，看过我所有的检查报告之后，他一边示意助手叫下一个病人，一边对我讲："情况挺好的。"

我起身，静静地鞠了一个躬。

不知为何，喜悦有时会那么像悲伤。

天南地北双飞客，老翅几回寒暑。

中秋又回长沙，依然很热，在人民西路的咖啡馆里跟绣花扯闲谈。

陪妈妈在浏阳河边散步，给她拍了一些照片。决定要给她做一个专门的影集。

她们那代人年轻时都有相册影集，虽然现在绝大多数人都已经熟悉了智能手机的拍照功能……但手机里的照片终究没有纸质相片的质感。

跟笨笨的"每年一约"也完成了，她从江苏跑到长沙来，住在我家，每天没事儿就跟着我和我妈去按摩，创下了一周按摩三次的纪录。

过了一个多礼拜退休老干部的生活的笨笨，走的时候最不舍的是某一家店的小土豆，特意问我："他家可以网购不？"

当然不行啦，这让笨笨感到很忧伤。

十月，英国行。

恰逢《哈利·波特》20周年，在这个时间去英国，也算是了却我的一桩童年心事吧。

虽然J.K.罗琳怀着悲悯的心，安慰我们这些一直没收到霍格沃兹通知书的人说猫头鹰是被海关扣下了，但我们对于自己只能留在人间当麻瓜这件事，早已经接受了。

等霍格沃兹的信是等一个梦。

人会老，但梦是不会碎的。

暴走伦敦，我和友达几乎把能想到的著名景点都去了一遍，大英博物馆、大笨钟、肯辛顿宫、西敏寺、塔桥……我每天都在计步软件的前三！最喜欢的是海德公园和摄政公园。

亦舒的《寂寞鸽子》里，男主角追踪心爱的女子到了伦敦，在海德公园看到她的背影，佳人近在咫尺，他凝视着，最终却转身走了。

《间谍之桥》里，汤姆汉克斯饰演的律师身负机密任务前往东德，骗妻子说自己去伦敦，妻子在电话里提了一个要求："给我带瓶果酱回来，那家店你还记得吗，就在摄政公园旁边。"

在伦敦的最后一夜，房东 Alison 带我们一块儿去她最喜欢的爵士酒馆，她是那种明明到了老太太的年纪但你永远也不会称呼她为老太太的女性。

温柔，亲切，有魅力。

之前的某天晚上，在她的公寓客厅里，友达和她聊了很多（也许是那次愉快的交谈让她觉得"哎呀，你们蛮好玩的嘛，我也给你们看看好玩的"，于是她就在房间门口留了一张纸条，邀请我们第二天晚上和她一块儿去听听音乐，跳跳舞。

我当然没有跳舞啦，我这么笨拙！

一位外形很卡通的老爷爷来邀请了我两次，我都害羞地拒绝了，但无可否认那个夜晚在我心里熠熠生辉。

感谢 Alison，我永远也不会忘记那一切。

离开伦敦之后，一路自驾去了温莎、牛津和科茨沃德。

没开过右舵车的我起初非常不习惯，换挡还好，主要是看路看不明白。英国车的驾驶座在右边，上路靠左侧行驶，跟我们平常的驾驶习惯是完全相反的。

前面有车的时候还好，跟着他们开就行了，可是前面没车的时候，简直分分钟就搞不清状况了，再转个环岛，一不小心就要逆行。

头一天，我整个人都很紧张，上了高速也尽量控制在时速 70 英里左右,旁边的车刷刷地超过去,我也不急——没关系,安全第一。

去牛津大学的前一天,我成功地感冒了,老歪同学也终于要出场了。

和大家一样,老歪是我的老读者,从期刊时代就看我写的东西,后来去英国上学,假期回国还特意跑去参加我的签售会,听说我要去英国玩,就很积极地说,那我们见个面啊。

见面,说起来好像很简单,但我知道她其实挺辛苦的。学业繁重,课又多,好不容易找到自己有空的时间,我又跑牛津去了。

我从温莎开了两个多小时就到牛津了,而她早上五点多就起来坐小火车,从她说的"乡下"出发,直到中午十二点多才到牛津大学跟我见到面。

我们在一家中餐馆里吃午饭。

我刚坐下,她就从大包小包里翻东西出来给我:"这个是我在玛莎百货给你买的零食,饼干巧克力什么的,你开车累了可以吃。还给你买了个保温壶,你不是感冒了吗,拿这个喝热水吧。还有上次回国的时候买的妮飘纸巾,这个擦鼻涕舒服。这两双长袜子也给你穿。对了,我把我最大号的加拿大鹅也给你背过来了,你不是还要去爱丁堡吗,那里好冷好冷的,你身上穿的这个不行。我还给你带了我们中国的感冒药,你现在就冲一包冲剂喝吧,我带了一次性杯子……"

她说这些话的时候,絮絮叨叨,有一点儿 NL 不分——我们南方人都这样——特别可爱。

我虽然还没有到想哭的程度,但也感动得不得了——那种感动里充满了某种自我怀疑:我是谁,我何德何能,我有什么了不起的地方让一个年轻的小姑娘愿意拎着这么多东西,坐五六个小时火车来见我?

谢谢啊,谢谢,我一直说。

我们后来在爱丁堡又见了一面,还一起去了赫赫有名的大象咖啡馆——J.K.罗琳成名前,经常去那里写作。

我穿着她的"大鹅",扛住了爱丁堡的猎猎大风。

在爱丁堡的最后一天,我去买了新羽绒服,去邮局把她那件寄给了她。

每当我想起她,跟想起绣花她们是完全不一样的,那不是一种友谊或者闺蜜之间的亲密,而是想起了一种生命的美好景致:年轻、清澈、善良和自由。

旁边就是周边商店,我买了魔杖和围巾。魔杖我选的是斯内普教授用的那根,围巾却选了格兰芬多的颜色……还买了两三个 9¾ 字样的钥匙扣,很重,应该是铜制的,想送给同样喜欢哈利·波特的好朋友。

这些东西后来我都带了回来。

科茨沃尔德的小镇,排屋和花园我都非常喜欢。

这个小镇子,可以说它清静,也可以说它无聊,但它终归是迷人的。

礼拜天下午三点多,所有的商店都已经关门,只有连锁的超市和便利店开着。我去买了一些酸奶、鸡蛋和苹果。出来的时候,路上都见不到几个人了。

无聊到了极致的时候,就成了一种私人化的哲学。

爱丁堡,我也非常喜欢。

微博上有个在当地留学的姑娘给我发私信说:"游客们都爱去大象咖啡馆,但我们老师说,罗琳其实去另外一家咖啡馆更多,只是没有大象名气大,舟舟你可以去看看哦。"

我果然去了,很好找,确实没几个外国游客,都是年轻的学生。

我在那里喝了一杯茶,吃了两块曲奇饼干。

老歪在爱丁堡的那天,陪我一起买了一只孔雀石的胸针。据说是 19 世纪的东西,颜色非常美,形状像一朵小小的祥云。

紧接着，十一月到来，北京一夜之间就冷了。

趁着秋天的尾声，我捡了很多金黄的银杏叶回家。

《我亦飘零久》典藏版终于出来了，我在中关村的书店做了2017年唯一的一场活动。

我一直希望在我的签售会上能有一些真正交流和分享的环节，想到读者排几个小时队，走到你面前，跟你拍张照（有些甚至连照片都来不及拍），拿上签完名的书，连多说几句话的时间都没有……我就觉得好遗憾啊。

这一场签售会倒是加了分享环节，可是场地面积有限，很多进不来的读者就只能在外面排着队，而活动那天又非常非常冷。

结束之后，我在回家路上有一种不知道以后该怎么办才好的心情。

我大概只能希望我以后的签售会尽量都能安排在不冷不热的季节吧。

在2017年的最后一个月，我和老朋友Jenny还有乡霸小妹小琼一块儿去贝加尔湖短途旅行。

我在伊尔库茨克看到了这一年的第一场雪。

终于可以停止了……

这篇年度总结，是我有史以来写得最长的一篇总结，几乎是白描式地叙述了我在过去一年的生活。

回溯过去的年度总结，事件其实写得很少，也不详尽，着墨最多的部分是我私人化的感受。

可当我真的到了一个貌似有点儿资历可以总结点什么道理的年纪或者说阶段，我却时常感到无话可说。

无话可说也不够精准，更确切的是一言难尽。

感受这回事，会随着每个人不同的经历而变得更加难以互通。

这就是为什么，你在年轻时会感慨"交流是一件悲伤的事情"，而现在，你根本不想交流。

就在突然的某一天，你发现自己再也难以被人说服，并且也不打算再去说服别人，世界在那个瞬间变得寂静无声。

我们在不断增加人生经验的同时，也被命运剥夺了很多倾诉和表达的机会。

我不是完全没有惶恐过，也明显地察觉到自己在某些方面变得更敏感，也更悲观，但与此同时我似乎又干了一些年轻女生才喜欢干的事，比如收集一些很卡通、很幼稚的小玩意儿什么的，到最后我得到了一个答案。

这个答案是不受限于对错的，它仅仅意味着一种可能：或许这一切的一切，都是我潜意识里对抗自己"中年危机"的方法，并且，它真的有效。

这些精美的物件、漫长的旅途、生动鲜活的人，无一不在安抚我的心灵，消解我的忧愁，使我依旧能够像年轻时一样感受到世界的温度。

前几天桃子给我打电话，她马上也要过三十岁生日了。

她说："这次跨'世代'和十年前跨入'二十世代'完全不一样，"她说，"我希望自己以后更勇敢，能多做一些自己想做的事情。"

我没有说，其实每一岁和每一岁都不同，不只是二十九岁与三十岁。我在那个傍晚想起了一些缥缈的事情。

从小到大，我的闺蜜都是群体里最好看的女孩子。那些默然流转的时光里，我曾希望某一天，我突然也变得非常好看，而这个幻想一直没有实现。

因为缺乏相当程度的毅力和自律，我从来没有很瘦过。

三十岁之前，住过几个城市，现在看起来似乎会在北京长时间地生活下去。

和很多人失去了联络，互相也没有寻回彼此的愿望。

没有什么励志故事可以讲，在这个巨大的蓝色星球上，我们很多人拼尽全力也只不过活成"大多数"。

春节，我在一艘破冰船上。

空无一物的天海之间，望不到尽头的白色冰原，像是通向一个无法抵达的世界。

强烈的阳光和强烈的白色都让人睁不开眼睛。

当船驶过，完整的冰原被破开，巨大的冰块在碧绿的水面沉浮着，形成的水道只能用壮阔来形容。

在未来的岁月，希望还能继续去看真实的世界，也看梦想的疆界。

2019，
即使再平淡的岁月，
也有几道缝隙值得人怀念

每年写总结之前，我都要从手机相册最新的一张照片开始往前翻，一直翻到这一年的第一张照片。手机的系统一年比一年智能，不知道从哪次更新之后，它已经可以精确地按照"年、月、日"来分门别类，很轻易就能找到目标，而定位功能又能清晰地显示出这张照片拍摄的地点。

我时常有种错觉，人的记忆力消退或许与年龄无关，而是与过分依赖电子产品有关。

影像的记录能够帮助人唤醒褪色和沉睡的记忆，但正是在这样的翻阅中，我才发现，原来有那么多的事情，那么多的景色，那么多值得用大脑和心灵去记住的东西，因为被以照片的形式保存下来，而被我自己忽略甚至是忘记了。

2019年的开端是《万人如海一身藏》的出版和前两场签售会，但如果说只从这个时间点开始，我觉得是不够的。它们通通都发生在2019年尚未到来之时，也就是说，我在2019年春节偷的那一点点懒，现在终于有机会还上了。

我在2018年12月初动身去芬兰旅行。

原本的计划是芬兰和冰岛一起玩完，但办签证的时候旧护照出了一些问题，等到新护照批下来已经来不及再递去冰岛签证中心，于是只好改变计划，变成了从芬兰去意大利。

我清楚地记得，从赫尔辛基机场出来是当地时间下午一点半，坐上车去酒店，一个小时之后，天就黑了。

往后的几天，我从赫尔辛基去了距离罗瓦涅米地区只有几公里的圣诞老人村，在那里写了五张明信片，一张寄给在利兹的老歪，一张寄给在伦敦的Alison，一张寄给一位在东京的朋友，还有两张，寄给了北京的自己和长沙的一个妹妹。

一个多月之后，其中四张明信片陆续抵达了收件人手中，而给我自己的那张，寄丢了。

至今我也无缘得知它被压在世界的哪个角落。

离开圣诞老人村之后，继续往北极圈内深入。在大巴上，我收到了编辑的微信：《万人如海一身藏》可以预售啦。

在旅馆的小木屋里我写完了一篇推送。又往木屋的壁炉里添了很多柴，先前微弱的火苗越烧越旺，我一直趴在壁炉前津津有味地看着，不明白为什么这么枯燥的事情令人挪不开眼。

后来回想起在芬兰的旅行，印象深刻的细节并不多。天亮得太晚，天黑得又太早，一整天的时间里只有三个多小时的白昼，而目光所及之处，全是白雪和密林。虽然见到了胖乎乎的圣诞老人，也坐了麋鹿拉的雪橇，买了几样姆明的小周边，但闭上眼睛，能够想起的最多的还是铺天盖地的白和壁炉里熊熊燃烧的火焰。

中午十一点，巴士终于停靠在旅馆附近的小站。

等我坐上车，才看见太阳已经从地平线跌下去了一大半。整辆大巴上只有六七位乘客，除了坐在前面的两位老太太偶尔聊几句天之外，再没有人说话。

车子沿着寂静的公路一直往前开，我在靠窗的位置用手机拍下了一张照片——地平线一直那样遥远，我们坐在这辆仿佛永远开不到目的地的大巴上，追逐着逝去的太阳。

接下来的一程是佛罗伦萨。

2015年夏天我去过一趟意大利，那时候我尚算年轻，精力充沛，一天能走六七个小时，最重要的是那时我的身体还很健康，而这一次来到佛罗伦萨的我是带着一点儿破碎和残缺的。

时常听人说，关于意大利的问题，不是你应该什么时候去，而是你应该去多少次。

这一次我待得比上一次要久，去的地方也比上一次多，对它的认识和了解都比从前要更深刻。在托斯卡纳的阴雨天里做早餐，在波西塔诺的海边吃晚餐，阿马尔菲海岸线的风景壮阔瑰丽，值得人留下一点灵魂在那里。

也有糟心的事。

乘车去五渔村的时候，因为疏忽，没有在票上打卡而被检票员逮着罚了一笔不小的金额。后来在网上一查，发现有不少游客都吐槽过这一点：明明是当天的车票，清清楚楚标明了时间和车站，却只因为不知道要在打票机上打卡，就被罚款，而且数目不小。

虽然有点生气，但又能说什么呢？

一个人决定走出自己的舒适圈，去见识这口井之外的天地和人情，难免要付出一些大大小小的代价……至少我可以想到，等我第三次、第四次去意大利的时候，就不会再吃这个亏了。

在旅行的过程中，编辑一直通过微信跟我沟通《万人如海一身藏》的进度。

我知道，它下印厂了，它开始预售了，元旦前能加急赶出最早的一批运去长沙和武汉做签售会，接下来会有更多的它被装订成册运往全国各地，送至读者们的手中。

这是我的第十本书，它比我预计之中要晚一些。如果没有种种意外和自己的软弱，应该在 2017 年出版，但就算晚了一些，我也觉得没有关系。

很多事情的发展都是出乎意料的，总有它的原因，也有它的后果，但我们往往要隔着一些时间去看，才能够看得真切。

后来回想起来，其实旅行结束之前身体的状况已经有点儿征兆了。从北京回到长沙准备签售会，前一晚状态已经不太好，但我傻里傻气地以为是换水土和时差的原因。直到结束了在武汉的签售会，回到家里，倒头睡了一天一夜都醒不过来，吃不下东西，我和我妈才同时意识到我可能是病了。

说起来还是觉得很好笑，谁能想到，我会在三十一岁高龄的时候才出水痘——这几乎是我所知道的人里出水痘出得最晚的了。

在紧急取消杭州和南京的签售之后，2019 年的元旦，我就在吊水和涂药中度过。

长沙的冬天实在太阴冷了，每天我脱掉衣服让妈妈帮忙涂药的时候，都在瑟瑟发抖中怀念北京的暖气。

对我来说，这场迟到了十几二十年的水痘从某种意义上像一个标志，又像一个警示。

它似乎是要告诉我，成长的节点可以是十八岁，可以是二十五岁，也可以是三十岁，从这往后，你要尽量克制、自律、寡言，做懂得分寸的成年人。

假期里，为了看颜真卿的《祭侄文稿》展，特意去了一趟东京。排队的人很多，但每个人真正能够在那幅作品前停留的时间不会超过 30 秒。S 型的队伍非常缓慢地流动，其中很多都是上了年纪的老人家，有些甚至连背都已经佝偻，但还是安静地跟着排。

又去了一趟九州给 Kumamon 应援，秉着粉丝的心尽量买了一些周边，用得上用不上也没仔细想。

在天草市，有一天的行程是乘船去看海豚。那天的风非常大，船颠簸得很严重，小小的船舱里所有人都歪七扭八倒着，互相倚靠着，而我也生平第一次感受到了晕船的滋味……

四十五分钟之后，我看到了成群结队跃出海面的海豚。

签售会一跑就是三个月，除了清明节和劳动节之外的所有周末，我都在飞机和高铁上度过。这些城市中有些我是第一次去，更多的，我都去过不止一次。

从任何角度来说，我活得都不算成功，亦不算上进，但人生中最轻快的那十年——二十岁到三十岁，我回想起来，觉得值得的事情远超过遗憾。

虽然是为了签售去的，但很多城市，从机场和车站出来之后，我想起的都是在过去那十年间里在此地遇到的人、遇到的事。

读李娟老师的散文，读到一句话：

> 人的气息才是这世界最浓重深刻的划痕。人的气息——当你离他住居之所尚遥遥漫漫之时，你就已经感觉到他了。

而我一到达那些城市，就感觉到了曾经的自己。

在杭州时，清清和安琪陪我拍了一些照片。我想起的是 2011 年的春天，我住在山上的旅馆，认识了一群在国美学美术的朋友，我们经常在一起玩。那个叫亮亮哥的男生教我拉坯，做了一只造型很丑的杯子，他说，等烧好了会寄给我。

那是微信刚刚推出但还没有普及的年代，大家留的联络方式是 QQ，这么多年以后，也许只有我一个人还会每天在电脑上把 QQ 挂着。

但我注意到，他们的QQ头像都没有再亮起来过。

人生的故事里，友谊也同样值得追忆，但我也知道——"恋慕与忘却，便是人生"。

趁清明节假期，偷了几天时间去东京看了樱花。

有一位朋友，我一直想趁签售的机会在他生活的城市和他碰个面，喝杯东西，但阴差阳错最终还是没能见到。

原本也不觉得是多可惜的事情，可不知道为什么，有种滞后的、迟缓的悲伤在看樱花的时候突然涌上了心头。

我在那个阳光很好的上午流了一会儿泪，并不是想要和谁在一起，反而像是突然明白了，无论和谁在一起，情感的本质依然是如此孤独。

"我们分开的时间已经远超过在一起的时间，"我说，"你知道吗，我感到我有一段人生被偷走了。"

五月底在长沙做完最后一场巡回签售，天已经非常热了。从严冬一直持续到夏天，清清说："当时没觉得，结束之后想起来还是挺有成就感的，你呢？"

我说不清楚，我的感受可能比她要更复杂一些。

在我的青春时代，是没有互联网的。尤其是在小城市，新奇的事物也不多，唯一能够寄情的似乎就只有阅读。没有人指导，碰上什么书就看什么书，长大之后回忆起来，我的阅读是很笼统的，也不懂得优劣之分，但少年时期的空虚、好奇、挣扎和迷惘终究需要一个出口，那些贫瘠和粗粝的书籍在最大程度上提供了这个可能。

写出《我亦飘零久》之后，我才真正有了决心，想成为一个好的写作者。

但即使有这样的决心，大多数时刻我还是屈服于我的软弱、懒惰、颓丧和焦虑，我没能知行合一，不具备一个自由职业者最该有的品质——自我约束。

人如果不能自我约束，就不会得到真正的自由。

有时我会觉得灰心，一来是太洞悉自己的缺陷，二来是感觉到在人们的生活中，阅读越来越不重要了。能够再次给予我坚定的，就是在签售会上见到那些年轻的读者，听到她们笑着哭着对我说一些情境外的人难以理解的话，这是我们之间的某种密码。

我不擅社交，情感内敛，这几年连微博都发得少，对很多事件即便有自己的看法，也不太愿意流露，不愿意表达。

我希望自己能够守住心灵的宁静，尽量隔除干扰，每一次有新的作品出来，能尽量多去几个城市和读者见见面，对于我来说这就已经很好。

渐渐地我也老了，在老之前也没能如愿以偿成为大美女站在大家面前，相见又是那样匆忙和短促，但总归来说，还是我生活里一件时时值得期待的事情。

六月的生日，原本是不打算特殊对待的，但早上起来就收到阿佘的微信，说给我买了花、蛋糕和礼物。

我们在一家鲜花主题的餐厅碰头，刚一见面她就对我说："今天好漂亮哦。"

下半年我情绪特别低落，很少出门，跟她见了两三次，我发现每次见面她都会这么对我说"今天好美哦"。

最初我觉得这也挺自然，毕竟谁出门还不稍微打扮一下呢，比平时好看一点儿也很正常。可是某一天我突然感觉到，那是一种很珍贵的能力啊，能够看见别人的好、别人的美，能给别人肯定和鼓励，这就是生活里的温柔。

生日那天收到她送的一束非常美的鲜花，主花是芍药，但是是我没见过的品种，查了才知道是落日珊瑚，随着时间流逝，花瓣颜色会有变化。

就这样轻飘飘地，在花瓣颜色由粉转黄的时间流转里，告别了稍微年轻一点儿的自己。

月底，和小琼一起看了千嬅的演唱会。

托朋友的福，还在她的庆功宴上坐了一会儿，战战兢兢地要了一个合影机会，但我太紧张了，照片拍得并不好看，我脸上每一条肌肉都很紧张，笑得非常拘谨。离开那里回酒店的车上，我心间有种自己也难以理解的平静。

我好像很难为什么事情——哪怕是好事——而激动了，即便心里是感激的，也只会以平静的方式来感激，心里是感动的，也只会回来之后写一篇长长的朋友圈，设置成私密。

七月，八月。除了短暂地去了一趟上海参加书展之外，其余时间一直在北京待着修订《深海里的星星》和《深海里的星星II》，回想起来，好像从那个时候开始情绪就已经渐渐陷入低潮了。

2009年的夏天，我完成了《深海里的星星》这本小说，次年又写了《深海里的星星II》，我毫不怀疑自己当时是以最大的诚意和能力写的，但过了十年，自己再看这两篇长篇小说，不满意的地方实在是太多了。

中间我一度感觉修订工作已经进行不下去了——天知道，我最开始的时候还以为这是很简单的事，好像只要把一些明显的语法错误、病句和已经被时代淘汰的元素删除、改写就可以了——但到最后,我发现,没有其他的办法了。

只能把这个小说,重新写一遍。

跟做出版的朋友聊天聊到这个事,他问我:"你有这个精力为什么不去写新小说?"

我想了想,新小说是要写的,但《深海里的星星》对于我来说,像是一项要对它终生负责的事情,只要我作为一个写东西的人变得好了一点,它就应该跟着我变得更好一点。

在修订手记中,我写:多希望自己刚开始写作的时候就是一个天分极高的作者啊,多希望自己一出手就不同凡响,但这一切都和我的愿望相悖。

可是无论怎么样,那个让我自己不太满意的开始,终究让我找到了自己在这个世界的第一桩有价值的事,它带领我找到了我的第一批读者,个中意义,无以言表。

去医院复查,这是第四年。
九月的开头,海子的诗句总会在心头浮现:

远在远方的风比远方更远。

下旬,妈妈来了北京,带她去了一趟颐和园。在路上的时候她一直说"我以前去过的",而我并没有想到她说的"以前"已经是1981年的事情。

又一起去了趟北海道。秋天的北海道比我冬天去看到的要更美丽,也更有生机。

在札幌生活了十几年的一位大姐跟我们聊天时说:"我明年要回去给

我公公修一下坟,以后年纪越大越难得回去了……我女儿现在才十几岁,等她长大了,还不知道在哪里生活……一代比一代难得回去啦。"

我在那些日子里一直处于情绪低潮,但自己并没有意识到发生了什么事情。只是从十月到十二月之间,再也不想出门,也没有再上网,在现实和网络中齐齐切断了自己与外界的所有连接。

这情形和好些年前有些相似,但那时我生活在长沙,身边有一大群热热闹闹的朋友,有闺蜜、有哥们、有陪伴,也有能说话的对象,但如今一切都变了,包括自己的心境和与外部世界相处的方式。

跟一个同样陷入抑郁的好朋友见面,她说:"我现在完全无法工作,微信一响我就紧张,每天只能看看无脑综艺,你是什么情况?"

我说:"我只能拼乐高。"

没想到竟然有一天我会开始玩乐高,要知道过去这几年每次在大悦城路过乐高店的时候我连看都不曾多看一眼,而在这个抑郁的秋冬,我竟然一口气拼了好几个套装,并且在这个过程中,竟然感觉到自己好像要稍微好一点点了。

一切都是从笨笨送给我《老友记》那套乐高开始的……如果不是对《老友记》感情太深了,我就不会掉入乐高这个大坑,更不会明白"当初一千你不出手,绝版三千还不包邮"的道理——这种道理到底有什么用?

十一月下旬是笨笨三十岁生日,到她为止,和我关系亲密的女性朋友全部迈入了"三十世代"。

我一直告诉她,这没什么——并不是虚伪的安慰,而是我真的觉得,没什么——我现在生活和以前没有太大的区别,无非是朋友少了一些,但这也正常——1994年出生的阿佘说,她的同龄人里也有许多做父母了,可见这和年龄也没什么关系。

但笨笨还是有些恐慌，我知道，这恐慌不来自年龄，而是来自一种对突围的不确定，没有把握。

我陪她去了一趟东京，她生日的当天，我们在伊势丹的地下一楼买了非常好吃的草莓蛋糕，从切蛋糕到吃完它，我们只花了两分钟。

我说："你知道吗，如果说真的有什么巨大的改变，就是太难瘦下来了，而且饿不得。以前这么大一块蛋糕只要稍微跑两圈就代谢了，现在多吃一粒米都会长在身上。"

但这并不是她会在乎的事情。

我们逛了几天街，每天都会轮流喊腰疼，我们买了各种止疼贴片帮对方贴在椎间盘上，在这种时候就会不由自主地联想到一身病痛的晚年。

最后一天，一起去了台场新开的哆啦A梦未来百货商店，尽量克制自己，最后只买了几只非常漂亮的小碟子。想起2017年的年末，也是在快要跨年的时候和面面一起看了哆啦A梦的展，如果以后每一年的年尾我都能和哆啦A梦一起度过就好了。

十二月，依然低落，窝在家里看了很多书和电影。

有些书是以前读过的，不知道为什么感觉全忘了。读《呼兰河传》，读到"满天星光，满屋月亮，人生何如，为什么这么悲凉"；读《生死场》，看到王婆卖掉牛之后"王婆半日的痛苦没有代价了！王婆一生的痛苦也都是没有代价"。

我和写东西的朋友说，读那些几十年前甚至时间更久远以前的书，我都觉得那是离我近的，而现在流行的很多东西，明明我就生活在这个时空，却觉得离自己很遥远。

她说，也许是我们老了。

看了很多很多动画片，包括以前最喜欢的《瓦力》和《玩具总动员》系列，还有《小羊肖恩》，每集7分钟，故事简单而童真，失眠的时候很减压。

我又恢复了用钢笔写字的习惯，买了两瓶新墨水，一瓶叫作"夕烧"，一瓶叫作"深海"。

今年的多肉叶插也长得很好，每一颗都胖胖的，很饱满强壮，希望来年可以顺利度夏。

总结写到这里，才猛然发现在那些沉默和失语的时间里，我的内心其实积攒了许多潮湿，而主动断网的这三个多月时间里，更像是一场自我的实验——虽然这经验或许无法与任何人分享，但我真实的感受是，比起那些握着手机不断刷新的日子，读一本书，看一部旧电影，打理植物，和好朋友出来喝咖啡更能让我感觉到生活的踏实。

在持久的沉默里，人只会陷入更深的沉默。失去对话和欲望，但生活方式也好，人生方向也好，并没有哪一种是绝对正确的。在时代的大浪潮里，能够尽自己所能守住一点儿灵魂的宁静，那些低落和抑郁带来的痛苦就没有白费。

重看《魔戒》三部曲的时候，有一段话令我忍不住流下泪来。

Frodo被魔戒的魔力扰乱心神，变得猜忌、提防，不信任任何人时，Sam说："你还记得夏尔吗？Mr.Frodo？春天马上要来了，果园里会盛开花朵，鸟儿会在榛树丛里筑巢。他们会在低地里播种夏麦……吃着第一个草莓，沾着奶油……你还记得草莓的味道吗？"

2019年过去了，春天马上要来了。

2020，
从泥泞中去向光明与宁静处

相对于旅行素材丰富的前几年，今年明显少了很多浪漫和灵光乍现的时刻。过往只要对着手机相册里的照片按图索骥，就能大致勾勒出过去一年大致的生活的轮廓，但对于所有人来说，2020年有近半年的时间，就像被偷走了一样。

回想起上一个春天。

在度过了一个信息混乱、气氛萧索的春节之后，本该开工的朋友们迟迟没能返京，而我原本打算回老家过元宵节的计划也无法实施。妈妈给我打电话说："现在也不知道是什么情况，你先别回来吧。"

好在口罩还是够的，除了每周去一次超市采购食物，我也没有其他事情需要出门。

三月之前，窗外那条主干道从早到晚都没什么车，路上也没什么人，我从没见过那么寂静的北京。三月过后，物流和少数餐饮恢复了外卖，物业在小区门口放置了好几个铁架子，标记了楼号。所有人的快递都放在架子上，每一份上都有粗粗的马克笔写着门牌号和姓名。

取外卖时，多了一种奇怪的仪式：

"你是肯德基吗？"

"不是，我是麦当劳。"

我们小区没有太宽敞的公共活动区域，疫情之前比较少看见邻居在小区里走动，直到 2020 年的春天，所有人都穿着睡衣在快递架至少露过一次面。

我短暂地关注了一段时间新闻之后，就刻意减少了上网的时间。接收外界信息越多就越焦虑，注意力难以回到自身。

在某一个时刻，出于直觉，我清晰地意识到——越是在这样特殊的境地中，越是要尽量像往常一样去生活，即便客观条件不允许，你自己的内心也一定不能失序。

那段日子里我主要做的事可以简洁地概括为"我的精神文明建设"，读了一些以前兴致勃勃买回来，却一次也没有翻过的书。看了一些电影和剧，有些特别喜欢的就多看几遍。做了多肉的扦插，又做了春羽和龟背竹的扦插。拼了四五个乐高。

在微信上和面面聊天说，是不是我们的工作性质的原因，这十多年里大部分的时间都是自己一个人待着，对着电脑，所以孤独对我们来说并不是特别难以忍受。

天气暖和一些之后，物业把门口的置物架都撤了，快递和外卖又可以进小区了，而那些穿着睡衣的邻居聚集在小区门口找快递的景象也不复出现。

我意外地发现离家不远的地方有一个小小的公园，种满了月季和鸢尾。除了门口的保安和园艺工人之外，几乎见不到什么人。我每天下午会戴上口罩，塞上耳机去公园里走半个小时，这点运动量当然不可能减肥，只是起到一点儿活动筋骨的作用。

听了很多《锵锵三人行》的音频，这么多年过去了，这依然是我最喜欢的谈话类节目。

晚上看完书或电影之后，会回到书桌前写一两个小时手稿。最开始想用空空的名字作为书名,但最后还是决定用"此时不必问去哪里"这个短句。

上半年,五六个月的时间,草草几句就概括完了。"衣食住行"的"行"放在最后一位,显然不是人生之必须,然而当温饱和安身立命的问题都解决了之后,行万里路的价值和意义终于凸显出来——不能旅行的日子,确实有一点儿窒息。

阅读

整理了几本我觉得值得标记的书,如果有感兴趣的读者,可以找来看一看。

我想说的是,我不太习惯开书单并不是因为我懒惰,主要是我觉得贸然给别人推荐书有点儿自以为是。有时候我和我的好朋友对同一本书或同一个电影的看法都未见得一致,何况是互相并不足够了解的人呢。

· 《昨日的世界》/ 茨威格

以前只知道茨威格的小说好,后来才发觉,他写什么都好。

这本回忆录性质的传记,30多万字,是旧时代的欧洲的挽歌。文笔优美,情感饱满而真挚。时间跨度从一战之前到二战危局。它的副标题是"一个欧洲人的回忆",事实上,这些回忆都带着沉重的血泪。

茨威格一生交友广泛,书里出现了同时代的许多的大师。比如罗曼·罗兰、弗洛伊德,等等,作为名家趣事来读也很不错。

1942年,茨威格与妻子在巴西一同自杀,两年后,也就是1944年,第二次世界大战将近尾声,这本书才面世。他在书写此书时,给朋友的信中说道:"出于绝望,我正在写我一生的历史。"

我读这本书大多是在深夜里,数次落泪。就像一篇书评所说的"这本书让茨威格所有的缺点都变成了优点",他的悲观与深沉、细腻、正直,甚至是傲慢,都因真挚而无比动人。

唯一的问题是,太厚了,需要耐心。

· 《在中国的屏风上》/ 毛姆

1919至1920年冬季,时年45岁的毛姆来到中国,溯长江而上一千五百英里,此书是他此次行程的产物。58篇长短不一的"旅行素材"组成了一幅当时中国的风土画卷。

在游记类的作品里,我喜欢散文多过工具书,喜欢情绪多过实用性。

我之所以喜欢这本书,很重要的一个原因是,它没有太多主观的偏见,绝大部分内容都是基于一种白描的叙事,而不是一种猎奇的凝视。

· 《叶之震颤》/ 毛姆

很好读的一本短篇小说集,译得很流畅,符合现在大多数人的阅读习惯,没有佶屈聱牙的翻译腔。之前我在一次短暂的直播中推荐过,非常喜欢其中那篇《阿赤》,视角在虚实之间不断切换,简直是电影般的语言。

读毛姆这么多年,有两个感叹,一个是"真能写啊",另一个是"写这么多,竟然还能写得这么好",通俗直白,刻薄幽默,阅读门槛低,随时随地都能看。

· 《二手时间》/ 阿列克谢耶维奇

这本书的作者阿列克谢耶维奇,是2015年诺贝尔文学奖的获得者。当年她获奖有一些争议,被认为作品的政治性大于文学性……OK,这也不重要,本来也不是想说这个。

这本书可能比较适合年龄和我相近的人读一读,它是通过口述采访的形式，展现身处关键历史时刻的普通人的生活，其中涉及的特殊的历史背景，需要做一点功课。

我认为这是从痛苦中淬炼的作品。我读得很慢，因为能量太强，你会感觉灵魂受到的冲击太大，需要连续地深呼吸。

读的过程有点像生了一场病。

本来列了十本书，写到这里突然觉得再写下去好像成了一篇阅读推荐，就不逐一列举了。笼统点说，喜欢日本文学的可以多读读伊坂幸太郎，他的作品能让人思考，过后你又会感到很开心。

喜欢犯罪小说的可以看看"哈利·霍勒警探系列"，我看了《雪人》《猎豹》《幽灵》和《警察》这四本，写得很好，而且，请注意，对外国人名无能的人有福了！这个系列里的名字都超好记！我现在在攻克自己的难题，就是俄国文学——我原本以为最大的困难是厚度，没想到是人名——不是难记的问题，是每个人物都有好几个名字。

也没什么捷径可选，只能慢慢啃，最近刚啃完《安娜·卡列尼娜》，读完还是感觉非常值得的，巨匠手笔，意外的好读。名字不好记没关系，记住几个主要角色就行了。常规的推荐是耶茨和菲茨杰拉德，读再多遍都不厌倦。

新玩意儿

· 跳绳

我是夏末秋初的时候开始学习跳绳的。

一开始真的很笨拙，看过手机里自己录的几段视频，可以说和一头熊没什么区别。（可能灵活的熊会表示"我不服气"。）然后又看了很多教学视频，发现没什么速成的办法，就放弃了邪念老老实实苦练。

很奇怪，好像学武功一样，突然有天就打通了经脉，一下子找准了节奏，竟然可以连续跳150多个不断绳，要知道一开始我只能连续跳8个呀，这种程度几乎就是一头熊学会了飞行吧。（倒也不必这样夸奖自己。）

现在已经是春天了，绳友们，让我们脱下累赘的棉睡衣和羽绒服，穿上我们的运动内衣，换上我们的气垫鞋，带上我们的跳绳，继续跳起来吧，总有一天我们能跳上月球！

· **泡菜泡菜，做泡菜**

一切都是从某天和面姐逛街，她带了一小袋自制泡菜给我开始的。

"如果你有一个坛子，那么你隔三岔五就会想丢些菜进去泡。"

她用传教般的姿态向我安利了自己做泡菜这件事。我回到家就下单买了一个5千克容量的玻璃坛子。这就是一个业余厨师的自我修养——始终对开发新菜品怀着诚挚的热情。

我一共做了三次坛子水。

第一次不知道哪个环节出错了，一坛子白花花的漂浮物。第二次很成功，我也因此享用了两个月自己亲手做的酸萝卜和酸泡菜，但是有天我买了一根有问题的萝卜，切开的时候我就觉得不太新鲜，但我怀着侥幸心态，认为发酵的泡菜水肯定能战胜不完美的萝卜，就冒险丢进去了，果然整个坛子都被毁了。

我的泡菜老师面姐自己也失败了一两次，事后我们在微信会议上总结，做泡菜是一门玄学，即便每次都是同样的配方、同样的步骤，可是不晓得哪个细微的地方出点问题，就失败了。

我们将这一现象定义为"薛定谔的泡菜"。我第三次做的泡菜水，可以用无可挑剔来形容，于是这个冬天我就过上了自给自足的幸福生活，直到前几天一箱东方树叶不小心撞破了坛子……

我到现在还无法平静地回忆当天的那一幕，整个厨房的地板上全是泡菜水，我沐浴在发酵的酸爽气味里，感觉自己整个人就是一棵行走的泡菜。

基于这个打击，我可能要暂时退出做泡菜的队伍……2021，等我修整好我破碎的灵魂再战泡菜界！

· 史莱姆

经常有朋友问我："你做的那个，史莱姆，是干什么的？"它什么也不干，它只是一坨"软FUFU"、湿哒哒、"Q弹弹"的解压工具。我几乎给我所有的朋友都送了两三个，大家迫于我的热情只好勉为其难收下，当然我也遭到过拒绝。有一位朋友是这样对我说的："那个东西，我妹妹上初中以后就不玩了"。而我在购买原材料的买家评论看到最多的留言也是："不错，孩子很喜欢。"

工作

我前两年的年度总结里就说过，作为写作者，作品其实就是最好的生命刻度。

无论去过多少地方旅行，看过多少山川湖海，如果那一年没有认真写作，我的内心始终是不踏实的。

今年这件事完成得还算不错，纵向比较的话，《此时不必问去哪里》是我至今为止最成熟的一本小说。我当然能理解很多老读者对《深海里的星星》和《我亦飘零久》有无可取代的感情，但从我自己内心深处来说，还是希望能更精炼、更朴素和更深刻。

我已经很多年没有写这么厚的手稿了，而在写《此时不必问去哪里》的手稿的过程中，我有种与往昔岁月重聚的感动。我知道它不是最好的，可它有极其特别的意义，在我的生命旅程中。

要非常认真地感谢《此时不必问去哪里》的责编墨墨，原稿中有许多必须修改或删除的小细节，这些麻烦她都为我处理掉了。如果不是她的坚持，也不会有这么文艺精致的封面。

更要谢谢陪我跑了整整 8 周签售会的班欢和陪我跑了 6 周签售会的小月，虽然我们彼此都会说，这是工作，但只有我们自己知道连续十几个周末辗转于各个城市，从东北到华南，遇到各种困难和麻烦，是多么糟心疲惫。

从厦门去南昌遭遇了航班取消，我和班欢只能去坐五个多小时的卧铺，尽管这样，我们还用中午打包的剩饭在火车上拍了名为"请问这是您点的外卖吗"的情景短剧，也算是很会苦中作乐了。

想谢谢在今年这样的情势下来参加签售的读者们，我知道大家也都是克服了很多困难才出现在签售现场的。另外也有很多读者因为各种各样的原因没能来活动现场，我觉得这也并不重要，只是生活中的一桩非常微小的事情，无需为此感到哪怕一丁点儿遗憾。

特别想感谢昆明的读者，因为特殊情况，签售临时改成了线上直播形式，在那么突然的状况下，大家都给予了理解，这份心意我和同行的伙伴都铭感于心，以后一定找机会补上。

生活啊生活

里尔克说，艰难的生活永无止境，但因此，生长也无止境。

其实以上的内容都是生活的组成部分，但这个篇章充满了各种情绪、琐碎、遗憾和教训，这些东西重叠起来，好像也就只能叫生活了。

九月回了长沙，和失联许多年的姐姐见了面，讲了很多话，得知了很多我从前不知道的事情、让我抱憾一生的事情，有些心结不是三年五载能够解开的，像密密的针扎在心里，你不会死，却永远也不会好受。

　　有些话，连写出来都觉得虚伪，大概只能在夜深人静的时候对着星星和月亮说一说。

　　前些天和一个小妹妹聊天，我说我同龄的朋友，已经没有人写年度总结这种东西了，她问我是不是因为年纪大了，情绪更复杂了。

　　我想以她的阅历大概还不能够明白，不是更复杂了，是不必对人言了。

　　人变得沉默，也许是因为表达欲消退，也许是因为不想再表演，而无论哪种原因，都不意味着你变得更通透了。懒得想和想得开，有时并不是同一回事。

　　人际关系维持在一个非常稳定的状态，就像一张十人位的桌台，虽然有人离席，但也有相应数量的人补上了空位。但我知道，我这张台总有几个人是不会站起来的，比如笨笨，我们今年又见了面，在江浙沪地区签售时，全靠她带我去找好吃的餐厅。比如绣花，即使我现在一年只回去一两次，我们之间还是像二十多岁一样无话不说。

　　而我和另外一些朋友的关系，公平地说，是被我自己的消沉和懒怠搞砸了，我以非常不成熟的方式对待成年人的友谊，彼此疏远也是在所难免。

　　从某种意义上来说，我心里的李空空依然没有学聪明。

　　前几天我重新登上了 Instagram，已经一年半左右没更新过了，有很多遗漏的留言。

　　其中有一个女孩儿说"你总能从泥泞中有所得"，我认为这实在是太过誉了，我哪儿有这样玲珑的心思。

　　我只是很坚决地信任着一些朴素的真理，一些陈旧的价值观。我不只是相信，更是知道——一切都会过去，而你要有耐心。

唯有耐心,能让你于破败中建造,让你重新认识文学之意义和阅读之必要;唯有耐心,能让人自泥泞中去向光明与平静处。

像一个人航行在陌生的海洋,我厕身于永远的土著;他们的桌上是丰盛的白昼,而我意在充满图像的地方。

以里尔克的另一句结束此篇。祝大家,新的一年,平安健康。

2021，
你仍是
夜里抬头看月亮的人

对于世界来说，2020年是一道分水岭，经历了2020年初的慌乱、措手不及和巨大的悲伤之后，到了2021年，疫情已经常态化了，大家已经被迫接受了一种新的生存模式。疫情这个庞然大物对于个人生活的影响已经缩减，而原来沉在水底的那些日常烦恼又渐渐浮现。

我好像忽然明白了，为什么很多时候明明自己过得也不是很如意，却还是会不由自主去关注宏大叙事、去关心一些离自己很遥远的事和人，当然有很多好听的说法——感动、共情、慈悲、同理心，休戚与共之类，而最诚实的原因或许是——只有尽量将目光投掷得远点，再远点，才不会一低头就看见满地狼藉。

逃避，本质上是一种软弱，谁会不明白这个道理呢。

但在相当长的时间里，我还是把头埋进沙堆，明知道这态度无助于解决问题，但心底里有一丝不死的侥幸，希冀于当我把头拔出来时，那些自己束手无策的困难都自动迎刃而解，烟消云散。

而另一个大家都明白的道理就是：好的事情很少同时发生，而坏消息却喜欢在你本就无法承受更多的时候，再踏上一脚。

12月31日下午五点多，中介小哥通知我，房东决定出售房子。

消息来得太过突然，以至于我都不知道该说什么好，只好放下手机，在窗边呆坐了很长时间，直到最后一抹晚霞消逝于天空。

脑子里非常嘈杂，但最后也只凝聚成一句叹息：不久之后，又要搬家。

我尽力克制情绪，告诫自己，切勿自怨自艾，放大脆弱，要以平常的态度面对，这是绝大多数生活在异乡的人都会遇到的事情。一边这样想着，一边已经开始整理东西——不知道算不算是巨蟹座的坏习惯，我很喜欢囤积废品，就连最没用的快递盒和泡泡纸也存了一大堆，总想着还能循环利用，也算小小的环保举措。

可一想到搬家，很多之前觉得可以变废为宝的东西，瞬间就成了将来离开时的累赘，只能咬牙做减法……在这个过程里，我又不可避免地经历了轻微的失控。

我好像才认识到，有些崩溃其实是很安静的。

半年前我刚搬过来，半年后就得知又将要搬走，虽然是很意外，也很棘手，不过我知道，终究会度过的——就像在决绝地丢掉那些一直没用但总觉得将来能用上的东西的时候，虽然有短暂的纠结和不舍，但随着而来的却是一种轻松。

人的命运都不可知，何况是物品。

在无数的文学作品和电影里都看到过：在很多事情结束的时候，你会想起开始。

我就是在 12 月 31 日那个颓丧的晚上，想起了 2021 年的开始，平心而论，它的开始并不糟糕。

2021 年我终于有了属于自己的小猫咪。

一直以来都有很多妹妹问我："舟舟那么喜欢养花花草草，有没有想过养小猫小狗呢？"

疫情之前，我每年平均有好几个月的时间都在旅行，植物相对来说比较省心，只要摆在光照充足的地方，拜托姐姐定期去帮忙浇浇水就行了，而小猫小狗，完全是另一回事了。

2020年那些不能出门的日子里，我都关在家里看书，偶尔从书页中抬起头来，我会觉得"真是寂静得有点可怕呢"，要是身边有个毛茸茸的小家伙陪着会不会好些？

尽管生出了这个念头，但我还是没有轻易迈出这一步，在我的价值观中，这是很慎重和严肃的事情。做了近一年的功课，在"养猫劝退小组"看了很多很多案例，反复拷问自己是否能承担所有意料之中和意想不到的烦恼，在确定做好了充足的心理准备之后，终于在元旦的那天带它回家了。

东宝儿是很胆小的猫崽，第一天到家在沙发底下躲了一整夜，我没有打扰它，给它安置好了猫砂盆，留了吃的就去睡觉。我还清楚地记得，第二天早晨我睁开眼，脑子里第一个念头就是：我真的有猫啦？

东宝儿是在猫舍出生的小朋友，基本的生活习惯都培养得很好。虽然对植物很好奇，但也不会乱扒乱咬，和多肉们都能和平共处。尤其是我一开始最担心的乱拉乱尿的问题从来没发生过。有时候给它清洗了猫砂盆，等待晾干的时候，它也会忍着便意，直到倒入新猫砂才去上厕所。

听起来似乎是一只挑不出什么缺点的小猫，但或许正是因为具备了某种"自我管理"的能力，这让它也过分独立，并不亲人。很多时候，它喜欢独自待在窗台上看小鸟，看日落，还有下雨天雨水顺着玻璃滑落的水痕。

从春天到夏天，经过反复地试探和博弈，我们的相处模式基本定型，我看书的时候，它会在离我不远的地方睡觉，但绝不会到我身上来，也不喜欢被抱。虽然一开始是不太开心，但慢慢也就接受了这种同居室友般的关系，不再执念于改变它孤僻冷淡的性格。

在和它共同生活的日子里，我学到了非常重要的一件事：克制自己的掌控欲，不要将自己的意愿强加于其他的生命，哪怕对方只是一只小猫。

东宝儿陪我读完的第一本书是《安娜·卡列尼娜》，说到阅读的部分，有点惭愧，今年读得很少。

《阳光劫匪倒转地球》《恐妻家》《一首小夜曲》/伊坂幸太郎
《在黑暗中等》/乙一
《绝叫》/叶真中显
《小偷家族》/是枝裕和
《碎片》/凑佳苗

这几本大致上都是悬疑推理类，就列在一起了。我自己最喜欢《恐妻家》和《绝叫》，前者会让人读完之后笑着流泪，故事结构相当漂亮，没有一句废笔，所有的伏笔最后都有回应。《绝叫》也很好看，前半部分会误以为是《被嫌弃的松子的一生》，再读一些，又以为是《女性贫困》，读到结局人称转换的那一瞬间，简直头皮发麻。

《鳗鱼的旅行》《战争中没有女性》《老后破产》《寻路中国》，这几本是社科人文类里我很喜欢的，尤其是多年后再读《寻路中国》，在时间的对照中，感慨很多。

《西线无战事》和《寻欢作乐》以及青山七惠的《风》在微博和公众号里都有写到过，有兴趣的同学可以找来读读。进入冬天之后读了托宾，非常喜欢《布鲁克林》，小说弥漫着忧伤的韵律，令我觉得原作比电影更细腻。前两章的思乡情绪宛如涓涓细流，每个离开家乡、离开家庭的庇护、孤独地在异乡生活的人，或许都有过小说中所描述的艾丽斯的撕裂和犹疑,因此透过文字仿佛就看到那个不热衷也不擅长社交的自己。

特别开心的是收到上译的朋友寄来的理查德·耶茨的文集套盒,弥补了因为《恋爱中的骗子》旧版绝版而没能集齐耶茨作品的遗憾。读完这本短篇小说合集,我也就读完了耶茨所有出版过的作品。

好作家留给世界的作品,总是嫌少。有时我觉得我之所以爱耶茨,是因为我自己就像他笔下的那些 loser。他一生都在书写失败和孤独,但笔触始终保持着一种灰色的温柔,没有批判,也没有愤怒,他和他书写的那些角色都像是欠缺和命运搏斗的气力,永远交不上好运,在破败的人生面前,只能摊着手,苦笑一声,承接所有。

在忍受了邻居们近一年的装修之后,我在五月底搬家了。

接着便经历了很多不开心的事情,难受起来连续好些天都睡不着。这种时候就很庆幸有东宝儿的陪伴,清晨我们会一起在新家的飘窗上等日出,它很安静,我也不说话,我们就沉默地看着天空颜色的变化,偶尔还能看到飞机飞过,不知道为什么,那个场景总会让我有点儿想流泪。

我想,可能在内心深处,我还是很怀念能自由自在远行的日子吧。

直到阿猪来北京实习,我们便有机会经常一起吃饭,聊天,去花市和公园,逛音像店,拍拍照。做这些事情的时候,就好像不知道从哪里伸来一只手把我从情绪的低潮里生生往外拽,又像是一种内在的自洁,时间冲刷了被污泥覆盖的部分,让我对生活又恢复了一些信心。

人和人之间的关系并不是一成不变的,它会在流动中变化,会因为各人的际遇和立场而产生不同的反应。很多冲突和矛盾,不是因为你面对的那个人变了,而是此一时,彼一时,但我从前不知道,有时候仅仅因为互相的不理解,竟然会带来心灵上那样剧烈的疼痛和失落。

这并不是什么新奇的发现和深奥的道理,可人总是只能从教训里获得它。

用了六七年的笔记本越来越慢,每次开机都会发出闷响,像是随时会昏厥在它的工作岗位上,于是在它退休前,我将硬盘里的资料全部备份,因而意外地挖出了很多以前出去玩时随便拍的视频素材。

阿猪和琦琦将这些素材进行了剪辑,配上了一些我之前的游记中的句子,发在抖音上。原本我们都只是抱着"反正存在硬盘里也是存着,瞎剪剪吧"的态度,没想到竟然有不少人喜欢。

到秋天,我的"情绪病"好了许多。

时运行至最低处,不惜一切代价去突破困境是一种壮烈的抗争,但我渐渐明白,如果实在等不到转机,那么收回散乱的心思,去做一件也许是自己唯一擅长的事,能令自己专注和平静的事,也不失为一种迂回的自救。

大道冥冥,但只要每天睁开眼,还有想要活下去的理由,那就没有被厄运彻底击溃。

写到这里,我也觉得整篇总结实在是充满了颓丧之气,甚至都不能说是悲伤。悲伤呢,它毕竟还有些许浪漫色彩,而我回顾字里行间,只看到了深深的疲惫。

事实上,过去的一年还是有许多弥足珍贵的时刻。

我记得春天在小区的绿化带里救了一只全身是伤痕的加菲猫,后来它在领养人家生活得很好。

记得在阳光特别好的某个下午,和阿猪在国贸找到了一个很适合拍照的角落,我们很小气地说不要告诉别人。

记得妹妹们寄给我的生日礼物,在最坎坷和失意的日子里,这些友谊始终温暖着我。

记得春夏之交的芍药和海棠,也记得从刚刚入秋我就在期待的银杏叶,它们的颜色就像是季节的注脚。

记得和蔚蓝一起在大悦城扭扭蛋,互相送对方喜欢的玩具。

记得在音像店淘到了我视如珍宝的绝版CD。

也记得天爱、徐雯、阿猪在离开北京前都分别和我吃了一顿告别饭,人生的聚散虽然有其不可预测,但我们也都有尽力好好道别。

记忆虽不牢固,但我确实都记得。

为什么所有的东西都会改变,而你想要的,你低声下气地向各路神灵祈求的仅仅是一些事情能够维持原样。

耶茨在《革命之路》中这样写。

而我2021年最深的感受也是如此——为什么那些不喜欢改变的人只是想要生活维持现状也如此艰难呢?

生活的潮汐总不遵照人的设想。

我总是听一些老歌,看一些很老的港剧和动画片,我不知道是它们真的那么值得反复回味,还是因为在潜意识里,我就是想要活在过去。

过去的这一年,可以说我完全是虚度了,既没有努力提升和训练自己,也没有放下压力和焦虑好好享受生活,只是在不休的自我抱怨中蹉跎了光阴。尽管如此,我还是要令自己相信,没有一条道路是白费的,这些蹉跎和虚掷,何尝不是一套人生整理术。

前几天因为失眠而幸运地看到了冬天的满月,那是清晨六点多,黄澄澄的月亮悬在天边,眼睛看上去远比照片上要更近、更大,映照着四环上的车流,那画面有种安宁又盛大的美感。

"愉悦的、雷鸣般的寂静席卷了他",这个句子从记忆深处凸显,而我在那个瞬间突然领悟了它的意思。

我要谢谢耐心倾听我的人,包容和忍受我的人,也要谢谢那些在心里惦念我的人和重新接纳我的人。这么多年来,我总是过分相信自己的直觉,但很多东西只有时间才能证明。欢笑悲伤有时,聚散离合有时,但我只要记得,在并不顺遂的2021年,我还是拥有过一个快乐的秋天。

祝大家春节快乐。

新的一年,平安健康。

图书在版编目（ＣＩＰ）数据

荆棘王冠/独木舟著. -- 北京：台海出版社，
2024.12. -- ISBN 978-7-5168-4032-0
Ⅰ．I267
中国国家版本馆 CIP 数据核字第 2024WB9962 号

荆棘王冠

著　　者：独木舟
责任编辑：俞滟荣
出版发行：台海出版社
地　　址：北京市东城区景山东街 20 号　邮证编码：100009
电　　话：010-64041652（发行，邮购）
传　　真：010-84045799（总编室）
网　　址：www.taimeng.org.cn/thebs/default.htm
Ｅ－ｍａｉｌ：thebs@126.com
经　　销：全国各地新华书店
印　　刷：北京美图印务有限公司
本书如有破损、缺页、装订错误，请与本社联系调换
开　　本：880 毫米 ×1230 毫米　　　1/32
字　　数：319 千字　　　　　　　印　张：11.25
版　　次：2024 年 12 月第 1 版　　印　次：2024 年 12 月第 1 次印刷
书　　号：ISBN 978-7-5168-4032-0
定　　价：59.80 元

版权所有　　翻印必究